绿色

成为浙江发展最动人的色彩

——践行『绿水青山就是金山银山』理念优秀报道汇编

中共浙江省委宣传部
浙江省新闻工作者协会
——编

浙江人民出版社

抒写美丽浙江，放歌美丽中国

青山不墨千秋画，绿水无弦万古琴。

一个时代的巨变，往往从微小之处开始。2005 年 8 月 15 日，时任浙江省委书记习近平同志在安吉余村考察时，首次提出"绿水青山就是金山银山"科学论断。从此，浙江有了一个全新的愿景。

"绿水青山就是金山银山"理念，是深入基层调研的顺理成章，是丰富生动实践的水到渠成，是长期思想积累的瓜熟蒂落；这一理念是对发展趋势的理性判断，是对发展路径的科学决策，是对发展规律的本质把握。"绿水青山就是金山银山"理念蕴含着深厚的历史逻辑、时代逻辑、实践逻辑，改变了浙江，影响了中国。这是浙江之幸，这是中国之幸。

"路子选对了就要坚持走下去。"15 年来，浙江历届省委、省政府牢记习近平总书记的嘱托，始终坚持以"八八战略"为总纲，坚定不移走"绿水青山就是金山银山"这条路子，一张蓝图绘到底，一任接着一任干，不断开辟"绿水青山就是金山银山"的新境界。

青山含笑，绿水含情。这是一次让人难以忘怀的回望：从实施"腾笼换鸟"到生态补偿机制，从实施"千万工程"到建设美丽乡村，从"五水共治"到"三改一拆"，从向"全域美丽"发力到向"环境治理能力现代化"发力……每一个首创、每一项探索、每一次突破，宛如前行中标注的路碑，如此清晰、如此厚重、如此壮美。为了山更青、水更秀、天更蓝、地更净，浙江从未动摇，从未止步。

15年来，对"绿水青山就是金山银山"理念的实践，在浙江已经从盆景变风景、化苗圃为森林，呈现出神形兼备、丰盈充实的全域化格局。2018年9月，"千村示范、万村整治"工程荣获联合国"地球卫士奖"。经过多年不懈努力，我省各地将环境整治、生态保护与居民增收、经济发展相结合，休闲旅游、健康养生、电子商务等产业已成为经济新增长点。2019年，浙江农村居民人均可支配收入达29876元，"绿水青山"正源源不断地带来"金山银山"。

这是一场正在进行的变革，这是一段正在发生的历史。值此纪念"绿水青山就是金山银山"理念诞生15周年之际，为全面展示我省高水平生态文明建设的美丽画卷和建设"重要窗口"的生动实践，中共浙江省委宣传部、浙江省新闻工作者协会编写出版《绿色，成为浙江发展最动人的色彩——践行"绿水青山就是金山银山"理念优秀报道汇编》，收录一批有传播力、引导力、影响力、公信力的精品力作。广大新闻工作者不忘初心使命，坚持守正创新，践行"四力"要求，用生动的笔触、隽永的画面、精彩的镜头，满怀激情讴歌"绿水青山就是金山银山"理念的伟大价值和真理力量。在此，我们向对宣传"绿水青山就是金山银山"理念作出积极贡献的人民日报社、新华社、中央广播电视总台、浙江日报报业集团、浙江广播电视集团等中央和省内媒体表示衷心的感谢！

对历史最好的纪念，就是创造新的历史。作为"绿水青山就是金山银山"理念的发源地和率先实践地，浙江人民正在以"三个地"的政治责任和建设"重要窗口"的使命担当，高水平开启新时代美丽浙江建设新征程，把"绿水青山"建得更美，把"金山银山"做得更大，让绿色成为高质量发展最动人的色彩，努力把浙江建设成为展示习近平生态文明思想和美丽中国建设成果的重要窗口。

干在实处永无止境，走在前列要谋新篇，勇立潮头方显担当。我们坚信，在浙江建设"重要窗口"的新征程中，广大新闻工作者定能只争朝夕、不负韶华，用汗水浇灌收获、以实干笃定前行，不断为美丽浙江抒写、为美丽中国放歌。

是为序。

编者

2020 年 7 月

目 录

◎ 《人民日报》

"绿水青山带来了金山银山"

    ——回访浙江舟山市定海区新建社区袁其忠家 ················1

绘就之江新画卷 ································5

浙江"五水共治"带来"海晏河清" ····················15

◎ 新华社

绘就新时代美丽乡村新画卷

    ——习近平总书记关心推动浙江"千村示范、万村整治"工程纪实 ······19

浙江松阳：江南老屋复活记 ·······················31

绿色的生机，百姓的生计

    ——模范践行生态文明理念的湖州之路 ···············42

◎ 中央广播电视总台

情思漫过亲水亭 ·······························50

湖州生态文明建设启示录：坚守出来的美丽 ···············52

生态文明建设的生动实践：浙江推动"两山"转化，加快绿色发展 ………54

◎《光明日报》

生态文明建设的"安吉密码"
——浙江省安吉县践行"绿水青山就是金山银山"理念调研 …………56
让绿色成为最动人的色彩
——"绿水青山就是金山银山"理念的浙江实践 ………………66

◎《经济日报》

一场造福千万农民的变革
——美丽乡村建设的浙江实践 ………………73
绿色先行看湖州 ……………………………78

◎《中国日报》

习近平总书记在浙江强调绿色发展 ……………………84
安吉县全面践行"绿水青山就是金山银山"理念 …………………86

◎《科技日报》

"两山"排闼送青来：浙江安吉守住"绿水青山"赢得"金山银山" ……88

◎《人民政协报》

"山哈人"的美丽经济
——杭州市、县两级政协推动莪山畲族乡高质量发展纪事 ………92

◎ 中国新闻网

绿水青山就是金山银山
——在"浙"里洞见美丽中国 ………………98

◎《中国青年报》

浙江：美丽中国的鲜活样本 ················· 105

◎《农民日报》

丽水品牌化打通"绿水青山"与"金山银山" ········· 110

◎《浙江日报》

解码GEP
——丽水构建生态产品价值核算评估体系的调查 ···· 116
"网红村"的新探索 ····················· 123
浙江"千万工程"荣获"地球卫士奖" ··········· 132
苍南叫停大渔湾围垦工程 ················· 134
对话库恩：转型的浙江
——一位资深中国问题专家眼中的绿色发展 ······ 136
条条河道设"河长" ····················· 143
钱江源头"两还记" ····················· 145
让高山成为跨越的支点
——景宁探索民族山区县高质量绿色发展纪事 ···· 148

◎ 浙江新闻客户端

一句话，让山水美如诗 ··················· 155
海上"牧民"共海生 看嵊泗枸杞岛的"网红"养成记 ···· 157

◎《钱江晚报》

《钱江晚报》"有风景的思政课"亮相"学习强国" ······ 159

◎ 浙江在线

绿色发展谋跨越　常山传统石产业"玩"出"高大上" ·············163

◎ 浙江卫视

寻找可游泳的河 ·············169

思想的田野 ·············171

浦阳江之变：背后的故事 ·············173

绿水青山就是金山银山 ·············175

"两山"路上看变迁 ·············177

安吉：15年践行"绿水青山就是金山银山"理念，生态美产业兴百姓富 **178**

◎ 浙江之声

"千万工程"开启乡村振兴美丽篇章 ·············180

留住乡愁，走向国际

　　——乡村振兴的松阳实践 ·············182

谱写新篇章，建设大花园

　　——打通GEP向GDP转化通道的丽水探索 ·············184

◎ 新蓝网

"千万工程"绘新卷　寻访"浙"片"网红村" ·············186

◎ 广播交通之声

"绿水青山就是金山银山"理念指引下的安吉"蝶变" ·············188

◎ 广播城市之声

裘丽琴：美丽乡村的"地球卫士" ·············190

◎《青年时报》

安吉余村：从靠矿山谋生到靠青山致富 …………………………… 192

◎《科技金融时报》

"点绿成金"的浙江样本 ……………………………………………… 197

◎《农村信息报》

生态富农看浙江

　　——写在浙江践行"绿水青山就是金山银山"理念10周年之际 ……… 204

◎《浙江法制报》

船叫"沧海9"　他叫杨世钗 ……………………………………… 207

◎《市场导报》

"两山"所里故事多 ………………………………………………… 212

◎《杭州日报》

美丽杭州

　　——美丽中国的实践样本 ……………………………………… 217

梦开始的地方（生态篇）："绿水青山"创造美好生活 …………… 227

◎ 杭州电视台

富阳"修山复水"展新颜 …………………………………………… 233

◎ 《宁波日报》

梁弄：红色基因引领绿色发展

——"浙东延安"蹲点调研记 ·················· 235

◎ 宁波电视台

村里来了艺术家 ·································· 242

◎ 《温州日报》

楠溪江，30年守护后的"再造"

——永嘉"两山"转化调查 ················ 244

◎ 温州市广播电视台

治水"父子兵" ································ 251

◎ 《绍兴日报》

政府回租万亩水面保清洁 ···················· 253

◎ 《南湖晚报》

"绿水青山就是金山银山"理念的"竹林解法" ········· 256

◎ 《嘉兴日报》

十年为功，绿色DNA融入金色GDP

——嘉善打造"绿水青山"的平原生态样本 ········· 262

◎ 《湖州日报》

从余村走向中国 ······························ 268

◎ **湖州市新闻传媒中心**

打卡"两山"路：Day1，快上车！ ……………………………… 276

◎ **《金华日报》**

好一首生态富民"主题歌" …………………………………… 278

◎ **《衢州日报》**

行走在青山绿水间

——"踏遍青山"系列报道综述 ……………………………… 285

◎ **衢州广电传媒集团**

浙赣共谱"治水曲"系列报道 ………………………………… 289

◎ **《台州日报》**

天台塔后村：打造"民宿＋康养"的休闲驿站 …………………… 291

◎ **台州广播电视总台**

"空村"计 ……………………………………………………… 297

◎ **《舟山日报》**

牢记嘱托，铸造美丽乡村新样板 …………………………… 299

◎ **舟山广播电视总台**

海岛乡村的美丽蝶变 ………………………………………… 307

◎ 《丽水日报》

庆元取消东部13个乡镇工业考核指标 ………………………………309

缙云仙都建26个项目不砍一棵树 ……………………………………311

◎ 《萧山日报》

五星美丽庭院　十年改变一座城 ……………………………………313

践行"绿水青山就是金山银山"理念　建设美丽乡村 ………………321

◎ 《乐清日报》

亿元投向黄金溪，治得一湾碧水还 …………………………………323

◎ 《温岭日报》

曙光照耀，东海渔镇越来越美 ………………………………………327

◎ 温州市瓯海区融媒体中心

"开心农场"赏花正当时 ………………………………………………333

"绿水青山带来了金山银山"

——回访浙江舟山市定海区新建社区袁其忠家

《人民日报》

青山苍翠，溪水清冽，民居错落有致……走进袁其忠的农家乐小院"画春园"，赏花品茶唠家常，好不惬意。

新建社区，隶属于浙江省舟山市定海区，由南洞、黄沙、里陈三个自然村合并而成。2015年5月25日，习近平总书记来到这里，了解城乡统筹发展和社区文化建设情况。

回忆当时的情形，70多岁的袁其忠依然激动："习近平总书记微笑着同乡亲们一个个握手，特别和蔼可亲……做梦也不敢想，总书记来到了我家！"

"这些年过去了，"袁其忠畅想着，"真盼望习近平总书记有空能再来我家看看，尝尝我做的海鲜。"

先富带后富，大家富起来

等在院门口的袁其忠身体硬朗，兴致勃勃地带我们参观自家小院。

推开院门，映入眼帘的是一张长桌和一圈木凳。"习近平总书记当时就坐在这里，和我们坐一样的凳子。"袁其忠连连感叹，"总书记真亲民，非常的和蔼。"

房屋外墙的电视上，播放着习近平总书记当年来考察的新闻画面，一群游客正在一旁观看。袁其忠的大女儿袁婵娟讲解说："我当时和总书记握手，太激动啦，握了好久都忘记松开。"众人一阵欢笑。

"在我家里，习近平总书记仔细看了院落、客厅、餐厅，同我们算客流账、收入账。好想告诉总书记，这几年生意都很好，以前还有淡旺季，现在一年到头都是旺季！"袁其忠说，随着"画春园"生意蒸蒸日上，三个女儿、一个儿媳从兼职变成农家乐的固定员工，每天都很忙。

为了选购最新鲜的海货，袁婵娟每天早上5点多去菜市场。擅长烹饪的弟媳则负责掌勺。"盐烤对虾来啦""蒜蓉扇贝来啦"……上菜声不时响起，农家乐里很是热闹。

富起来了，"画春园"也大变样——扩大营业面积，统一餐饮用具，改建了卫生间。袁其忠则未改朴素本色，300多元买来的黑色棉衣已穿了多年。前不久，社区开展"剪爱助困"义卖活动，他高价买了好几幅剪纸作品。平时，袁其忠还会给其他农家乐推荐客人，帮助村民销售瓜果。

"我们要先富带后富，大家富起来。"袁其忠说。

产业旺起来，收入多元化

午后，送走最后一批客人，袁婵娟终于得空歇一歇。

跟着她漫步街巷，看到几家农家乐里都挺热闹。"生意好的不光我们一家。"袁婵娟说，以前游客多是舟山市里的，现在长三角一带的游客也很多，2018年，社区共迎来游客40万人次。

居民的收入来源，可不限于这些。新建社区当下还在建设，不少村里人就在家门口务工，一天收入200多元。

"我大致数了数，现在社区60%的人家都有小汽车，"袁婵娟说，"不少人家开起了农家乐，办起了民宿。没办农家乐和民宿的，就在村里当服务员，一个月也有 3000 多元收入。"

目前，新建社区共有农家乐 45 家、民宿客栈 18 家，拥有床位 160 张、餐位 1400 个，直接从业服务人员 250 人。2018 年，新建社区人均纯收入已达 37580 元，社区旅游收入达 3000 万元。

富起来的村民，闲时做些啥？

袁婵娟带记者来到了社区老年活动室，这里绘画台、棋牌桌、乐器室一应俱全。袁婵娟的兴趣爱好，包括去美术馆剪纸、到礼堂看演出、参加社区志愿活动等。

"绿水青山"在，社区变化大

"这些年干部干得实在，群众跟得更紧。社区一年一个样，几年大变样。很多游客到了这里都说，看得见远山，找得到乡愁。"

回到"画春园"，袁其忠的二女婿林军带记者登上二楼平台。抬头远望，只见南洞水库坝上，由绿色植被组成的"绿水青山就是金山银山"几个大字十分醒目。

"这几个字，字字值千金啊。"林军说，"绿色发展、可持续发展，我们就要奔着这个做。"

2015 年 7 月，定海区成立新建生态村建设管委会，指导和帮助新建社区发展；又专门组建公司，推进各类建设项目。说起新建社区与南洞景区融合发展，林军话语中不无自豪："这些年干部干得实在，群众跟得更紧。社区一年一个样，几年大变样。很多游客到了这里都说，看得见远山，找得到乡愁。"

正聊着，耳旁传来一阵阵马达的轰鸣声。循声望去，远处的南洞水库旁，几个年轻人正驾驶着越野摩托车，体验极限运动。新建社区这几年深挖乡村旅游内涵，让旅游内容变得丰富多彩：有颇为时尚的徒步活动，也有体现民宿风情的鱼神节；有美之声合唱团定期演出，也有艺术院校学生的研学、采风活动。

入夜，"画春园"外传来一声喊："老林，走喽！"

原来，社区成立了党员志愿者夜间巡逻队，林军也加入了队伍。夜间巡逻，既保安全，也解决问题。前阵子，他们发现一户人家的残疾证要更换，马上帮忙代办；还有一家人有法律问题想咨询，他们又帮忙联系律师。

夜晚的社区小道上，几束手电光格外明亮。道路两旁，居民们的家里，灯正亮着，温暖而祥和。

作者：李中文、方敏

原刊于《人民日报》，2020年1月27日

《人民日报》

绘就之江新画卷

《人民日报》

这里，泠泠流淌的溪水清澈见底，惹得你想掬捧喝上一口；这里，清冽的空气被花草的芬芳浸透，诱得你想敞开胸腔来个深呼吸……

这里，就是浙江！

从杭嘉湖平原到瓯江两岸，从东海之滨到浙西山麓，这绿水青山，是大自然的馈赠，更是浙江人接续奋斗的结果。

"生态资源是最宝贵的资源，不要以牺牲环境为代价来推动经济增长，这样的经济增长不是发展。""刚才你们讲了，要下决心停掉矿山，这些都是高明之举，绿水青山就是金山银山。"2005年8月，时任浙江省委书记习近平同志到安吉县天荒坪镇余村调研，强调"绿水青山就是金山银山"。浙江，自此越发坚定地走上人与自然和谐共生之路。

十多年来，浙江始终坚持以人民为中心的发展思想，树立并践行"绿水青山就是金山银山"的理念，大力推进生态文明建设，走出了一条生产发展、生活富裕、生态良好的高质量发展新路子。

《人民日报》

一任接着一任干，像保护眼睛一样保护生态环境

翠竹绿林连绵起伏，清澈小溪潺潺流淌，道路上口音各异的游人络绎不绝。这里，就是安吉县余村。

余村已经是国家AAAA级景区，正在申报AAAAA级景区。村里剩下的几家竹制品加工等工业企业，2019年将全部搬迁，腾出地方建旅游服务中心。

看到眼前的情景，让人难以想象，20世纪90年代的余村是这样一番模样："石头经济"十分红火，炸山开矿，建水泥厂，尘土飞扬。

"我们坚持修复生态，整治环境，开办农家乐，推出河道漂流，发展观光农业。"一见面，安吉县委党校校委委员、村党支部原书记潘文革就兴奋地对记者说，"全村人均年收入已经达到了4.4万多元。"

由"卖石头"转为"卖风景"，余村人的"绿色变奏曲"渐入佳境。

从牺牲"绿水青山"换取"金山银山"，到追求既要"绿水青山"又要"金山银山"，再到认清"绿水青山就是金山银山"——演奏这首"绿色变奏曲"的，又何止是余村！

作为市场经济先发省份，浙江较早遭遇"成长的烦恼"，生态环境一度面临较大压力。2003年，时任省委书记习近平同志经过深入调研和思考，提出了"八八战略"这一引领浙江发展的总纲领。其中重要一条就是：进一步发挥浙江的生态优势，创建生态省，打造"绿色浙江"。

锚定"绿色浙江"目标，历届省委、省政府一任接着一任干，像保护眼睛一样保护生态环境，像对待生命一样对待生态环境。绿色接力棒，一棒一棒传。

千村示范，万村整治，一个个村庄面貌一新。

在浙江各地采访，记者看到，村里仅几平方米的水边，往往也立着一块"小微水体管理公示牌"，写着镇级、村级负责人及"河小二"的姓名和电话。老百姓发现问题，一个电话就可以打过去。在很多大城市尚未推开的垃圾分类，如今在浙江农村非常普遍……

正是"千村示范、万村整治"工程持续实施，久久为功，使得一个又一个村庄旧貌换新颜。

2018年9月，"千万工程"荣获联合国"地球卫士奖"。此前，安吉县成为我国首个获得联合国人居奖的县级城市，联合国环境规划署把"环境可持续发展奖"授予长兴县……浙江人呵护家园的努力，得到世界的高度赞许。

"五水共治"，消除黑臭，一条条江河碧水长流。

来到桐庐县江南镇环溪村，展示栏上一张张呈现以前情景的旧照片，惹人注目。"污水靠蒸发，垃圾靠风刮，室内现代化，室外脏乱差，溪沟就是垃圾污水的家。"村主任周忠莲快人快语，"这段顺口溜，就是村庄的过去。"

环顾四周，三面是溪，清水淙淙，石桥、古树、白墙、黑瓦，勾勒出一幅水乡诗画。"现在啊，污水有了家，垃圾分类效益大，室内现代化，室外四季开鲜花，家家户户美如画，溪沟清澈有鱼虾。"周忠莲笑道。

巨变的秘诀就是"五水共治"！党的十八大把生态文明建设纳入"五位一体"总体布局。浙江省委将"千万工程"又往前推进一步，打响"五水共治"战役。时任浙江省委书记夏宝龙有个形象的比喻："五水共治"好比五个手指头，既竖起治污水这个"大拇指"，从群众深恶痛绝的污水治理抓起，也把防洪水、排涝水、保供水、抓节水捏成"拳头"，集中整治。

迄今，浙江累计消除垃圾河6500公里、黑臭河5100公里，全面消除劣Ⅴ类水质断面。

保卫蓝天，发力攻坚，一个个城市"气质"提升。

位于平湖市乍浦镇的浙能嘉华发电有限公司是全国最大、机组最多的超低排放燃煤电厂之一。抬头望去，四个高达240米的烟囱正在排出烟气，但看不到烟尘，也看不到水蒸气。

"我们用的是'豪华配置'！投入4000万元安装了烟气加热系统，消除水蒸气导致的白色'视觉污染'。"电厂"安健环部"主任钱晓峰倍感自豪。

近年来，浙江下大力气打好蓝天保卫战。2018年，全省设区城市PM2.5平均浓度下降至34微克/立方米，优良天数比率增加到85.3%，空气质量在长三角区域率先达标；全国重点城市空气质量排名前20位中，舟山、丽水、台州、温州、衢州入围，数量在全国各省份中最多。

瞄准绿色新目标，一锤接着一锤敲。

浙江省委、省政府始终高举绿色发展"指挥棒"："抓经济增长，必须处理好当前和长远的关系。从可持续发展看，做好'里子'尤为重要。美，不能只体现在面子上，我们要'由里往外'美。"

浙江决定，对淳安等26个原欠发达县，不再考核地区生产总值（简称GDP），着力考核生态环境保护。各级领导干部扭转了"唯GDP"的发展观、政绩观——生态环境就是实打实的民生，发展经济是政绩，保护环境同样也是硬邦邦的政绩。

转型升级不动摇，"绿水青山"变成了"金山银山"

红色的枫叶鲜艳夺目，翠绿的芦苇昂首挺立，黑天鹅在湖面嬉戏觅食：图影湿地，美如图画。

位于长兴县的这个区域，多年开矿采石，矿坑遍地，十多年前采矿被彻底叫停。2010年，太湖图影旅游度假区管委会成立，到2015年，落地的项目只有两个。"谈了一两百个项目，但完全符合'绿水青山就是金山银山'理念的很少。"管委会主任成仁贵说，"我们一直在找，很着急！"

没想到，市、县领导却气定神闲："留白增绿，也是发展。你们就一心一意把生态环境做好，项目会有的！"

于是，这个地处太湖南岸，三面环山、一面临湖、腹拥图影湿地的黄金宝地，长期"留白"。持续复绿废弃矿山，修复保护湿地，水质由以往的劣Ⅴ类大幅度提升，稳定在Ⅲ类水以上。

现在，图影终于画上了浓墨重彩的一笔：太湖龙之梦乐园。这个规模惊人的乐园占地面积约1.2万亩，入选全国优秀旅游项目、"十三五"浙江重大建设项目。太湖古镇、动物世界、星级酒店群等陆续建成。一对对新人在废弃矿坑改造成的水塘景观边拍婚纱照，定格幸福瞬间。

绿色发展，知易行难，往往需要舍弃眼前的、局部的诱人利益。浙江人何以能保持定力、忍受"寂寞"？

一个重要原因是他们曾经经受考验，对"舍与得""快与慢"的辩证法，有着深切体会。

根据"八八战略"的总体部署，浙江省委提出"腾笼换鸟，凤凰涅槃"，加快推进产业结构调整和经济发展方式转变。这些年来，尽管国际经济形势复杂多变、经济发展面临严峻挑战，浙江始终没有降低环境保护的"硬杠杠"，没有放松节能减排的"紧箍"。困境中更要咬定转型升级，成为浙江坚定不移的追求。

面对困难，浙江既着力当前，又着眼长远，持续开展转型升级攻坚战，产业和产品不断从低端迈向中高端。

近几年来，浙江持续提升绿色标准，抬高环保门槛，深化生态文明体制机制改革，执法力度保持全国领先。铁腕整治，带来凤凰涅槃！

壮士断腕，逼出了企业管理水平提升。

嘉兴港区的浙江佳润新材料有限公司，曾经"臭"名远扬，如今却变成了"香饽饽"。因生产过程中散发恶臭，佳润公司2015年被港区环保局停产整改。而后，公司投入近800万元，推进废气治理"五全"：全密闭、全加盖、全收集、全处理、全监管。

苦尽甘来。"由于全国环保整治力度不断加大，我们的订单越来越多了，企业经济效益芝麻开花节节高！"副总经理蒋奇笑得合不拢嘴，"老板请我们全体员工出国旅游。"

在长兴县，铅蓄电池产业曾经一哄而上，2004年时，企业数量达到175家，污染严重。通过淘汰、兼并、重组，目前企业减少到16家，布局园区化，企业规模化，工艺自动化，厂区生态化，产值和税收翻了好几番。

"我们的传统铅蓄电池业务板块不断升级，新能源锂电池、汽车起动启停电池、储能电池等新兴业务板块加快发展。我们还将推出两种新型的高端电池。"天能集团董事局主席张天任信心满满。

保护优先，带来了治理开发协调并进。

"太湖美，太湖美，美就美在太湖水。"远处烟波浩渺，近处波光粼粼，四周游人如织……湖州市南太湖，生态旅游产业红红火火。

关停水泥厂、造纸厂，推动渔民上岸居住，建设污水处理设施，综合治理岸线……湖州近年来投入巨资，实施多项保护工程，如今，南太湖水质显著改善，常年保持在Ⅲ类。

"这十几年时间里，湖州没有左顾右盼，始终把'保护优先'挺在前面，占了高质量发展的先机。"太湖国家旅游度假区文化研究中心副主任李东民感慨，"如果还是像以前那样粗放发展，这些年得到的那点利益，必定又会还给环境，得不偿失！"

提高标准，推进了产业结构优化升级。

2019年4月，杭州钱塘新区挂牌成立。萧山区的大江东产业集聚区和江干区的杭州经济技术开发区，合二为一。

原杭州经济技术开发区内有家轮胎生产企业，产值达数百亿元，税收达10亿元，排放符合国家标准，但橡胶生产有异味。钱塘江对岸的原大江东产业集聚区，面积较大、居民较少，这个税收大户能不能搬到大江东去？

"考虑来考虑去，下决心搬掉这家企业！"管委会主任何美华对记者说，"新区产业结构要继续优化调整，我们对几百家企业制订了分阶段关停计划，把生态环境放在第一位。"

如今，浙江全省"颜值"和"气质"不断提升，与此同时，经济"体格"和"体质"越来越好。以新产业、新业态、新模式为特征的"三新经济"，已占全省地区生产总值近1/4。浙江省全域旅游产业年增加值达到近4400亿元，占全省地区生产总值的比重达到7.8%。

2019年6月5日，联合国"世界环境日"全球主场活动在杭州举办，生态文明建设、绿色发展的中国方案及浙江样本，举世瞩目。淳安县下姜村从"穷脏差"变为"绿富美"等生动范例，赢得广泛赞誉。

清新政风扑面来，为美丽浙江建设提供有力保障

"绿水青山就是金山银山"的理念，为什么能够在浙江生根见效？

行走浙江大地，记者深切感到，政治生态清明、干部队伍清廉，是自然生态清丽的重要保障。

"我们公司，环保局有人！"以往，宁波市奉化区一些企业找环评公司咨询时，常听到这样的说法。随之而来的，是"黑咕隆咚"的报价。

宁波市生态环境局奉化分局把企业、环评公司等请来，参加"生态环境议事厅"活动，面对面打开天窗说亮话。"这以后，环评公司再也不说'环保局有人'了。环评费用一下子下降了六七成，企业负担大大减轻。"奉化气动工业协会会长曹建波兴奋地对记者说，"治理设备和运营的费用也大幅降低，企业治污积极性主动性明显增强。"

奉化从2017年开始开展生态环境议事厅活动，搭建政商议事平台，针对群众关心的热点环境问题、企业关注的环保管理难题，由环保部门牵头，企业、部门、镇（街道）、社会组织、群众共同参与。

"大家畅所欲言，激烈辩论，可以拍桌子。"奉化分局局长徐军说，"每次活动中，参加议事人员还会对生态环境部门工作作风、工作效能，进行'背靠背'评议。"最近，奉化生态环境议事厅活动被生态环境部评为十佳公众参与案例，被宁波市生态环境局在全市推广。

让权力在阳光下运行，让干部在干事中成长，浙江常抓不懈。

抓效能建设。

早在2004年，浙江就制定了"效能建设'四条禁令'"：严禁擅离岗位，严禁网上聊天炒股，严禁午餐饮酒，严禁在办事中接受当事人宴请和礼品礼金。之后，进一步规范机关干部行为，在全省乡镇以上各级机关和有行政管理职能单位开展"整风"，强化监督机制，严格考核奖惩。

抓实干为民。

被称为"书记夜考会"的全省县（市、区）委书记工作交流视频会，从2013年开始每季度开一次。选晚上的时间，凭实绩挑10位县委书记"上擂台"，比成绩、讲方法、提目标。盯住领导干部这个"关键少数"，尽管每次会议主题不同，但多年来核心则是一个："实干"。

抓优化服务。

全国行政审批制度改革，起源于浙江。2016年底，为解决企业和群众到政府部门办事难问题，浙江启动"最多跑一次"改革，让数据和干部多跑路，让群众和企业少跑腿。目前，浙江已经实现省、市、县三级"最多跑一次"事项100％全覆盖。第三方调查显示，"最多跑一次"实现率达90.6％，改革满意率达96.5％。

"最多跑一次"如何再深化、再创新？2018年底，浙江提出"跑一次是底线，一次不用跑是常态，跑多次是例外"的新目标。"最多跑一次"改革成为先进经验，"跑"向全国各地。

抓基层治理。

11名保洁人员，每个人一年的工资涨到3万元——最近，宁海县桃源镇下桥村召开村民代表大会，34名代表全部签字同意，通过了这一事项。"建设美丽乡村，对村里保洁人员的要求越来越高，工资得提一提了。"村党支部书记兼村主任陈冬娥乐呵呵地说，"按照'36条'规定，这必须经过村民代表大会同意呢。"

宁海县2014年在全国率先推出村级小微权力清单36条，强化基层公权力监督，为乡村治理"立规矩"。"'36条'明确要求，对村庄10方面集体事项，严格按照'五议决策法'操作，经村党组织提议、三委会商议、党员会议审议、村民代表会议决议、群众评议，最大程度保障民主决策、民主管理、民主监督。"县纪委常委、监委委员葛知宙说。

从诸暨的"枫桥经验"到舟山的"网格化管理、组团式服务"，从温州的"综治八大员"到武义的村务监督委员会……浙江各地积极探索基层治理、社会管理好办法。

党风政风清清爽爽，人与人和谐相处，人与自然和谐共生，形成了良性循环，促进了高质量发展。

"让子孙后代享受更多的生态之美、生活之美、生命之美。今日之浙

《人民日报》

江，高质量发展的特征越来越明显！"浙江省委书记车俊表示。

作者：武卫政、李中文、刘毅、陆娅楠、吴秋余、江南

原刊于《人民日报》，2019年11月19日

浙江"五水共治"带来"海晏河清"

"绿水青山就是金山银山！"这句话，"发源"于浙江安吉！但是，很多人可能不知道，十多年前，安吉曾得过国务院的"黄牌警告"，被列为太湖水污染治理重点区域。环太湖的长兴县，汽车经过总会落满厚厚的粉尘，所有的河道都呈酱油色……

当然，这一切早成了历史云烟。随着浙江省美丽乡村建设目标的实现，随着治污水、防洪水、排涝水、保供水、抓节水的"五水共治"行动的深入进行，浙江的发展模式已从"环境换取增长"转变到"环境优化增长"。人们形容现在的浙江是"小河清清大河净，水碧山青如画屏"，到处展开的是"海晏河清"的山水长卷。

率先攻下污水治理，不把"污泥浊水"带入全面小康

浙江，因水得名、倚水而兴。作为长江中下游的经济发达省份，浙江近年来感受到水环境承受的压力之重：一面是水资源已载不动高速发展，"水乡缺水"的尴尬随处可见；另一面是群众的"梦里水乡"渐行渐远，"头枕欸乃听桨声，眼观杂花盈原野"的意境只能梦里重现。

如果地区生产总值上去了，群众却要为水是不是干净、空气是不是清

《人民日报》

新而烦恼，何谈生态文明？如果口袋鼓了，推窗开门却要与一条条"垃圾河"为伴，哪来民生的幸福指数？

沉甸甸的问号，摆在浙江面前。从2003年开始，浙江展开了"千村示范、万村整治"工程，旨在改变生态窘境。"十年生聚"，到2013年底，全省已有70％的县达到美丽乡村目标。2013年，浙江又启动"五水共治"战略，进一步夯实全面小康的基石。

"治水关乎生态、关乎转型、关乎民生、关乎全局，牵一发而动全身。"浙江省委书记夏宝龙解释说，"五水共治"好比五个手指头，既竖起治污水这个"大拇指"，从群众最深恶痛绝的污水治理起，也把防洪水、排涝水、保供水、抓节水等捏成"拳头"，齐头并进。"五水共治"是"绿水青山就是金山银山"理念的生动实践，也是治省兴省的关键之策。

走进安吉县迁坶村，一条清澈的小溪流淌、穿越整个小村。百里富春江穿越桐庐，一路水秀山清……近两年来，浙江清理的"垃圾河"有6496公里，5106公里"黑臭河"得以整治。截至2015年底，浙江已有639个镇建成污水处理设施，新增城镇污水管网6536公里，在全国各省份中第一个实现建制镇污水处理设施全覆盖。

2016年，浙江再次郑重承诺：决不把"污泥浊水"带入全面小康。到2017年，将实现城镇截污纳管和农村污水处理、生活垃圾集中处理"两覆盖"。

水里、岸上标本兼治，倒逼产业"腾笼换鸟"转型升级

水污染问题出在水里，根子还在岸上。水环境治理离不开增长方式转变。浙江适时调整发展方略：通过治水，倒逼产业转型升级。具体措施是：传统产业高新化、新兴产业规模化、高新产业集群化。

指着眼前一排烟囱，浙江通益纺织印染有限公司老总周立夫很自豪：

"瞧，一点烟雾也没有！"绍兴市柯桥区是全国闻名的纺织之乡，印染产业产值曾占全国三成。产业赚钱，也让美丽水乡"蓬头垢面"。从2014年开始，柯桥区对企业排污动起了"硬刀子"：实行刷卡排污机制，每个企业都装上刷卡排污总量自动控制系统。指标用完，排污阀门自动关闭。

以治水去产能、促转型，曾经的"水晶之都"如今找到了新"跑道"。水晶产量曾占全国八成以上的浦江，受其粗放加工所累，生态环境质量公众满意度连续六年全省倒数第一。浦江下决心对水晶行业"动手术"。两年间，浦江近2万户无证水晶加工户被取缔，新建的四个水晶集聚园区实现统一治污"零排放"。2015年，全县水晶加工主体减少了90%，水晶产业产值和税收仍增长24%和2.6%。

关停整治"低小散"腾出的发展空间，引来新的产业形态。原来集中了300多家水晶作坊的新光村，治水后吸引了143家"创客"入驻。

岸上的产业发展理顺了，水里的"病症"也逐步疗愈。曾经"垃圾围湖"、水质久居劣V类的浦江翠湖得到整治，临湖居民紧闭多年的窗终于可以打开，绿意美景扑面而来。

两年多下来，浙江整治重污染行业，累计关停、搬迁或整治提升企业3万多家、养殖场5万多户。"腾笼换鸟"产生的效应正在显现：2015年全省规模以上工业中装备制造业、高新技术产业、战略性新兴产业等表现"抢眼"，增加值分别为6.3%、6.9%、6.9%，均高于平均增速。

生态环境优势变为富民惠民新优势，"绿色福利"全民共享

白鹭成群，或翩然掠过水面，或栖息水岸树丛。2016年春天，在丽水龙泉市的龙泉溪城区河段，经常可见这般图景。摄影爱好者方朝松家住附近，最近他每天都来龙泉溪拍照。"白鹭是'环保鸟'，水清了、河畅了它们才会来。"2016年初，龙泉溪还破天荒游来一群"稀客"——人称"水

中华熊猫"、对水生态要求极高的史氏鲟。

龙泉的千余名农民摄影家，都爱把镜头对准身边的河。他们还有一重身份是"治水监督员"，捕捉美景的同时，也定格下脏乱一角。照片张贴上各乡镇的"红黑"榜，给治水"短板"曝曝光。"五水共治"行动正是在这样的共建共享中继续推进。不仅"河长制"有了更为完善的"升级版"，"河道警长""村民监督员""义务护水队""亲水志愿者"等各种管水护水组织也纷纷发挥作用。

在浙江，生态环境的优势正转化为富民惠民新优势，绿色环境正成为城乡群众共享的绿色福利。统计显示，浙江生态环境状况指数近几年保持在全国前列。"环境可持续发展奖"第一名，这是联合国环境规划署授予浙江长兴的殊荣；山峦青翠、河流清澈、空气清新、人居环境优美，这是浙江安吉荣获"联合国人居奖"时有关机构的评语……

旅游部门近年多次在全国游客中调查：乡村旅游您首选哪里？浙江的得票总是名列前茅。

作者：王慧敏、江南

原刊于《人民日报》，2016年4月16日

绘就新时代美丽乡村新画卷

——习近平总书记关心推动浙江"千村示范、万村整治"工程纪实

新华社

15年的执着，千山万水更加美丽动人；

15年的跨越，千村万户更加美丽富裕。

这是习近平总书记15年前在浙江亲自推动，也是他一直牵挂关怀的富民工程——

2003年至2018年，浙江省15年间久久为功，扎实推进"千村示范、万村整治"工程，造就了万千美丽乡村，取得了显著成效。

"进一步推广浙江好的经验做法，因地制宜、精准施策，不搞'政绩工程''形象工程'，一件事情接着一件事情办，一年接着一年干，建设好生态宜居的美丽乡村，让广大农民在乡村振兴中有更多获得感、幸福感。"习近平总书记日前对浙江实施的这项工程作出重要指示。

大道溯源，潮涌钱塘。

浙江"千村示范、万村整治"工程的成功实践，为实施乡村振兴、构建美丽中国提供了丰富的经验启示，新时代美丽乡村的新画卷正在徐徐铺展……

一个关乎全局的重大行动——新发展理念在探索和实践中形成，书写美丽乡村建设新篇章

"习近平总书记给我们回信啦！"2018年3月1日，位于四明山革命老区的浙江余姚市横坎头村2000多名村民奔走相告，沉浸在兴奋和激动中。

"15年前到你们村的情景我都记得，我一直惦记着乡亲们。这些年，村党组织团结带领乡亲们艰苦奋斗，发展红色旅游，利用绿色资源，壮大特色农业，把村子建设成了远近闻名的小康村、文明村，乡亲们生活不断得到改善，我感到十分欣慰。"习近平总书记在信中说。

小山村连着中南海。四明山的山川草木，见证着习近平总书记对一个革命老区山村15年的惦念和关心。

"我们是2月10日给习近平总书记写的信，没想到习近平总书记10多天后就回了信！"横坎头村党委书记张志灿兴奋地说，他清楚记得当年一幕幕难忘的场景——

2003年春节前夕，时任浙江省委书记的习近平冒着雨雪，专程来到横坎头村考察调研，走村入户看望村里的老干部、老党员。当时的这个山村还没有水泥路，全村没有一个公厕，许多人家都还用露天粪缸。

在同村委会座谈时，听完情况介绍，习近平同志神色凝重："只有老区人民富裕了，才谈得上浙江人民的共同富裕；只有老区人民实现了小康，才谈得上浙江真正实现全面小康。"

心系基层百姓，谋划发展大计。

在2002年10月12日调任浙江之后，习近平同志就开启了马不停蹄的调研行程，在春节前的三个月内连续到11个市进行一线调研，察民情、听民声。

当时的浙江，广大农村正面临"成长的烦恼"，农村建设和社会发展

明显滞后。"有新房无新村""室内现代化、室外脏乱差""垃圾无处去、污水到处流"等现象十分突出。据省农办摸排，当时全省有4000个村庄环境比较好，3万多个村庄环境比较差。

更深层次的问题是，经济高增长背后是不蓝的天、不清的水、不绿的山，是不平衡、不协调、不可持续的发展模式。如何处理好发展和环境保护的关系，考验着决策者的智慧。

从陕北农村到河北正定，从福建到浙江……习近平同志始终扎根基层，心怀对人民的质朴感情。他深谙中国国情，深切了解什么是农村发展的症结所在、什么是老百姓的喜怒哀乐：

在陕北梁家河村，青少年时期的习近平带领黄土高原的群众战天斗地，改旱厕、建沼气，利用有限的条件开发新能源，改善人居环境；

在河北正定，他亲自监督整改农村"猪圈连茅厕"，设立公共厕所，修建生活垃圾池；

在福建，他推动解决"茅草房"和"连家船"问题；

……

这是一项高瞻远瞩的重大部署。

2003年6月，在时任省委书记习近平的倡导和主持下，以农村生产、生活、生态的"三生"环境改善为重点，浙江在全省启动这项"千村示范、万村整治"工程，开启了以改善农村生态环境、提高农民生活质量为核心的村庄整治建设大行动。

"'千村示范、万村整治'工程是推进新农村建设的龙头工程、统筹城乡兴'三农'的有效抓手、造福千万农民的民心工程，要让更多的村庄成为充满生机活力和特色魅力的富丽乡村。"习近平同志亲自部署：花5年时间，从全省4万个村庄中选择1万个左右的行政村进行全面整治，把其中1000个左右的中心村建成全面小康示范村。

新华社

俯瞰丽水市莲都区古堰画乡小镇（黄宗治 摄）

在浙江工作期间，习近平同志亲自抓这项工程的部署落实和示范引领，每年都召开一次全省现场会作现场指导。此后，省里"一把手"直接抓这项工作，成为浙江历届省委的一项雷打不动的惯例，所布置的工作尽管每年有所侧重，但抓这项工程的决心不变、主题不变，一以贯之。

这是一种新发展理念的成功实践。

4月的浙江安吉，竹林摇曳、绿水清波，一派魅力江南好风光。但在10多年前，这里有不少水泥厂和开采石灰岩的矿山，环境受到破坏。县里下决心关停矿山。

不少干部群众仍清晰记得，2005年8月15日，习近平同志在安吉余村考察时，得知村里关闭矿区、走绿色发展之路的做法后高度评价说：下决心关停矿山是高明之举。

浙江"七山一水两分田"。在这次考察中，习近平同志首次明确提出"绿水青山就是金山银山"，强调不以环境为代价去推动经济增长。随后，在《浙江日报》的《之江新语》栏目中，习近平同志这样阐释："我们追求人与自然的和谐，经济与社会的和谐，通俗地讲，就是既要绿水青山，又要金山银山。"

安吉也由此倾力建设美丽乡村，开启了在发展中保护、在保护中发展的全新路径，使村庄美丽起来，让生态产生效益。美丽经济已成安吉等地的靓丽名片，同欧洲乡村相比也毫不逊色。10多年来，安吉年财政收入从当初的6亿多元，猛增至60多亿元。

问渠那得清如许？为有源头活水来。

在总结浙江经济多年发展经验的基础上，2003年7月10日，习近平同志在省委十一届四次全会上全面系统地阐释了浙江发展的八个优势，提出了指向未来的八项举措——"八八战略"，这个着眼发展大格局、指引浙江改革发展和全面小康建设的宏图大略焕然而生。

从"八八战略"总方略中提出打造"绿色浙江"，到把"千村示范、万村整治"工程作为推动生态省建设的有效载体，再到进一步提出"绿水青山就是金山银山"这一科学论断，一系列新发展理念事关浙江乃至中国未来的永续发展大计，也成为习近平新时代中国特色社会主义思想的理论源头。

这是一份真挚深厚的人民情怀。

"即使现在通了高速，从杭州来我们村里还要三个多小时，那时候，来一趟是真不容易！"时任下姜村党支部书记姜银祥清晰地记得，2003年4月24日习近平同志第一次来到下姜村，一路上换了三种交通工具。"他先花近六个小时从杭州坐车到县城，又坐快艇三四十分钟到薛家源村码头，再换汽车一路颠簸约二十分钟进下姜村。"

2003年，习近平同志主动提出将距杭州300公里以外、山路十八弯的淳安县枫树岭镇下姜村作为自己的基层联系点。在浙江工作期间，他先后四次来到下姜村，帮助村子谋划发展沼气工程、旅游等产业，解决基层和群众生产生活中的实际问题。

始终同人民想在一起、干在一起。在浙江工作期间，习近平同志跑遍了浙江的山山水水，深入基层一线，问计于干部群众，走访于田头车间，思考于颠簸旅途。

"看到村里谁家的屋门开着，习近平同志就会拐进去看看，村里大部分农户家他都去过，每次都先走访慰问老党员和困难群众。"姜银祥说，"进了村民家，都会问问大家过得怎么样，还有什么困难。"

离开浙江工作后，习近平同志对"千村示范、万村整治"工程始终牵挂、惦记在心。

2013年5月，习近平总书记作出指示强调，要认真总结浙江省开展"千村示范、万村整治"工程的经验并加以推广。各地开展新农村建设，应坚持因地制宜、分类指导，规划先行、完善机制，突出重点、统筹协调，通过长期艰苦努力，全面改善农村生产生活条件。

2015年5月，习近平总书记到浙江调研时来到舟山市定海区新建社区。在以开办农家乐为主业的村民袁其忠家里，习近平总书记说，全国很多地方都在建设美丽乡村，一部分是吸收了浙江的经验。浙江山清水秀，当年开展"千村示范、万村整治"确实抓得早，有前瞻性。希望浙江再接再厉，继续走在前面。

2017年11月9日，下姜村村民迎来了一份特殊的礼物——习近平总书记给下姜村干部群众寄来了亲笔签名的中共十九大首日封。

下姜村没有辜负习近平总书记的牵挂。通过道路硬化、卫生改厕、河沟清淤、保护山林、污染整治和农房改造……一套"组合拳"打下来，如今这个村已是千岛湖南岸深山中的美丽乡村，山清水秀、翠竹掩映、街道整洁。2017年，下姜村常住人口人均可支配收入达27045元，是2001年2154元的12.56倍。

15年岁月如歌，15年接续奋斗。

浙江15年间扎实推进"千村示范、万村整治"工程的生动实践和成功经验，对当前我国建设美丽中国、实施乡村振兴战略具有参考意义：

一是规划引领建设。浙江形成以县域美丽乡村建设规划为龙头，村庄布局规划、中心村建设规划、农村土地综合整治规划、历史文化村落保护利用规划为基础的"1＋4"县域美丽乡村建设规划体系。

村庄布局规划方面，浙江提出"中心村"主要建设公共服务中心，吸引人口集聚、辐射周边村庄；"一般村"主要实行环境整治、改善村容村貌；"高山偏远村""空心村"主要实行异地搬迁；"历史文化村落"主要实行保护修建，促进历史古迹、自然环境与村庄融为一体。

二是坚持稳扎稳打。从农村实际出发，把握好整治力度、建设深度、推进速度、财力承受度以及农民接受度，不搞"一刀切"、大拆大建。农村垃圾处理、污水治理是乡村人居环境建设的两个前置性工程，做到位才可避免工作反复，可以此为"先手棋"，推进全域性整乡整镇整治。

三是坚持群众视角。宣传群众、发动群众、依靠群众，夯实美丽乡村建设的群众基础和社会基础。把农村生态环境、乡土文化等优势转化为发展显势，规划、建设、管理、经营、服务并重，把美丽乡村建设与农村新型业态培育有机结合，开拓农民"就地就近就业"门路，激发农村发展内生动力。

遵照"千村示范、万村整治"工程的部署推进，在新发展理论指引下，浙江久久为功建设，造就了万千美丽乡村。不仅是安吉、德清、富阳、临安等浙北县区，诸暨、丽水、衢州等地乡村面貌也焕然一新，美丽公路串起"美丽乡村创建先进县示范县""整乡整镇美丽乡村""精品村""美丽庭院"等，带动浙江乡村整体人居环境领先全国。

截至2017年底，浙江省累计有2.7万个建制村完成村庄整治建设，占

新华社

全省建制村总数的97％；74％的农户厕所污水、厨房污水、洗涤污水得到有效治理；生活垃圾集中收集、有效处理的建制村全覆盖，41％的建制村实施生活垃圾分类处理。

一种久久为功的坚定意志——下大气力建设生态文明，合力绘就绿色发展新图景

昔日窘迫的横坎头村已改变了容颜，村里锚定"红色旅游"和"绿色发展"两个主色调，实现了快速发展：从当年负债45万元到村级固定收入260余万元，农民人均可支配收入27568元，被评为浙江省全面小康示范村、全国文明村。

横坎头村的变迁如同一个缩影。

从浙江"千村示范、万村整治"工程中，人们可以看到中国正确处理经济发展与生态保护关系的样本，也看到了未来美丽中国的范例。

"农业强不强、农村美不美、农民富不富，决定着全面小康社会的成色和社会主义现代化的质量"，恢复和提升农村生态，让农村的生态优势变成农村发展的宝贵资本，才能书写好新时代中国生态文明建设这篇大文章。

浙江"千村示范、万村整治"工程推进的15年间，经历三个阶段：2003年至2007年示范引领，1万多个建制村推进道路硬化、卫生改厕、河沟清淤等；2008年至2012年整体推进，主抓畜禽粪便、化肥农药等面源污染整治和农房改造；2013年以来深化提升，攻坚生活污水治理、垃圾分类、历史文化村落保护利用。

由浅入深，从点到面。随着"千村示范、万村整治"工程广度和深度的拓展，美丽乡村的内涵也不断丰富。从美丽生态到美丽经济，再到美丽生活，"三美融合"带给浙江乡村勃勃生机。这也昭示建设生态文明、构建美丽中国也是一个系统、长期的过程。

坚定信心，在党的领导下，用新理念引领新发展。

江南4月，岭上开遍映山红的时节，浙江富阳万市镇何家村村主任李龙云正在村里"巡花"。一场"乡村百花大会"打擂正酣，每家每户都用鲜花装点起乡村庭院。

这里发挥独特的鲜花优势，吸引了大量的城市游客，让美丽庭院变美丽经济，目的是推进环境整治，打造美丽家园，带动产业发展，促进农民增收，助力乡村振兴。

村有千百种，特色、风情各不同。坚持从村级经济基础、区位特征、资源条件等实情出发规划，浙江"千村示范、万村整治"工程分类探索、先行先试，形成了一批可看可学可推广的发展模式。广大基层党组织带领党员、群众干事创业，建成了一大批"生态村""民俗村""花园村""文化村"，有效改善了农民群众生产生活条件，促进了当地经济的发展。

"绿水青山就是金山银山。"在安吉的余村村口，一块巨大的石碑上刻着的这10个大字，已经深深镌刻在5600万浙江儿女心中，并在神州大地呈现燎原之势。

保持耐心，一张蓝图干到底，一茬接着一茬干。

2018年1月5日，一场意味深长的仪式在安吉举行——安吉与山西右玉县正式缔结为友好县。尽管相隔千里，但地理上的距离阻隔不了两地的交流合作。

新中国成立以来，右玉县森林覆盖率由不到0.3%提高到54%，右玉县20任县委书记展开绿色接力，将历史上的"不毛之地"变成了如今的"绿洲"，以实际行动和成功实践向世人展示了以"执政为民、尊重科学、百折不挠、艰苦奋斗"为核心的"右玉精神"；在新时代，安吉在争当践行新发展理论的样板地、模范生中，建设中国最美县域。

相互镜鉴，携手并进；持续用力，久久为功。

新华社

早在 2003 年 4 月 9 日，习近平同志第一次到湖州安吉调研时，就嘱咐当地干部："生态建设是一项长期的任务，不可能一蹴而就。我们要一任接着一任干，一年接着一年抓，决不能松懈，更不能反复。"

"我们在生态环境方面欠账太多了，如果不从现在起就把这项工作紧紧抓起来，将来会付出更大的代价。"2012 年 12 月，习近平担任总书记后首赴外地考察时就谆谆告诫。

党的十八大以来，习近平总书记每赴各地考察调研，几乎都有对生态文明建设的深邃思考和明确要求，始终念兹在兹，持续推动。在内蒙古阿尔山林区、在云南洱海、在青海察尔汗盐湖、在黑龙江黑瞎子岛，留下了他的身影……

功成不必在我，功成必定有我。稳扎稳打长期推进美丽中国建设，推动中国的发展面貌焕然一新。

紧贴民心，从群众关注的实事入手，发动群众合力推进。

卫生改厕，是一件民生小事，也是一件民生实事。

浙江"千村示范、万村整治"工程在实施早期就把这件事作为一个重要着力点，而这项工程持续推进中一个重要经验就是始终坚持群众视角，从群众最关心的事情做起，发动群众、依靠群众。

习近平总书记也一直把农村人居环境整治记挂在心上，多次提及。2015 年 7 月，习近平总书记要求将"厕所革命"推广到广大农村地区。得知一些村民还在使用传统的旱厕，他强调，随着农业现代化步伐加快，新农村建设也要不断推进，要来个"厕所革命"，让农村群众用上卫生的厕所。

不仅是厕所难题，习近平总书记还关心畜禽养殖废弃物处理和资源化、北方地区冬季清洁取暖、普遍推行垃圾分类制度等，这些都关乎美丽中国建设。

在"千村示范、万村整治"工程的最新进展中，乡村普遍面临的电线"蜘蛛网"难题也在有效破解，通过电线升级、架空线路梳理、"上改下"等方法，新建改造中低压线路，实现强弱电规范有序，乡村用电线路整洁美观。

一条永续发展的必由之路——将构建美丽中国进行到底，开启新时代生态文明建设新征程

"山水格局，绿野寻踪；浅街深院，宜居宜商；雅居美庐，悠然自得；江南底蕴，休闲圣地。"

横坎头村党委书记张志灿喜欢用美丽的字句，描述这个小村庄面向2035年的规划目标，生态型、绿色田园风情、多种风貌体验将成为这里的突出特色，美的内涵也在不断延展——科学规划布局美、村容整洁环境美、创业增收生活美、乡风文明身心美。

如今，横坎头家家种植的樱桃挂满了枝头，前来采摘的人络绎不绝，都市的人们徜徉在绿色中收获惬意，当地村民也在绿色增收中收获喜悦。

到21世纪中叶把我国建成富强民主文明和谐美丽的社会主义现代化强国——党的十九大报告对于发展目标的表述增加了"美丽"二字，让人眼前一亮。

将"美丽"二字写入社会主义现代化强国的目标，意味着从实现中华民族伟大复兴中国梦的历史维度推进生态文明建设，彰显了中国共产党人的远见卓识和使命担当。

放眼广阔大地，跨越千山万水。

东部浙江"千村示范、万村整治"工程这场跨越15年的美丽接力，未来将不断升级，到2020年50%以上县（市、区）将力争达到美丽乡村示范县标准；建成1万个A级景区村庄，其中AAA级景区村庄1000个……

党的十九大后，以习近平同志为核心的党中央把美丽中国建设引向深入，更多聚焦农村，党的十九大报告首提"乡村振兴战略"后，中央农村工作会议、一号文件更是对中国特色社会主义乡村振兴道路进行了长远布局；2018年2月，中共中央办公厅、国务院办公厅印发的《农村人居环境整治三年行动方案》公布，着力于农村生活垃圾、生活污水治理和村容村貌提升等重点领域，将梯次推动乡村山水林田路房整体改善……

建设好生态宜居的美丽乡村，要以抓铁有痕、踏石留印的劲头坚持不懈，扎实推进农村环境综合整治和农业污染源防治工作，加快美丽乡村建设，让农民有更多幸福感、获得感。

"生态环境保护是一个长期任务，要久久为功。"习近平总书记反复强调，美丽中国建设必将是一项艰巨的历史任务。

美丽中国的背后彰显的是大写的"人民"，"环境就是民生，青山就是美丽，蓝天也是幸福"，坚持以人民为中心的发展思想，把人民对美好生活的向往作为奋斗目标，这片美丽将更加持久温暖。

山巍巍，水潺潺，松青青。

横坎头村不远的山脉上，苍松挺立，雄姿英发，犹如凝视着这片土地上发生的翻天覆地的巨变。

70多年前，横坎头村是浙东抗日根据地的中心、中共浙东区委所在地。红色基因不断传承，如今在村党组织的带领下，这里的乡亲们正再接再厉，努力建成富裕、文明、宜居的美丽乡村。

作者：何玲玲、张旭东、何雨欣、方问禹、王俊禄
原刊于《新华每日电讯》，2018年4月23日

浙江松阳：江南老屋复活记

烟雨江南，古村深巷，黄墙黛瓦氤氲在雾气之中。屋檐之下，几只燕子挤在窝里叽叽喳喳，不时在屋内低飞嬉戏。

搬回老屋居住的雷金玉说，燕子归巢是吉兆，而我们回来，是舍不得根。

地处浙江省西南部山区的丽水市松阳县，建县已有1800多年历史，有传统村落71个，是华东地区传统村落最多、风格最丰富的县域，其总量居全国第二。

然而在城市化浪潮中，传统村落的生机与韵味被不断冲刷。人走了，老屋也黯然失色，被遗忘在山野乡间，在时间的沙漏里湮灭……

为了复兴传统村落的"根"与"魂"，一场"拯救老屋行动"正在松阳展开。断壁残垣的老屋，在拯救中活了过来，传统村落的风貌文脉也就此展现出新的生机。

春燕衔泥筑新巢

燕子衔泥，飞入垂杨处。与春燕一起"筑巢"的，还有古村的老匠人。

新华社

经过修缮，松阳县赤寿乡界首村村民雷金玉家的老屋重焕生机，一大家人在老屋里过了年，就决定一直住下去。

老屋空置了十几年，如今有了人气，久违的燕子也飞回来筑巢。

一口井、一座庙、一棵大树，青瓦、灰窗、黄泥墙的老屋，依山傍水、错落有致，镶嵌在青松与梯田之间，构成了中国传统村落的典型意象。

修复老屋，就是留住日渐消失的乡村。

2016年，在国家文物局原局长励小捷倡导下，中国文物保护基金会在松阳发起"拯救老屋行动"项目，提出两年内投入4000万元，对老屋进行修缮、保护和活化利用。

拯救的对象，是松阳县内除国家级文物保护单位、省级文物保护单位外的文物保护单位和第三次全国文物普查登记的一般不可移动文物中的私人产权文物建筑。

松阳县统筹成立"名城古村老屋保护发展工作领导小组办公室"（以下简称"老屋办"），重点保护构成中国传统村落完整风貌的历史建筑。

丢下手艺十几年后，67岁的老木匠宋德华在对老屋的敲敲打打中，又找回了往日的荣光。

使木刨紧贴原木，宋德华双手执耳、惯力前推，动作一气呵成。伴随一阵阵利索的摩擦声，轻卷的木皮应声而落，原木的清香扑面而来。

宋德华说，老屋的门，正背两面对称，要求插尖吻合、严丝合缝，修复难度最大，"眼神跟不上了"。

老屋无言，却默默地记录着主人一生的喜怒哀乐与悲欢离合，是一个家族血脉与文化传承的载体。

中国传统乡村民居的兴建颇有讲究，土木融合、卯榫结构、精致雕文等构成了完整的建筑美学，这也是老屋修缮工作的重点和难点。

在松阳参与"老屋拯救行动"的传统工匠超过700位，包括木匠、瓦匠、泥匠、篾匠等，几乎都是50岁以上的老匠人。宋德华前前后后收徒将近百人，目前最小的也50多岁了。

松阳县三都乡杨家堂村，工匠在修复一幢古民居（黄宗治 摄）

正厅的青石地面铺得严丝合缝，新修的窗棂与原有的构件浑然一体，翻新了瓦片的屋檐下，雕有精美花纹的撑栱历久弥新。

住了一辈子的老屋已经完成了修缮，见到"老屋办"工作人员，81岁的三都乡西田村村民徐连云仿佛见到久别重逢的亲人，激动得一把抱住，连连感谢。

"老屋办"副主任王永球介绍，松阳老屋修复的技术保障工作由浙江省古建筑设计研究院负责，制定修缮导则、概算指南、技术图册、项目验收规范等具体技术文件，形成了传统建筑修缮利用的"松阳标准"。

目前，松阳全县申报的第一期142幢老屋已全面开工，其中已完工约115幢，余下部分计划2018年8月底前完成。

三都乡毛源村村民徐关善家的老屋已有150多年历史，修复时新增了卫生设施、采光明瓦，日常生活更加舒适便捷。

徐关善说，老屋修复了，村里的年轻人也愿意回家了，家族和村落文化的"根"和"魂"也回来了。

新华社

"修复过程中，老屋产权人都会参与其中。某种角度来说，修复的除了老屋，还有因老屋而联结在一起的人心。"松阳县副县长谢雅贞说。

"百工"归来老街复活

杆秤是中国古老的衡器，在一些场合仍在使用。磅秤、电子秤出现以前，人们用得最多的就是杆秤，几乎每个家庭和商铺都有几杆大小不一的杆秤。

松阳老街上有一家"缙松秤店"，不足两米宽的店门口上方悬挂着一块用木板简单做成的招牌，其上白底黑字写着店名。因为年代久远，招牌已破损泛黄。

这家秤店已经开了30多年。店主朱葛明是邻近的缙云县人，1978年来到松阳县水南衡器厂工作，1985年在老街开起了秤店。

老街，县域内村居生活的商业中心，与闹市炊烟的市井日常，连同传统村落一起，共同构成了几代人乡愁的集体记忆。

松阳老街位于西屏镇，是浙江省目前保存最为完整的明清商业街区，也是历朝历代松阳人生活的集聚地和十里八乡农商的交易场地，周边以明清建筑为主。

杂货、小吃、弹棉、蓑衣、杆秤、裁缝、画像、刻章、打铁……从朝天门走到松阴溪边，长达两公里的松阳老街上"百工"竞放，仿佛时光倒转。

像朱葛明一样的乡村手艺人，长年累月在老街谋生，平静的岁月一晃就是十几年、几十年，甚至是一辈子。

与中华人民共和国同龄的王显运，年轻时在县医院参加过临床医学培训，后来当过"赤脚医生"，走村串户给村民看病。20世纪90年代初，王显运在老街开了间草药铺，20多年来搬了十几处，但从未离开老街。

草药铺的门边、地上、货架、天花板上都是草药。端午节临近，王显运这几天忙着帮顾客调配"端午茶"。

这是一种流行于松阳民间的传统保健茶饮。根据个人口味、脾性、体质等不同，精心配制石菖蒲、山苍柴、鱼腥草、樟树叶、桂皮、艾叶等草药。

2012年，在多方讨论和规划的基础上，松阳结合"名城名镇"创建，启动实施"明清街"整治一期工程。

在没有搬迁、没有停业、没有拆除的情况下，完成了老街的电力线和通信管线下地、污水管道埋设、消防改造提升和路面重铺青石板等硬件设施改造。

为推进优秀传统文化传承发展，松阳尤其重视对松阳传统手工艺的"活态保护"。

深入松阳老街，呈现在面前的不是一条外旧内新、有物无人的"仿古街"，而是一幅货真价实、活态尽显的传统生活场景。

老街在岁月中铺展延续，"百工"手艺也得以传承发扬。

旧日斑驳的门板、旧时坚固的木头桌凳，笃悠悠敞开门店迎客，家常的炉火上手工烘制的月饼热气腾腾、满街飘香，"煨盐鸡""沙擂"等松阳特色食物，都是"小时候的味道"……

松阳人付出巨大心力，对老街实施"修补性抢救"。这种不求虚假繁荣的"里子工程"，造就了一条活着的"岁月长街"。

当好文物托管人

断壁残垣的老屋，为什么要"拯救"，如何"拯救"？时过境迁的老街，为什么要保护，谁来保护？

"这些建筑绝不仅仅属于我们自己，它们曾经属于我们的祖先，还将属于我们的子孙。"

英国古建筑保护协会的创始人威廉·莫里斯认为，民居古迹从任何意义上说，都不是当代人可以任意处置的对象，"我们只不过是后代的托管人而已"。

随着城市化、工业化的高速发展，包括松阳县在内的我国大量地区，正面临着传统村落逐渐走向衰败和消亡的困境。

中国传统村落保护与发展研究中心的统计数据显示：2000年至2010年，中国自然村由363万个锐减至271万个，消失的村庄中便包含大量的传统村落。

"老屋修缮和保护，已经到了'抢救'的危急阶段。"老木匠宋德华颇有感慨，实木结构的老屋一旦无人常住，毁坏的速度极快，而这些历史建筑一旦倾圮倒塌便很难复建。

俯瞰松阳县四都乡平田村（黄宗治 摄）

对于文化遗产保护，修缮老屋建筑、传承生活方式，松阳人有自己的深刻理解和创新实践。

"传统村落内成片错落分布的老屋，构筑了当地独特的农村历史风貌，是历代村民生产生活的根基，也是千百年来农耕文化赖以传承和寄托的载体。"松阳县委书记王峻说。

由于资金短缺、产权复杂等原因，传统村落的保护长期处于尴尬境地。破败的民居、宗祠映射衰落的乡村文化，人口逐渐减少。

松阳"拯救老屋行动"对此做出创新探索——中国文物保护基金会作为社会团体，接受国家财政项目委托，与地方政府合作推动项目实施，改变了以往政府单一保护模式。

而修复方案、施工图和预算等文件编制，在时间、程序上都有显著简化。在方案概算的编制过程中，传统工匠技能也得到宝贵的修复和传承。

同时，项目主体由政府主导转为老屋产权人自主实施，施工单位由必须具备相关资质的企业转为村民自行组织。更为灵活优化的管理方式不仅提升了村民参与度，激发了产权人自主保护意识，还将修复成本降低了30％以上。

"活态保护在民间，只有让当地人成为文物和文化保护的参与者、受益者，活态保护才能可持续。"松阳县县长李汉勤说。

松阳老屋修缮的费用来源有精妙的制度设计：50％由中国文物保护基金会补贴，20％—30％由松阳县政府补贴，其余部分需由村民自主筹措。

个人向政府提出老屋修缮申请，根据自身居住需求，提出修缮方案，个人筹措一定比例费用……通过这些方式让原住民参与，修缮才能激活老屋生命力，保护才能更具持久力。

大东坝镇石仓古民居的核心区域六村，一座石头垒砌成墙的建筑依山坐落，与周边老屋、农民耕作自然地融为一体——这是由知名设计师徐甜甜设计的石仓契约博物馆。

平时除了游客，从田间地头劳作而归的村民也会在博物馆花坛边的长凳上小憩片刻，天真的孩童穿梭在厚重的石墙间嬉闹……

"这座博物馆，就像是我家的客厅。"村民雷艳红自豪地说，家里来了客人，都要带到这里转一转。

"隐匿"在黄墙黛瓦间的艺术家工作室、"修旧如旧"的祠堂……像六村一样，松阳不仅对老屋进行修复规划，更是将村庄公共空间的价值意义进行充分考量、系统谋划。

"利用就是最好的保护。"谢雅贞说，村民日常的生产生活，早已成为松阳老屋保护中不可或缺也是最为鲜活的元素。

活态保护，最重要的是生存的土壤，最需要的是原汁原味。松阳坚持文化引领、产业支撑、标杆示范、居民主体、因村制宜，蹚出来一条路子。

夕阳映照下的杨家堂村中，掩映在古树中依山而建、错落有致的老屋群泛着金光，田间快乐劳作的农民、悠闲自在的游客，还有间或响起的三两声农歌、古村落的独特韵味，组成为无数人的"诗和远方"。

望松街道王村王景（明初文士）纪念馆以原址老屋为基础修建，为保证工程质量，防止对原有建筑和自然环境的破坏，王峻前后40多次到现场指导，他说最多的字是"不"！

这让王景的后人、王村党支部书记王根水深受启发。"以前觉得全部推倒建成新的就是好的，现在慢慢认识到保护的重要性。"

2017年，村民还花了4000多元为被风吹倒的树加固。"这要在以前，早就砍掉当柴火烧了。"王根水说。

文化引领的乡村振兴带来"逆城镇化"现象，乡村展示了新的生命力和无限可能。本乡本土的年轻人回来了，外地投资者也过来了，他们视野

松阳县三都乡杨家堂村（黄宗治 摄）

开阔，能感知深山老林里古村落的灵魂与价值。

2015年，走出农门上大学、离乡21年的谷增辉，带着设计团队回到故乡松阳县四都乡西坑村。

"大拆大建、过度商业化，不是保护传统村落，只会变成'现代空心村'。"对如何保留传统村落的"原汁原味"，谷增辉颇有体会。

他与村民沟通，租下闲置了十几年、濒临倒塌腐朽的老房子进行修复。2017年5月，"云端觅境"民宿开业，游客享受到"闭上眼享受的是现代生活、睁开眼扑面而来的是乡村意趣"的体验，民宿也得到了超过预期的良好收益。

隔壁70多岁的叔婆会绣花，老屋榫卯结构的35根房梁竟是不识字的"土师傅"做的……在返乡创业青年叶丽琴看来，这些就是传统村落让现代人心驰神往的独特魅力。

新华社

奏响新时代乡村牧歌

一场"拯救老屋行动"，让老屋人居环境明显改善，也让古村恢复生机活力。这与浙江近15年以来久久为功实施的"千村示范、万村整治"工程一起，既保护独特的历史蕴藏，又经匠心般打磨，共同成为如今江南万千美丽乡村中的璀璨明珠。

人居环境改善、生态修复、文化复兴、人气回流……以老屋等"低级别文物"修复为切入口、助力传统村落振兴的松阳实践，也为乡村振兴带来了诸多启示。

一方面，保护传统村落，应放到统筹城乡发展、乡村振兴战略的大背景中考虑，尤其不能忽视老屋等低级别文物的基础性地位；另一方面，振兴的乡村应与城市相得益彰，而非简单附属关系，这尤其要重新认识和重视乡村应有的价值和魅力。

丽水市委书记张兵认为，丽水乡村振兴的道路，必须立足特色、因地制宜：奏响新时代乡村牧歌，打造世界级诗画田园，复兴升级版农耕文明。

农民不是"愚昧"的代名词，农业不是"低小散"的代名词，农村不是"脏乱差"的代名词。

丽水市委常委、宣传部部长葛学斌说，古村落是千百年来中国乡村农耕文明场景的"活化石"，原生态的中国乡村，更是具有国际魅力的中国文化载体。

著名作家、古村落保护专家冯骥才表示，文化引领的乡村振兴道路上，不能急于求成，不能搞"一刀切"，不能千村一面。在采访中，多位专家学者呼吁，对待传统村落，要有敬畏意识、责任意识，要树立正确的政绩观，当好"历史托管者"。

传统村落的历史建筑毁坏后修复难度大，政府在农村开发中应坚持文化保护优先的原则，配合出台相关监管规则，在乡村振兴热潮下杜绝大拆大建、坚持慎拆慎建。

目前，国家级和省级文物保护单位有专项资金，低级别文物则并无畅通的资金支持通道，以及基于实践、行之有效的保护办法和标准。

松阳"拯救老屋行动"首期申报老屋142幢，但更多有修复必要的低级别文物建筑，还在等待拯救……

作者：何玲玲、方问禹、魏一骏

原刊于《新华每日电讯》，2018年6月1日

新华社

绿色的生机，百姓的生计

——模范践行生态文明理念的湖州之路

新华社

春天的绚烂起于一颗种子的苏醒。书写绿色发展理念的道路上，南太湖之滨的浙江湖州——这颗已经破土的种子格外生机勃勃。

"绿水青山就是金山银山!" 2005年8月15日，时任浙江省委书记习近平同志在湖州安吉首次提出了这一关系文明兴衰、人民福祉的发展理念，绿色由此成了这座江南古城发展图景的主色调。

绿色之于湖州，是爱护眼睛一样保护生态的切实行动;是产业转型、可持续发展的不竭动力;是招引英才，赢得高质量发展的先决条件。

十余载光阴流转，湖州各地始终坚定不移地践行"绿水青山就是金山银山"理念，以超前的意识和果敢的行动，筚路蓝缕，奋发作为，绿了山川，清了湖水，富了百姓。

绿色安居："人生只合住湖州"

初春时节，天气清冷。这是位于湖州安吉县山区高家堂村的一个普通早晨，宁静的山村人家正在准备开门迎客。

走进一家叫"亚萍民宿"的小屋，女主人方生琴热情地告诉记者，环境整治好搞起旅游后，高家堂村的面貌焕然一新，这个800多人口的村子在旅游旺季每天有四五千人的游客接待量。

老两口每年经营民宿收入能达8万多元，加上打零工和每月1500元的失地保险，方生琴很满意现在的收入与生活。

"青清家园，净静村庄。"这是高家堂村的旅游口号。从2003年建设仙龙湖开始，这里的乡村旅游就越做越红火。"现在有企业投资11亿元在这里建滑雪场，以后夏半年漂流、冬半年滑雪，高家堂村旅游就没有淡季了。"村委会主任潘小众说。

在湖州长兴县水口乡，经营农家乐成了当地农民的主业。不少游客说着一口外地话，有的一住就是小半年。记者采访的水口乡顾渚村，从事农家乐经营的农户超过80%，户均年收益接近30万元。

湖州全域，像高家堂、顾渚这样人气兴旺、充满活力的村庄多达百余个。2017年，湖州市乡村旅游总收入达82.3亿元，同比增长28.1%。

"五年前我刚来长兴工作，同学笑话我；现在我把家安在这里，同学都羡慕我，"浙江大学博士王秋艳说，"春天桃花节、夏天摘果蔬、9月太湖开捕、12月湖羊节，住在这里幸福指数太高了！"

位于湖州南太湖之滨的月亮酒店，每到夜幕降临便会在波光粼粼的水面上形成独特的"心形"倒影。现在，这个水月镜花的"爱心"已在岸上做成了产业："蜜月小镇"为代表的新产业在风光旖旎的南太湖不断集聚。

当年的造纸厂成了婚庆策划工作室，大排档成了影视拍摄基地，渔船码头成了康养中心……一度芦苇丛生尽显荒凉的南太湖沿线，现在则是文创、婚庆、健康产业的集聚区。

水清景美人自来。南太湖度假区党委书记葛伟说，2007年这里只有区区2万人，现在已有14万人，去年接待游客总量达740万人次。

700多年前，诗人戴表元曾感叹："行遍江南清丽地，人生只合住湖

新华社

州。"旧时盛景之赞也是今日湖州的真实写照。

绿色转型：西塞山前重现白鹭飞

湖州市委书记马晓晖说，湖州今天唤回的"绿水青山"背后，是长达15年观念与观念的博弈。这是一个艰难痛苦、自我革命的过程。

21世纪初，湖州同样面临传统发展模式带来的阵痛：印染、矿石开采等传统产业高污染、高耗能，太湖流域水污染严重；毛竹等自然资源大肆砍伐、利用效率低下；农村的人居环境脏乱差……

石料开采是湖州部分农村的传统支柱产业，曾有"上海一栋楼，湖州一座山"的说法。

吴兴区妙西镇当年就是一个靠矿致富的乡镇。2005年前后该镇大大小小的矿山达22座，年产量高达1800万吨，石矿利税占镇财政收入的90%，村民收入的30%也依赖于开矿。

这里就是张志和《渔歌子》描绘的"西塞山前"。在碎石乱飞、污水横流的采矿作业环境下，白鹭翻飞、鳜鱼肥美的景象渐渐消失了。

温室养殖甲鱼是吴兴区东林镇一项有30多年传统的富民产业，当地将近70%的农户从事温室甲鱼养殖。一个甲鱼大棚能给百姓带来10万元的年收入。

但这是一个高污染行业：为了维持温度，甲鱼棚内需要长期生火加温，一到秋冬，东林镇时常成了乌烟瘴气的"雾都"；长期投放饲料和药物，则让太湖周边的小微水体成了恶臭的劣Ⅴ类"三色水"。

取舍、抉择，每一项挑战固化习俗、既得利益的变革，都是痛苦的过程，但转型不能畏葸不前！

2005年8月，时任浙江省委书记习近平到安吉县余村考察，得知村里关闭矿区、走绿色发展之路的做法后给予了高度评价，并在余村首次提出了"绿水青山就是金山银山"的重要理念。

习近平同志当时还说，不要以环境为代价去推动经济增长，这样的经济增长方式不可持续。生态立县或许会牺牲掉一些经济增长速度，但仍要舍去一些严重污染环境的高能耗产业。

君子弃瑕以拔才，壮士断腕以全质。

面对几十年的富民产业，东林镇党委书记何锋锋说，关停采石、温室养殖业等于砸了百姓的"金饭碗"，村民能不和我们急吗？

除了耐心沟通、落实补偿、引进企业、安置就业，为了尽早拆除2700个高污染大棚，镇干部还带头走南闯北，帮养殖户推销塘中已放养甲鱼，仅何锋锋一人就帮农民卖掉2000多吨。

"2006年，矿山一停乡镇财政减少了5000多万元。最难的时候，乡镇食堂都开不了伙。"妙西镇党委书记包永良回忆说。

一番刮骨断腕，唤回"绿水青山"。经过十余年努力，如今的西塞

新华社

俯瞰南太湖（黄宗治 摄）

山，又重新出现了白鹭的翩翩身影，已吸引各地游客达150万人次。

绿色产业也在妙西镇落地生根。在一处矿山原址，新建的700多亩光伏发电设施仅2017年一年应税销售收入就达2200余万元。

2003年，浙江省的"千村示范、万村整治"工程开始实施，寻找失落的家园也在湖州全面展开。在此基础上，2008年美丽乡村建设又在湖州率先破题：县域成了美丽景区，村庄建成特色景点。截至2017年，湖州共有市级美丽乡村622个。

绿色振兴：把盎然生机变成百姓生计

"没有城里人光顾何来乡村振兴？没有产业支撑生态优势也成不了经济优势。"安吉县鲁家村党支部书记朱仁斌深谙此道。

2013年，中央一号文件首提发展家庭农场，朱仁斌决定带着村民"抢头口水"。通过"公司＋村＋家庭农场"的模式，鲁家村先后引进了18个各不相同的农场，村里还铺上了一条4.5公里长的窄轨铁路，用旅游小火车把农场观光点串了起来。

"火车一响，黄金万两"，鲁家村在几年间创造了"小村经济奇迹"：村集体资产从不足30万元增至1.4亿元；通过村集体入股旅游开发，每户一股的价值从2014年的375元，飞涨到2017年底的19800元。

湖州德清莫干山距离上海200多公里。相中这片"绿水青山"巨大潜在价值的不仅有"老乡"和"老板"，还有不少"老外"。

"追求优质的生态环境是超越国家和民族的共识。"南非人高天成说。10年来，他陆续投资超过7亿元，在山沟沟里建高级民宿，很多朋友说他"疯了"。

后来的事实证明，生态投资回报颇丰。高天成说，他的"裸心"系列房间平均每个床位每年能上缴税款约10万元。

新华社

"我可是德清县旅游业第一纳税大户哦！"高天成用流利的汉语说。

目前，已有10多个国家的外国人到德清莫干山开起了"洋家乐"，莫干山下农民的土坯旧房也成了"香饽饽"，或转包或自营，村里的一些阿婆也学起英语招待客人。

莫干山镇镇长曹娅芬说，通过生机勃勃的民宿产业，当地劳岭村村民人均年收入已经达到3.2万元，超过浙江平均水平。

靠山吃山不断被赋予新内涵。

一根竹子值多少钱？

安吉县委书记沈铭权介绍，安吉以全国1.8%的竹资源，形成了占全国20%的竹制品市场、年产值超百亿元的竹产业，农民收入的将近一半来自于此。

竹灯、竹酒、竹纤维、竹地板……倚靠科技和人才的"催化"，安吉人把"竹文章"做到了极致，形成了八大系列、3000多个品种的格局。

借"绿水青山"，招各路英才，湖州正在依靠"生态引力"虹吸要素。

"专家学者多看重居住环境，欧美发达国家的不少研究机构就设在风景宜人的小城镇。"落户安吉县的"国千"专家、留法博士斯康说。

户籍人口仅有46万的安吉县拥有13个院士工作站，17名"国千"专家，近80名博士。

既无高校人才优势、也无产业基础的德清县，仅用四年就"无中生有"崛起一个"地理信息小镇"，吸纳了包括中海达、国遥在内的160余家业内重点企业，业务涉及卫星发射等高科技领域，并有10位两院院士在这里工作。2017年，该"小镇"产值超过60亿元，税收4.68亿元，连续四年实现税收翻番。

绿色守卫：以一流创新人才守护最美家园

打好污染防治攻坚战、组建生态环境部、制订蓝天保卫战三年计

新华社

划……中国绿色发展的道路坚定不移、蹄疾步稳。

湖州市市长钱三雄说："作为'绿水青山就是金山银山'理念的诞生地，湖州要努力成为践行理念的模范生，不仅要干部担当、群众响应，还需要借助高水平专门人才的力量。"

集纳一批生态环保领域的高端人才成为"护绿使者"，又是湖州的先行创举。

让道路"吃"尾气，这是斯康博士的创想。2014年，他创办的云界生物科技有限公司落户安吉。

通过均匀喷洒，斯康团队的产品对氮氧化合物、硫化物等汽车尾气降解效率已达10%—20%，有效处理时间长达一年。

"国千"人才李光辉博士致力于水污染处理。他的团队自2007年起扎根湖州，已申请36项国家发明专利，填补了国内低含油污水深度处理领域的技术与产品空白。

同样是固废处理，"国千"人才车磊博士实现了变废为宝。他研发的厨余垃圾处理终端设备，一天能"消化"300公斤左右的厨余垃圾，并产出60—90公斤的天然有机肥。

留学回国后，山东汉子车磊带着创业梦想来到湖州创立公司。2013年，由他牵头首创的"畜禽废弃物热解炭化处理技术"入编原农业部主编行业导则，处理后的产物可以直接用作土壤改良剂。

如何让传统产业"绿"起来，铅蓄电池界的龙头企业天能集团借助的也是人才。

7名院士、4名"国千"专家、30余名教授顾问、50余名硕博士研发团队……天能的"外脑"让企业2009年率先进军蓄电池循环回收利用产业，如今天能循环产业园，一年回收处理废铅酸蓄电池可达40万吨，回收利用率达99%。

为达到让一个地区的生态环境"一次性解决问题"的目标，湖州还成立了一家"国千环境研究院"，成员由大气、土壤、固废、水环境、生态圈等研究方向的10名"国千"、院士级高层次人才组成，目前相关工作方案已推广到浙江、广东等省。

据湖州市人才办主任贺雪荣介绍，从2009年至2018年，湖州自己培育入选"国千"专家51名，院士专家工作站70余个，"国千"专家数量位列浙江省第三位，仅次于杭州、宁波。

"用一流的生态环境吸引一流的人才，以一流的人才保护一流的生态环境，始终把绿色这个湖州的最大优势发挥好，坚定不移。"马晓晖说。

作者：沈锡权、吴帅帅、张璇、王优玲

原刊于《新华每日电讯》，2018年4月20日

新华社

情思漫过亲水亭

内容提要：

2005年8月15日，时任浙江省委书记习近平在湖州安吉余村考察时，首次提出"绿水青山就是金山银山"的论断。浙江历届省委坚持走"绿水青山就是金山银山"的发展之路不动摇，一张蓝图绘到底，一任接着一任干，护美"绿水青山"，做大"金山银山"，把生态文明建设融入经济建设、政治建设、文化建设、社会建设的各方面和全过程，在实践中将"绿水青山就是金山银山"的理念转化为生动的现实。

"走在青山绿水间"大型系列报道正是以此为背景，报道组分两路赴湖州、杭州、丽水、衢州等地，进行历时七天的深入采访，在中国之声播出广播报道并配以评论，央广网配合图文、音频同步推广。

"走在青山绿水间"系列报道从生态制度、生态产业、生态文明、绿色创业、生态保护等多方面切入，形成《银山、青山、金山》《情思漫过亲水亭》《绿色梦想点燃创造激情》《古堰如诗·江山如画》《在那片希望的田野上》《安放乡愁》《国家公园 绿色开化》七篇报道。稿件以一个个生动鲜活的人物故事，配以精美的图片，生动地展现"绿水青山就是金山银山"在浙江的成功实践。

此次入选的作品正是这组系列报道中的代表作。

扫码观看

作者：王贵山、陈瑜艳、张国亮、吴峰平

原播发于中央人民广播电台，2015年8月11日

中央广播电视总台

湖州生态文明建设启示录：
坚守出来的美丽

中央广播电视总台

内容提要：

党的十九大把"绿水青山就是金山银山"写入党章，全国"两会"通过的宪法修正案又将建设美丽中国和生态文明写入宪法，从此生态文明的主张成为国家意志的体现，绿色发展理念更加深入人心。

"绿水青山就是金山银山"的理念提出后，浙江湖州市委、市政府一任接着一任干，一张蓝图绘到底，"守"出了这一方美丽。

浙江湖州，因太湖得名，位于长三角腹地，"绿水青山就是金山银山"理念发源于此。太湖、南浔古镇、莫干山、西塞山闻名遐迩。

不过，十几年前，唐代《渔歌子》里描绘的西塞山却变成了另外一番景象：白鹭消失、鳜鱼绝迹，光矿山企业就有22家，其所在的妙西镇80％的税收来源于此。

富了腰包、坏了环境，这让当时的湖州人感到困惑。就在这时，时任浙江省委书记习近平提出了引领浙江今后发展的"八八战略"，其中一条就是创建生态省，打造"绿色浙江"。

2003年，湖州提出要创建生态市，下决心把矿山等污染企业关停。

可是关停了矿山之后，该怎么发展？同样关停了大量矿山的安吉余村正在寻求新的突破口。2005年8月15日，时任浙江省委书记习近平来到了这个小村庄，首次提出了"绿水青山就是金山银山"的科学论断。九天后，习近平同志在《浙江日报》的《之江新语》栏目发表评论《绿水青山也是金山银山》，明确指出，"在鱼和熊掌不可兼得的情况下，我们必须懂得机会成本，善于选择，学会扬弃，做到有所为、有所不为……在选择之中，找准方向，创造条件，让绿水青山源源不断地带来金山银山"。

浙江铅酸蓄电池行业协会的会长张天任至今还留着这张报纸。看到了"绿水青山就是金山银山"理念，处于艰难抉择之中的张天任选择了绿色发展。

于是，粗放经营的小企业被关停，大企业实行绿色改造。长兴的蓄电池企业从175家减少到16家，走上了绿色循环发展之路。

经过十多年的坚守，妙西镇的矿企集体转型，走上了绿色发展之路，"西塞山前白鹭飞"的美景重回百姓身边。

党的十八大之后，生态文明建设纳入"五位一体"总体布局并写入党章。2014年，湖州获批全国首个地市级生态文明先行示范区。近年来，湖州密集出台环境保护3部地方法规、23项标准和40多项制度。

中央广播电视总台

扫码观看

作者：何盈、高珧、李欣蔓、杨少鹏、杨波、马迅、罗潇、刘浪

原播出于中央电视台，2018年4月19日

生态文明建设的生动实践：
浙江推动"两山"转化，加快绿色发展

中央广播电视总台

内容提要：

自2020年初新冠肺炎疫情爆发以来，习近平总书记接连到浙江、山西、陕西三地调研，在调研过程中，都提到了同一个发展理念，就是生态优先、绿色发展。疫情当前，尤其不能够忘记既定的发展路线。在这样的背景下，以建设"重要窗口"为新目标新定位的浙江，应该拿出一份怎样的答卷，应该用怎样的实际行动持续推动"绿水青山就是金山银山"这一理念的不断深化和发展？

以此为基础，我们分别采访了安吉的"两山"银行，丽水市关于生态产品价值实现机制试点市的改革，以及景宁畲族自治县如何落地生态产品价值、将"绿水青山"转化为真正的"金山银山"，通过细致入微的采访，展现浙江与其他省份在践行"绿水青山就是金山银山"理念时候的不同——当其他省份还停留在对于保护山水资源这一层面的认识的时候，浙江已经开始在做转化的文章，并上升到了宏观经济发展的层面。

扫码观看

作者：何盈、高珧、马迅、林侃

原播出于中央电视台《新闻联播》，2020年5月15日

生态文明建设的"安吉密码"

——浙江省安吉县践行"绿水青山就是金山银山"理念调研

《光明日报》

初冬的安吉余村，依旧是群山滴翠，竹海绵延。这里三面青山环绕，入眼皆是美景。凌空俯瞰，漫山翠竹将村庄装扮成一片舒展开来的硕大绿叶，澄澈的余村溪穿村而过，成为"叶脉"上最为动人的风景。

余村村口，一块巨大的石碑傲然矗立，"绿水青山就是金山银山"10个大字清晰可见。10多年来，这10个大字已经深深镌刻在余村人和5600万之江儿女心中。

不远处的余村文化馆外广场上，空气负氧离子探测器显示，负氧离子指数为4.8万个，清新怡人的空气扑面而来。道路两旁，一座座红顶黄墙的三层小洋楼整齐排列，蓝天、红顶、绿植，次第排开的景致让这个小村落平添几分江南的婉约和柔美。

看着这样的美景，人们难以想象，这里曾因开矿而灰尘遍布，山林失色。

"绿水青山就是金山银山"，12年前，习近平同志在余村考察时首次提出这一科学论断，拨开发展迷雾，为余村、安吉和浙江的发展指明了新路。

10多年来，安吉和浙江坚持走"绿水青山就是金山银山"的发展之路不动摇，一张蓝图绘到底，一任接着一任干，守护"绿水青山"，做大"金山银山"。

10多年来，安吉和浙江把生态文明建设融入经济建设、政治建设、文化建设、社会建设的各方面和全过程，倾力呵护一方"绿水青山"，精心谋划经济转型升级，迎来"美丽经济大时代"。一幅青山绿水、美丽和谐的生态画卷，正在之江大地蔚然铺展。

青山未老，绿水可期。"绿水青山就是金山银山"理念，正在引领安吉和浙江走向社会主义生态文明新时代。

为解决时代发展课题诞生的重大科学论断

安且吉兮。也许从汉帝赐名开始，这个浙江北部一隅的县城就埋下了穿越千年的伏笔。在当代中国的发展叙事中，没有人可以无视发生在浙北山区安吉的故事。

三面环山，中流一溪。虽然时间已近11月底，但余村依旧满眼青翠，沿街一排排整洁的小洋楼以及看似无雕琢的"自然"街景，让人恍惚身处异国风情小镇。

因为望得见山、看得见水、记得住乡愁，余村正成为新的旅游"网红"。据当地村民介绍，每天都有至少三趟大巴车从上海、苏州等地开进余村，在带来游客的同时也为村民带来无限商机。

如果将时钟往回倒拨20年甚至30年，靠"卖空气"和"卖风景"吃饭，是余村人无论如何不敢想也想不到的。

20世纪80年代中后期，在浙江的20个贫困县名单中，安吉赫然在列。正所谓靠山吃山，憋着劲儿"摘帽"的安吉走上了工业立县之路，"村村点火，户户冒烟"。守着天目山俞岭和余村坞的余村也不例外，炸山开矿，卖矿石、造水泥。

阵阵"轰隆隆"声中，村民的钱袋子是鼓起来了，从"贫困村"到年集体收入300多万元的"富裕村"，余村的账面是好看了，但漫天的黄色尘土，仿佛被装上"昏暗"滤镜的山林，成了余村新的烦恼。

"村民窗户上都是尘土，衣服哪敢晾在外面啊！"当时的《安吉日报》记者陈毛应见证并记录下了余村的疮痍。递铺街道桃园村郭生来老汉至今仍记得："自从上游办起工厂后，溪水上全是白色的泡沫，几里外都能闻到臭气，水里鱼虾绝迹。"以鱼鹰捕鱼为生的他，不得已含泪卖掉了鱼鹰。

而之后的一次爆炸造成的村民伤亡事故，再一次为当地的发展敲响了警钟，也倒逼当地政府部门在"怎么发展"这条道路上，不得不重新做出选择。

因为贫困，所以在余村乃至安吉，经济发展与环境保护最先短兵相接；也同样是因为腾挪转圜的空间不够大，发展路径选择失误产生的一系列后果显现得更明显更快速。安吉和余村的发展，就这样以一种极端的方式，将发展的时代之问推到了人们面前。

《光明日报》

彼时的浙江，勇立改革开放的潮头，在深度塑造自身的同时也遭遇着"成长的烦恼"——资源支持不住，环境承载不下，发展难以持续。彼时的中国，经济虽大却还不够强，先污染后治理的发展道路频遭诟病，经济发展动力及轨道的切换成为重要议题。

初尝以牺牲环境为代价的粗放发展苦果，余村人痛定思痛关掉了石矿和水泥厂。"只有在失去之后才知道珍惜，这一段发展的小弯路也迫使安吉县作出'生态立县'的新决断。"安吉县委副书记赵德清说。

1998年，安吉全县共投入8000多万元，对74家水污染企业进行强制治理，关闭了33家污染企业，243家矿山企业整治后只剩下达标的17家。

集体收入断崖式"落水"，大量村民失业赋闲，发展的转轨所带来的冲击是巨大的，阵痛是显著的。持续的质疑和反对声，考问着"生态立县"的发展道路，也在另一方面不断激发着绿色发展的生态自觉。

2005年8月15日，习近平同志来到余村考察，对村里关闭矿区、走绿色发展之路的做法，给予了高度肯定，并首次提出"绿水青山就是金山银山"的理念。

"在简陋的村委会会议室举行的座谈会上，他告诫我们，'不要迷恋过去的发展模式，下决心关停矿山是高明之举'。"余村村委会主任潘文革说。

赴余村考察九天之后，习近平同志在《浙江日报》的《之江新语》专栏发表《绿水青山也是金山银山》一文。文中说："我省'七山一水两分田'，许多地方'绿水透迤去，青山相向开'，拥有良好的生态优势。如果能够把这些生态环境优势转化为生态农业、生态工业、生态旅游等生态经济的优势，那么绿水青山就变成了金山银山。绿水青山可带来金山银山，但金山银山却买不到绿水青山。绿水青山与金山银山既会产生矛盾，又可辩证统一。"

"绿水青山就是金山银山"理念的历史性出场，不仅在余村以及安吉起到了定纷止争的作用，更以极具前瞻性的战略眼光和长远的发展智慧，开启了之江大地的发展新实践。

实践是检验"绿水青山就是金山银山"理念的唯一标准

走"绿水青山就是金山银山"发展之路，犹如一场接力赛，能否坚定不移地一届接着一届抓，一棒一棒往下传，取决于是否具有高瞻远瞩的视野和政治定力。

大道至简，却知易行难。

"从工业立县到生态立县，这是一次艰难而痛苦的选择，但想想安吉

《光明日报》

的未来，我们有什么理由不坚持！"安吉县委书记沈铭权说。

然而，无论是实现"既要绿水青山，也要金山银山"，还是进阶到"绿水青山就是金山银山"，都不能不围绕"转换"做文章。

资源如何变资本？"美丽"如何成生产力？在困惑中，安吉摸着石头过河，大胆闯，大胆试，闯出了一条生态经济化、经济生态化的路子。

向生态要效益，安吉独辟"绿"径，以项目为抓手，加快第一产业"跨二进三"。"一竿毛竹富了一县农民，一片叶子富了一方百姓，一把转椅富了一方经济"，竹子、白茶和转椅，三大绿色产业让安吉农村经济实现了腾飞。

与习近平总书记当年提出"绿水青山就是金山银山"理念的会议室一街之隔，是村民胡爱莲的家。她和爱搞研究的爱人演绎了新时代的"靠山吃山"故事，他们手握十几项竹地板发明专利，生产的竹地板销往全国和世界各地。

在拥有"中国白茶第一村"美誉的安吉溪龙乡黄杜村的茶园里，茶农阮波向记者讲述了发展茶产业给村民生活带来的变化。

"我家里共种了200亩茶叶，每亩纯收益在8000元以上。现在，我们的茶叶有了可追溯体系，有了自己的品牌，还加入了茶产业青年创业联盟，村民们都依靠茶叶这片叶子过上了富足的生活。"自豪感洋溢在阮波的脸上。

目前，安吉白茶种植总规模达17万亩，年产量1860吨，产值24.74亿元。

十年接力，薪火相传。沿着生态文明这条道路走下去的安吉，绘就了两条曲线图：

一条是"绿水青山"曲线图。20世纪90年代，安吉西苕溪水质严重污染，水质变成了V类甚至劣V类；而如今，安吉境内水质常年保持在II类以上。安吉的万元地区生产总值能耗从2005年的每万元0.68吨标准煤，下降到2016年的每万元0.4吨标准煤，低于全省和全市的0.50吨和0.66吨标准煤的标准；

一条是"金山银山"曲线图。2016年，安吉实现地区生产总值330.31亿元，人均生产总值突破1万美元，12年间安吉经济总量的扩张速度快于全省、全市平均水平，尤其是财政总收入增速明显高于全省、全市平均水平。

两条曲线，同向而行，同步而进。

坚定发展道路和自信，咬定"青山"，靠的是定力；而这份定力，更大程度上来自于对"发展为了什么"这一根本问题的回答。

从生态县的创建，到美丽乡村破茧而出，安吉进行的这场绿色"接力跑"，跑出了信心，跑出了希望，跑出了一条经济与环境、城镇与乡村、经济与社会互促共进的绿色发展之路。安吉模式以鲜活生动的实践，证明了"绿水青山就是金山银山"理念的力量，为这场"发展观上的深刻变革"写下鲜明注脚。

制度创新是生态文明建设的根本保证

建设生态文明，需要稳定的制度保证。

2017年8月，安吉县龙山林场场长黄世清又有了一个新头衔——二级"林长"，成为他所负责林区森林资源保护和森林消防工作的第一责任人。

像黄世清一样，安吉的"林长"还有200多位。

"根据我县林区分布和森林资源保护管理体系，'林长'分为三级，覆盖全县范围内的所有林区。"安吉县林业局副局长邹平介绍说，其中，一级"林长"由联系乡镇（街道）县领导担任，二级"林长"由所在乡镇（街道）领导和国有林场长担任，三级"林长"由所在行政村（社区）领导担任。

安吉建立"林长制"，在浙江乃至全国都是首创。这也是安吉不断加大生态文明制度建设的一个生动缩影。

"绿水青山"如何源源不断地带来"金山银山"？这是安吉人的困惑，也是当时浙江各地普遍存在的困惑。

按照"绿水青山就是金山银山"理念揭示的"绿水青山"与"金山银山"的辩证关系，安吉选择的转化之路，就是经营村庄、经营生态，并用制度为生态文明落地建立有效保障。安吉地处长三角，周围是高速发展的城市群，其优势在生态，核心竞争力是乡村，应该抓住优势把乡村作为主战场，打造成长三角生态宝地。

在发展中，安吉人意识到，"绿水青山就是金山银山"的发展之路，是一条经济社会发展的创新之路，不仅是对原有发展观、政绩观、价值观和财富观的全新洗礼，更是对传统发展方式、生产方式、生活方式的根本变革。

围绕生态文明建设，安吉提出了一系列新要求，推出了一揽子硬制度。

不简单地以地区生产总值论英雄。制定《安吉县生态文明先行示范区建设工作实施方案》和《部门目标责任考核办法》，将36个直属机关单位分为A、B两类，根据考核内容细化考核指标和分值，由县生态文明办对牵头部门目标任务完成情况进行考核，考核结果纳入县综合考核，作为对各部门评先评优、通报排名的依据。同时，还制定出台大气、水污染防治工作实施方案和考核办法等配套政策。

建立健全资源生态环境管理制度。2015年，调整完善全县土地利用总体规划，充分融合规划体系、战略目标、控制指标、规划时序、空间布局、信息系统和实施机制，探索出"一张蓝图干到底"的多规融合模式，成为首个省级规划调整完善试点样板区。目前，安吉全县禁止建设区由原规划的 19% 提高至 52%，规划建设占用耕地比例由原规划的 65% 下降至 51%，坡度6度以下优质基本农田净增加1万余亩。

外国游客山中尝竹酒（安吉县委宣传部 供图）

实施自然资源离任审计制度。把审计内容细化到土地、水、森林资源管理和矿山生态环境治理、生态环境保护等领域，目前正推进编制自然资源资产负债表工作，建立更加常态化、标准化、规范化的自然资源资产离任审计制度。

通过税收政策调整产业和企业布局。2012年，安吉县开展调整城镇土地使用税政策，以"亩产税收"衡量企业项目效益，淘汰高能耗、高污染、低产出的落后产能和劣势企业，依据"亩产税收"贡献，综合企业排污、安全生产等因素，实行"分类分档""高征高奖"的城镇土地使用税政策，将征收范围按行政区域进行等级划分，提升适用税率，并按照区域、行业、亩产税收等情况，给予0、30%、50%、100%四档减免。

实现农村"垃圾不落地"。由农户及沿街门店将农村垃圾分类后，定时定点投放，定时清运，桶车对接，密闭运输。2016年11月，制定《农村生活垃圾不落地收集实施办法（试行）》，通过完善垃圾收集设施，规范垃圾收集方式，不断改善村庄卫生环境，成功创建美丽乡村行政村179个、建成精品村164个，实现12个乡镇全覆盖。

用绿色金融引导绿色产业发展。2016年5月，安吉农商银行在全国地方性小法人金融机构中率先成立首家绿色金融事业部，以绿色信贷的全流程管理作为突破口，通过探索构建绿色组织体系、绿色指标体系、绿色考评体系，不断创新绿色信贷产品，引导全社会更加注重生态环境保护和绿色产业发展。

推动生态文化深入人心。将生态文明写入小学生教材，写入村规民约，增强村民的自律，生态文化正在成为安吉人践行"绿水青山就是金山银山"理念的一种自觉。

安吉探索的思考和启示

世界文明之路如何行进，人类将向何处去？这一人类文明之问，正成为世界各国必须共同应对的时代之问。

孕育"绿水青山就是金山银山"理念的浙江，在21世纪初就遇到了"保护"与"发展"的冲突。十几年间，安吉乃至浙江在思索中看到"统一"之法，在困境中找到"双赢"之道。浙江人像爱护眼睛一样保护生态环境，10.55万平方公里的土地上，"人与自然和谐发展"的故事正在生动演绎。

党的十九大报告指出，建设美丽中国，为人民创造良好生产生活环境，为全球生态安全作出贡献；报告再次强调，必须树立和践行绿水青山就是金山银山的理念。"绿水青山就是金山银山"理念正在从安吉走向浙江，走向全国。

安吉和浙江省践行"绿水青山就是金山银山"理念是理念创新、战略创新、模式创新、制度创新组成的综合性创新，践行这一理念进程中不仅取得了显著成就，而且取得了一系列宝贵经验。

坚持"以人民为中心"的发展观，始终坚持"人民对美好生活的向往，就是我们的奋斗目标"的价值追求。

坚持经济生态化不动摇，在尊重自然、顺应自然、保护自然的前提下推进经济转型升级。积极推进经济生态化，把生态文明建设与"腾笼换鸟""空间换地""三改一拆""四边三化"以及新农村建设结合起来，开

《光明日报》

辟了经济转型升级的新路子。

坚持生态经济化不动摇，努力将"生态资本"转化为"富民资本"，培育绿色经济增长点。安吉县和静海县（现天津市静海区）基本实现了"绿水青山"的价值目标，杭州市淳安县仅生态补偿每年就可获得4亿元的财政转移支付。

坚持体制机制改革，以制度激励人们树立绿色生产方式和生活方式。浙江是全国第一个实施排污权有偿使用制度的省份，是全国第一个开展区域之间水权交易的省份，是全国第一个出台省级层面生态补偿制度的省份，正是这些制度提高了资源配置效率，确保"资源小省"变成"经济强省"。

坚持齐抓共管，形成政府引导、企业主导、公众参与的协同治理格局。正是由于充分发挥了政府、企业、中介组织、社会团体和社会公众参与生态文明建设的积极性、主动性和创新性，才形成了社会合力，保证了浙江的绿色发展走在全国前列。

实施绿色评价标准化战略，使得绿色发展可评价、可比较、可示范。绿色评价标准是建立在统计数据、检测数据、问卷调查基础上的绿色发展水平的量化标准和指标体系。在美丽乡村建设上，安吉县提供了"安吉标准"，并上升为国家标准。在未来的美丽中国建设中，同样应该明确"美丽标准"，实现生态文化美、生态环境美、生态家园美的目标。

既要"金山银山"，也要"绿水青山"，"绿水青山就是金山银山"，这是发展理念和方式的深刻转变，也是执政理念和方式的深刻变革。"绿水青山就是金山银山"理念，必将引领浙江和中国发展迈向更新层次和更新境界。

《光明日报》

作者：张政、李慧、王丹、沈耀峰、严红枫

原刊于《光明日报》，2017年12月1日

让绿色成为最动人的色彩

——"绿水青山就是金山银山"理念的浙江实践

《光明日报》

2018年7月26日晚上，安吉县农民裘丽琴站在联合国环境规划署"地球卫士奖"的颁奖台上，用夹杂着方言的普通话讲述日常生活的变化——

"我来自浙江省的一个村庄。15年前，我每天都要拎着满满的一桶脏水，走到很远的地方去倒水。当时，我家厨房没有排污水管，村里没有垃圾箱，河道受污染，又臭又黑。今天，'千村示范、万村整治'工程的实施，使我们的村庄变成了一张亮丽的明信片。"

朴实的演讲，赢得了全场热烈的掌声。这掌声，也是对浙江生态变革的赞誉。2003年以来，浙江历届省委、省政府一张蓝图绘到底，一任接着一任干，践行"绿水青山就是金山银山"理念，建设美丽浙江，推进生态文明建设迈上新台阶，让绿色成为浙江发展最动人的色彩。作为全国首个生态省，浙江从美丽生态、美丽经济，到美好生活，一个山川秀丽、景美人和的全域大花园，正成为映射未来中国样貌的鲜活样板。

久久为功，绘就诗画山水新家园

钱江源头，开化如画。开化是全国著名的林业大县，到处是郁郁葱葱的山林。开化过去以砍树卖树为生，鲜有环境保护、生态优先的意识。这种传统、粗放的发展方式，在浙江曾存在过很长时间。"村村点火、户户冒烟"，随着工业化、市场化、城镇化迅猛推进，资源、能源消耗快速增长，浙江的生态环境压力与日俱增。

2003年开始，打造"绿色浙江"成为"八八战略"的一项重要内容。此后10多年，浙江的追求和探索始终不变，从"八八战略""千村示范、万村整治""绿水青山就是金山银山"，到建设美丽乡村、美丽城镇、美丽浙江，浙江人居环境持续改善，全力打造"诗画浙江、美好家园"。

致力于打造全国最严环保执法省份，浙江深入实施"811"美丽浙江建设行动，打响污染防治攻坚战。"8"指的是浙江省八大水系；"11"既是指全省11个设区市，又指环境执法力度保持全国领先，打击力度位居全国首位。

《光明日报》

杭州市临安区指南村（俞海 摄）

"省长、村长，都是'河长'。"全国首创的省、市、县、乡、村五级"河长制"，保障全省所有河道每天有人巡有人管。6.2万名"河长"连同无数的民间"河长"，一起谱写了一曲全民治水的赞歌。

浙江率先在全国建立生态功能区县市环境年金制度，实施跨行政区域、河流交接断面水质保护管理考核，建立了覆盖所有水系源头地区的生态补偿制度。

从发展观到生态观，从生存观到执政观，"生态"二字深度改变着浙江，实现了乡村蜕变。2019年，浙江全省地表水总体水质为优；11个设区城市区域环境噪声平均值为54.4分贝；生态环境状况指数连续多年保持全国前列。在长江经济带国家级自然保护区管理评估中，浙江以100%优良率名列第一。

绿水逶迤去，青山相向开。一个天更蓝、山更绿、水更清、空气更干净、城乡更美丽的浙江新图景呈现在世人面前。

躬身力行，生态优势换来发展优势

西部茂林翠竹、山清水秀，中部田园小城、宜业宜居，东部古镇悠悠、传唱千年，北部丝绸鱼米、湖泊众多……经历了壮阔的实践创新和深刻的观念变革，绿色发展理念越来越成为浙江大地上的共识，绿色发展方式和生活方式越来越成为干部群众的自觉。

在浙江城乡，绿色发展带来的改变正每天上演着——浙北安吉，余村从开矿办厂到美丽经济的产业革新，折射转型升级的理念攀升；浙中浦江，浦阳江由浊变清的蜕变，浓缩着"五水共治"的生动掠影；浙南温岭，拆违拓宽绿色空间，"腾笼换鸟"带来更高质量的发展。

在浙、苏、皖三省交界处，有一个乡镇名叫煤山镇，地处长兴县境内。这里拥有当时浙江最大的国有企业"长广煤矿"，2013年，随着最后

杭州市临安区举办中国最美稻田艺术季（胡剑欢 摄）

一个矿口封闭，浙江终结了产煤历史。

因煤而兴的煤山，随着资源走向枯竭，水泥、矿山、建材等传统产业兴起，高耗能与高污染倒逼着另寻新路。将"改旧"与"育新"并驾齐驱，煤山加快传统产业转型升级的同时腾笼换鸟，新能源、新材料、电子信息、高端装备制造等新兴绿色产业成为接力者。

水晶如此璀璨，污染却又如此严重。有灯亮的地方，就有加工厂；这曾是30万人的生计，这是无数人想逃离的家乡……浦江县"治水馆"，记载着产业转型的变迁。2000年前后浦江水晶产业最鼎盛的时候，大小作坊遍及城乡，"母亲河"变成了"牛奶河"。以壮士断腕的决心，浦江县一手抓铁腕治水，一手抓产业转型，水晶企业总数由原来的2.2万家缩减至505家，但税收从整治前的3000万元提升到2019年的1.35亿元。

走进湖州市吴兴区东林镇，只见一池池鱼塘遍布乡间田野，于夏日风拂下清波荡漾。时光倒退六年，龟鳖养殖导致这里水污染严重，臭气熏人。吴兴区长潘永锋说，"我们用了两年时间对温室龟鳖养殖业进行彻底整治，将存在近20年的龟鳖养殖棚实现全面'清零'。"此后，当地以温室龟鳖整治带动产业转型，培育农业转产示范户，引进国香米业、他色莲藕、茭白套养泥鳅等生态高效农业模式。

借助乡村旅游、民宿产业、农村电商等新兴业态，浙江广大农村"绿水青山"向"金山银山"的转化之路越来越宽广，到处呈现生机勃勃的乡村胜景：村庄掩映在青山绿水间，人们享受着优良的生态环境，办起农家乐、搞起乡村游，在乡村安居乐业。统计数字显示，截至2019年底，浙江建成农家乐休闲特色村超过1100个，农家乐经营户2.2万户，带动就业超过100万人。

自我加压，建设现代版富春山居图

良好生态环境是最公平的公共产品，是最普惠的民生福祉。

太湖源、天目山、浙西大峡谷……除了这些传统的旅游景点，近两年，到杭州临安的游人更愿意深入那些曾经名不见经传的村落，看千山含翠、风摇竹影，看红叶古村、雪打梅花。

从"一处美"到"一片美"、从"一时美"到"持续美"，变化正悄然出现在广阔的临安乡村。按照全域景区化的目标，临安区去年启动实施新一轮村落景区建设三年行动计划，沿着8条美丽乡村连接线，打造10个示范型村落景区，让散落在各处的自然禀赋和特色资源"串珠成链、连片成景"，推进美丽乡村的转型升级，把美丽乡村优势转化为经济发展优势和农村农民增收致富的优势。

临安村落景区建设仅仅是浙江美丽乡村升级版的一个缩影，如今宜居宜业宜游的美丽乡村在浙江大地上星罗棋布，成为农民幸福生活的家园、

夕阳下的浙江省余姚市梁弄镇甘宣村（季春红 摄）

市民休闲旅游的乐园。截至2020年，浙江已建设特色精品村2500多个，打造美丽乡村风景线500多条。

进入高水平全面建成小康社会决胜阶段，面对人民群众对生态环境的更高要求，浙江正在向更高层次提升生态环境质量。从2018年起，浙江举全省之力全面推进大花园建设，加快打造"幸福美好家园、绿色发展高地、健康养生福地、生态旅游目的地"，形成"一户一处景、一村一幅画、一镇一天地、一城一风光"的全域大美格局，建设现代版的富春山居图。

浙江省提出，以大花园核心区（衢州市、丽水市）和示范县为重点，实施大花园建设行动计划，加快构建以生态系统生产总值（GEP）为核心的"两山"转化评估体系。以安吉县域践行"绿水青山就是金山银山"理念综合改革创新试验区、淳安特别生态功能区和丽水生态产品价值实现机制试点为先行，构建生态资源变资产资本的平台、体系和机制。

"生态兴则文明兴，生态衰则文明衰。"从浙江实践中萌发并不断发展丰富的习近平生态文明思想，跨越山海，推动中国成为全球生态文明建设的重要参与者、贡献者、引领者。

"在浙江看到的，就是未来中国的模样，甚至是未来世界的模样。"联合国原副秘书长索尔海姆在推荐"生态文明的浙江样本"时赞叹道。

作者：陆健、颜维琦

原刊于《光明日报》，2020年6月24日

《光明日报》

一场造福千万农民的变革
——美丽乡村建设的浙江实践

《经济日报》

在浙江，有一项村庄整治行动迄今已历时 12 年。山水浙江，因为这项工程的持续实施而频添亮色。

这就是以建设美丽乡村为目标的"千村示范、万村整治"工程。12 年来，来自浙江农村的这场深远变革，从自下而上到顶层设计，从单项为主到综合配套，为建设美丽中国提供了一份现实的样本。

谋定而动，一张蓝图绘到底

改革开放以来，浙江经济高速发展，富裕起来的农村居民，对生存发展环境和农村生态尤为关注。

2003 年 1 月，浙江省委从农村居民最关心的村庄环境脏、乱、差问题入手，作出了实施"千村示范、万村整治"工程的重大决策。

这是按照党的十六大提出的统筹城乡发展的新要求，浙江率先而为的新举措，顺应了农民群众的新期盼。时任省委书记习近平提出，要"用城市社区建设的理念指导农村新社区建设"，抓好一批全面建设小康示范村镇，使农村与城市的生活质量差距逐步缩小，使所有人都能共享现代文明。

当年6月，浙江召开"千村示范、万村整治"现场会。省委绘出了治理蓝图：第一个五年，主要向"脏乱差"的环境开刀，改善农村生产生活条件，建成1000多个示范村和1万多个整治村。第二个五年，按照公共服务均等化要求，将生活垃圾收集、生活污水治理作为重点，从源头上推进农村环境综合整治。

美丽乡村建设由此拉开序幕。

12年来，浙江几届省委、省政府一张蓝图绘到底。每年都要召开工作现场会，每年都把这项工作列入为民办实事的重要内容，形成了美丽乡村建设行动纲要、发展规划、建设标准、监督检查、考核验收等一系列相对独立又有机统一的制度体系。

12年来，浙江投入村庄整治和美丽乡村建设的资金已经超过1200亿元，其中各级财政投入资金526亿元，各类社会资本投入770亿元。全省新增建设用地指标总量的10%以上用于新农村建设，城乡建设用地增减挂钩周转指标优先满足美丽乡村建设。这些持续加强的要素保障为村庄整治和美丽乡村建设提供了有力支撑。至2007年，初定目标如期实现。全省10303个建制村得到整治，其中1181个建制村建设成为全面小康建设示范村。

2010年，浙江进一步从居住、环境、经济、文化四大方面着手建设美丽乡村，让越来越多的乡村"以净为底、以美为形、以文为魂、以人为本"，既成为"农民生活的幸福家园"，也成为"市民向往的休闲乐园"。

2012年，为了"留住消逝的历史"，以"乡愁"的记忆凝聚流动的人群，确保文化遗产传承给子孙后代，在美丽乡村建设的基础上，浙江率先启动历史文化村落保护利用工作，整体推进古建筑与村庄生态环境的综合保护、优秀传统文化的发掘传承、村落人居环境的科学整治和乡村休闲旅

绿色，成为浙江发展最动人的色彩

《经济日报》

游的有序发展。

在农村环境整治常抓不懈的同时，许多惠及万千农民的城乡基本公共服务等资源要素在浙江开始向农村延伸，康庄工程、联网公路、万里清水河道、农民饮用水、农村土地综合整治、农村危旧房改造、农村电气化等惠民工程相继实施，制约农村发展的公共服务"短板"逐步补齐。目前，全省公路实现"村村通"，广播电视实现"村村响"，用电实现"户户通、城乡同价"，安全饮用水覆盖率达97%。农民成为美丽乡村建设的最大获益者，美丽乡村建设成了造福千万农民的美丽事业。

点面结合，不要"盆景"要"风景"

浙江建设美丽乡村，在具体操作层面，有一个明显的特点，就是注重点面结合、串联成片，在投入、规划、建设上注重全覆盖，而不仅仅是造"盆景"。

在村庄整治建设的初始阶段，浙江以垃圾收集、污水治理、卫生改厕、河沟清理、道路硬化、村庄绿化为重点，优先对条件基础较好的村进行整治。全面推行"户集、村收、镇运、县处理"的农村垃圾集中收集处理模式，彻底清理露天粪坑，全面改造简易户厕，建立农村卫生长效保洁机制，推行"村集体主导、保洁员负责、农户分区包干"的常态保洁制度，着力保持村庄洁净。

在此基础上，从2011年起全面实施美丽乡村建设五年行动计划，注重从根源上、区域化解决农村环境问题，联动推进生态人居、生态环境、生态经济、生态文化建设，联动推进区域性路网、管网、林网、河网、垃圾处理网和污水处理网等一体化建设，加快村庄整治以点为基、串点成线、连线成片。

同时，全面开展高速公路、国道沿线、名胜景区、城镇周边的整治建设和整乡整镇的环境整治，建立美丽乡村县、乡、村、户四级创建联动机制，使一个个"盆景"连成一道道"风景"，形成一片片"风光"。目前，已有65%的乡镇开展了整乡整镇环境整治，成功打造80条景观带和300多个特色精品村落。全省约2.7万个建制村完成了村庄整治建设，整治率达到94%左右，形成美丽乡村精品村312个，创建整乡整镇美丽乡村镇74个，46个县（市、区）成为美丽乡村创建先进县，走出了一条具有浙江特色的美丽乡村建设新路子。

因地制宜，让农村更像农村

杭州市桐庐县江南镇环溪村，因三面环溪而得名。走进香樟林立、溪流淙淙的小村，徽派民居错落有致，恬静自然。村党委书记周忠平告诉记者，为了让环溪村更像农村，村里请来了中央美院的教授，在增添农村现代生产生活设施的同时，营造空间开敞、生态良好、环境优美的田园风光，指导恢复了村庄原有的田园景观。

"现在，村里虽然没有像城里那样的大广场、宽马路，但乡村田园的自然情趣吸引了四方来客，一到周末和节假日，农家乐都忙不过来。"周忠平说。

环溪村是浙江美丽乡村建设的缩影。为了"让农村更像农村"，浙江从第一次"千万工程"现场会开始，就提出既不搞"大拆大建"，也不搞"一刀切"，突出因地制宜，强调规划引领。

据此，浙江美丽乡村建设的第一步就是优化村镇布局，合理确定每类村庄的人口规模、功能定位、发展方向，最终在全省范围内确定了200个中心镇、4000个中心村、1.6万个保留村和971个历史文化村落，形成了一个比较科学的城乡空间布局规划。

在此基础上，因村制宜，编制建设规划：重点建设中心村、全面整治规划保留村、科学保护特色村、控制搬迁小型村，突出道路建设、垃圾收集、卫生改厕、生活污水处理、村庄绿化五项重点，力求村庄整治保持田园风光、体现农村特色。

在因地制宜建设美丽乡村的过程中，浙江农村的风貌形成了多种形态，有"生态＋文化"的安吉模式、"古村落保护＋生态旅游"的永嘉模式、"公共艺术＋创意农业"的玉环模式、"乡村节庆＋民宿产业"的萧山模式。这些因地制宜的探索和实践，成为持续推进村庄整治的前提。

如今，美丽乡村建设在浙江结下丰硕果实。2014年，浙江农民人均纯收入实现"县县超万元"，达到19400元，连续30年居全国各省区首位。

作者：黄平

原刊于《经济日报》，2015年8月11日

《经济日报》

绿色先行看湖州

《经济日报》

绿色发展，浙江湖州率先一步。

"绿水青山就是金山银山"理念诞生在湖州，中国的美丽乡村建设起源于湖州，全国地级市生态文明先行示范区首选湖州，全国最早推行绿色地区生产总值的城市始于湖州。

10多年来，湖州坚持转型发展"绿"为先，走出了一条生态美、产业兴、百姓富的可持续发展新路。环境质量满意率连续七年居浙江前列，太湖水质连续八年达Ⅲ类水标准。工业发展速度连续五年居全省前三，农业现代化发展指数连续三年全省第一。2016年上半年，全市实现地区生产总值1056亿元，同比增长8.1%。

绿色理念，转型发展的山水变奏

湖州地处太湖南岸，山林水田湖兼具，生态环境得天独厚。

有上千年历史的大型生态水利工程溇港圩田，作为南太湖特有的古代文明，将灌溉、防洪完美结合。然而，20世纪80年代以来的粗放型发展，却让湖州遭遇了"坐拥太湖不见湖"的尴尬：站在太湖南岸，放眼望去，满目芦苇、蓝藻成片。

原因何在？为了追赶地区生产总值。

水泥厂、造纸厂、印染厂，村村点火、处处冒烟。自南向北流入太湖的石矿淤泥导致太湖水变浑，河床抬高。

余村是湖州北部山区的一个小山村。20世纪80年代初，"靠山吃山"开石矿，一年的纯收入有100多万元。

然而好景不长，余村很快吃到了苦头，矿区烟尘漫天，常年一片灰蒙蒙。此外，村民还经常遭遇"飞来横祸"，安全事故时有发生。

余村人痛定思痛，决定封山护林、保护环境。2003年至2005年，所有的矿山和水泥厂全部关停，村集体年收入一下缩水到不足原来的1/10，全村半数村民"失业"。

2005年8月15日，时任浙江省委书记习近平来到余村。当得知村里为了还一片"绿水青山"而关停所有矿区时，习近平同志高度评价，称赞余村的做法是"高明之举"，并告诫村民要走可持续发展的道路，"绿水青山就是金山银山"。

村委会主任潘文革说，村里重新编制了发展规划，把全村划分为生态旅游区、美丽宜居区和田园观光区三个区块，并决定投资建设荷花山景区。

村民胡加兴第一个开办了"荷花山漂流"。50条橡皮艇下水几个月，就吸引了上万名游客，一年的游客超过5万人次，营业额高达220多万元。

从"卖石头"到"卖风景"，今天的余村似乎仍然是"靠山吃山"，但"此山"非"彼山"。湖州市委书记裘东耀感叹，昔日是"穷山恶水"，如今是"青山绿水"。矿山经济鼓了腰包，毁了山林；而现在，山上的竹林美了乡村，富了百姓。

余村的十年巨变，是湖州绿色发展的缩影。裘东耀认为，"绿水青山"转化为"金山银山"，关键在于转变发展理念，让绿色发展的理念，

《经济日报》

融入生态文明先行示范区建设的全过程，融入战略决策、发展规划、价值导向等各个领域。

据了解，湖州早在2007年就确立了生态立市首位战略，相继制定"生态市建设规划""生态文明建设规划""环境功能区划"和低碳城市建设、循环经济发展系列规划，并在所辖的安吉县、德清县探索开展"多规合一"试点。对滨湖65公里岸线、266平方公里区域展开一体化规划建设，加强空间、生态和产业的管控引导。

绿色发展，学会放弃与选择

只有学会放弃，懂得选择，"绿水青山"才能变成"金山银山"。

如何做优生态、保护"绿水青山"？湖州以问题导向为抓手，治水、治气、治矿、治城乡环境，再现江南清丽之景。

安吉县矿产资源管理过去是生态保护的最大短板。"政出多头、各管一段"，山砂、地砂、河砂，全是"一盘散沙"。仅1999年至2009年，人们从西苕溪就采沙3000多万吨，将一溪清水变成了"黄河"。

为保护西苕溪，2010年安吉县决定放弃每年2000多万元的沙石资源费收入，下达"禁采令"。为突破体制机制的束缚，县委、县政府决定，从2010年1月1日起，把全县所有跟矿产资源职能相关的公安、水利、交通等10个部门全部集中办公，成立了全国首个有建制的县级矿产资源管理委员会。

走进县矿资办的视频监控中心，看到的是一张矿产资源监管的"天网"：几十个液晶显示屏实时将涉及矿产的工地、石矿、砂场、码头等现场画面自动传输，全县27家审批工地、8家石矿、7座矿用专用码头、15家砂场的实时状况一清二楚。

这种天网式的绿色管理，管出了多重效益：全县矿山数量从2009年的

56家减少到2015年的10家，开采总量从2009年的691万吨减少到2015年的399万吨，矿产资源规费征收从2009年的1715.99万元跃升到2015年的1.02亿元，单位矿资国有权收益从2009年的每吨2.13元增长到去年的每吨18.61元。

数据显示，这几年湖州强势推进治污水、防洪水、排涝水、保供水、抓节水"五水共治"，实行四级"河长制"，实现7373条9380公里河道"河长"的全覆盖，完成了245公里垃圾河、259公里黑臭河治理任务。

同时，湖州实施大气污染防治三年行动计划，市区PM2.5浓度均值逐年下降。2016年上半年，市区PM2.5较去年同期下降15.4%。

铁腕治矿、重拳治水、攻坚治气，让湖州山更青、水更净、天更蓝，经济与环境的"双赢效益"开始释放，生态环境优势转化为生态农业、生态工业、生态旅游等生态经济优势。

莫干山脚下的德清县劳岭村依托"绿水青山"发展乡村旅游，民宿经济遍地开花。全村38户民宿去年接待游客8万多人次，村里农房出租，平均每户一年收入6万元。"绿水青山"给农民带来的红利，有人形容是"山下一张床，赛过城里一套房"。

湖州市市长陈伟俊告诉《经济日报》记者，在绿色发展的实践中，湖州学会了"放弃与选择"。2015年，湖州旅游人数和旅游收入占全省的10%左右，远远超过人口、经济总量占全省比重5%左右的平均水平。旅游业增加值占全市生产总值比重达7.6%，成为全市的支柱产业。接待乡村旅游人数2640万人，经营收入达45亿元，走出了一条由农家乐到乡村游、从乡村度假再到乡村生活的阶梯式生态发展之路。

绿色屏障，制度筑起篱笆墙

湖州的生态文明建设，既然是"先行示范"，就没有先例可循。

从何先行？从何示范？制度层面设计创新成为湖州的"突破口"。

记者在采访中了解到，制度设计创新，湖州从三个方面率先入手，既注重理论引领，又注重体制机制保障，构建了立法、标准、制度"三位一体"的保障体系，过去损害自然资源"有人破坏无人偿"的糊涂账局面得到有效改观。

加快推进生态文明先行示范区建设立法。2015年，湖州市获得地方立法权之后，确立了"1＋X"的生态文明建设法规体系，将生态文明建设纳入法制化轨道。目前，《湖州市生态文明先行示范区建设条例》已颁布实施，成为全国首部生态文明先行示范区建设的地方性法规，从规划建设、制度保障、监督检查、公众参与等方面作出规定，在生态文明制度建设中发挥了独特作用。同时，围绕生态文明建设其他领域，湖州已审议通过了市容管理条例，并在研究制订河道治理、美丽乡村建设等地方法律法规。

创新开展生态文明标准化建设。湖州是目前唯一经国家标准委批复的全国生态文明标准化示范区，已制定出台了《湖州市生态文明先行示范区标准化建设方案》，编制了重点领域标准制修订两年工作计划，建立了32项生态文明先行示范区标准导向目录，启动了《湖州市生态文明示范区建设指南》编制和首批23项市级以上标准制订、修订及20个生态文明标准化示范点创建，为固化先行示范区建设成果奠定了基础。

建立健全生态文明制度。率先开展自然资源资产负债表编制和领导干部自然资源资产离任审计两项"国家试点"。

2014年底，湖州市政府与中科院签订合作协议，委托中科院编制湖州市自然资源资产负债表，重点核算土地、矿产、森林、水域、生物等自然资源资产的存量及变动情况。

翻开负债表，可以观察到某一时间节点上，自然资源资产实物量和价值量的变化，掌握自然资产动态信息，作为环境与发展综合决策、政府生态环境绩效评估考核的重要基础，进一步促进对自然资源资产的有效管理。

为破解自然资源产权不清晰造成的资源的掠夺性使用，湖州还试点开展了森林、水域等自然生态空间统一确权登记。在此基础上，逐步建立和完善自然生态空间统一确权登记的制度体系。

来自湖州市生态文明先行示范区领导小组办公室的信息显示，全市目前已完成2011年至2015年自然资源资产实物量负债表编制，制定了领导干部自然资源资产离任审计暂行办法，出台了推进"生态＋"行动实施意见、提高环境资源利用水平若干意见和促进公众参与生态文明建设办法，为区域内开展生态建设和环境保护构筑起坚实的制度屏障。

作者：黄平

原刊于《经济日报》，2016年10月7日

《经济日报》

习近平总书记在浙江强调绿色发展

内容提要：

2020年3月30日下午，习近平总书记时隔15年再次来到浙江安吉县余村考察。2005年8月15日，时任浙江省委书记习近平在余村考察时首次提出了"绿水青山就是金山银山"的科学论断。

在安吉，习近平总书记表示：经济发展不能以破坏生态为代价，生态本身就是一种经济，保护生态，生态也会回馈你。他说，余村现在取得的成绩证明，绿色发展的路子是正确的，路子选对了就要坚持走下去。

如今，余村已成为全国著名的乡村景点，共有280户。2019年，该村居民人均收入达49598元，全村经济总收入2.8亿元，成为浙江农村全面建设小康社会的典范。

余村党支部原书记潘文革说："'绿水青山就是金山银山'理念使人们感到焕然一新，让村庄发生了很好的变化，居民的收入也提高了六倍。"他认为，余村通过绿色发展寻求乡村振兴的方式，不仅在过去15年中增加了村民的收入，也提高了他们的社会意识。过去10年来，该村没有发生任何诉讼或刑事案件。

余村党支部书记汪玉成介绍说，下一步，他们将与周围的其他村庄合作，促进区域农村合作发展。

扫码观看

作者：马振寰、安百杰

原刊于《中国日报》，2020年4月1日

《中国日报》

安吉县全面践行"绿水青山就是金山银山"理念

内容提要：

  浙江省湖州市安吉县是"绿水青山就是金山银山"理念的萌芽地。作为浙江省"绿水青山就是金山银山"理念综合改革创新试验区，安吉始终在探索一条兼顾环境保护和可持续高质量发展的良好道路，力求到2022年建设成为绿色发展和城乡一体化发展的全国样本。

  早在2001年，安吉县就决定走以生态为导向的发展道路。从那以后，全县坚持环境保护，通过大力发展环保产业，如生态农业和旅游业等，来推动绿色发展。2018年，安吉县接待国内外游客超过2500万人次，创造旅游收入325亿元。官方统计显示，旅游业增加值占该县地区生产总值13.5％。此外，通过建设美丽乡村，安吉县成功地探索了经济与生态、城市与乡村、农村居民和城市居民等协调发展的途径。

  浙江省发展改革委副主任徐幸指出："高质量的绿色发展将成为安吉试验区建设的主题。"浙江省环保厅厅长方敏认为，试验区建设是一个很好的机会，安吉县应该继续探索"绿水青山就是金山银山"理念践行的有效途径，创新机制体制，提高效益。她还指出，浙江省环保厅已整理出近20个政策、资金和技术项目，并制订了详细的行动计划，以支持安吉的绿色发展。

扫码观看

作者：马振寰

原刊于《中国日报》，2019年9月25日

《中国日报》

"两山"排闼送青来：浙江安吉守住"绿水青山"赢得"金山银山"

《科技日报》

暮春三月，置身安吉余村，可远观竹海滔滔，近看溪水潺潺，引来诸多游客品味乡土、回归自然。

2020年3月30日，习近平总书记考察浙江安吉县。走访安吉余村，与村民、创客亲切交流后，习近平总书记表示，余村现在取得的成绩，证明了绿色发展这条路子是正确的。经济发展不能以破坏生态为代价，生态本身就是一种经济，保护生态，生态也会回馈你。

2020年正是全面建成小康社会的收官之年，生态环境质量直接影响全面小康的成色。如何构筑绿色发展的小康社会，可从安吉对"绿水青山就是金山银山"这一理念15载的践行中获得启示。

告别旧式思维，余村实现蝶变

"晴天，抬头难见蓝色的天空；雨天，溪水呈酱油色，村路泥泞难行……"站在一尘不染的柏油路上，回想起曾经矿山、水泥厂遍地的安吉余村，潘春林恍若隔世。

2003年，余村壮士断腕，放弃原本倚重的矿山产业，开展环境整治，通过发展生态农业、生态旅游等，唤醒了沉寂多年的绿水青山。

有感于此的潘春林转变思维，从矿区工人跨界成为余村最早的农家乐店主，带动了余村乃至安吉县开办农家乐的热潮。"我们把余村的绿水青山图片，配上极简的文案，发在网上就很受欢迎，真是沾了生态发展的光。"潘春林告诉记者，没有好山好水就不会有今天的余村。

习近平总书记此番考察余村，也专门走进了潘春林的农家乐——春林山庄。

15年前，时任浙江省委书记的习近平就曾到余村考察，并称赞当地关闭矿区，走绿色发展之路的做法是"高明之举"。在那次考察中，习近平同志首次明确提出"绿水青山就是金山银山"的理念。

从依托竹海拓展竹制品产业，再逐渐因地制宜发展白茶、椅业、林下经济……15年来，余村坚持以实际行动诠释"绿水青山就是金山银山"理念，吸引八方宾朋慕名而至。

2019年，余村实现全村经济总收入2.80亿元，农民人均收入也从2005年的8732元增加到了49598元。

建设创新县域，植入多元业态

在安吉县青创农场内，时常能看到一群盘坐在绿草地上的年轻人，就某个农创项目进行"头脑风暴"，边月明就是这群创客中的常客。

"留恋家乡的万亩竹海、'绿水青山'，大学毕业后我没有在城市里工作，毅然返乡发展特色农业。"青创农场负责人、安吉县美人指葡萄种植专业合作社理事长边月明介绍，这些年来一方面依托好山好水，同时不断改良传统技术，培育了不少精品水果，亩产效益可达8万元。

在向习近平总书记汇报时，边月明就提到他的葡萄已经卖到268元一串。"总书记都对我们的'高价'葡萄感兴趣了，还特意问了很多细节。"

《科技日报》

边月明说，未来要带动更多年轻人加入农创客队伍，一起把"绿水青山"变成"金山银山"。

安吉的好山好水好空气，除了发展高端农业外，还成了科技创新胜地。就在近日，安吉的浙江东方基因生物制品有限公司成功获批科创板IPO注册。

东方基因在疫情期间还充分利用自身试剂研发的优势，成功开发一款PCR、两款胶体金试剂，用于疫情的防控。

"近年来，我们一方面拒绝高污染高能耗产业；另一方面，通过政策创新、平台搭建、服务优化，引进集聚了一大批科技创新资源，东方基因就是其中的佼佼者。"安吉县科技局党组副书记、副局长朱家胜如是说道。

"安吉走生态发展之路，并不仅是为了生态之美，还紧扣'科技'和'生态'两个关键词，发展除竹业、茶业、果业等以外的多元业态。"对于安吉所取得的成就，浙江大学湖州休闲农业产业研究院院长严力蛟教授如是说道。

经过15年的积累，安吉县践行"绿水青山就是金山银山"发展理念，将产业与生态融合发展，建立了"两山"科技智库，鼓励科技企业深化与知名高校院所及科研院所合作，在引导企业自主创新、提升平台服务功能、强化政策导向等方面成效显著。

2018年，科技部启动建设的首批创新型县（市）中，安吉县就位列其中，成为科技支撑生态文明主题的创新型县。

调和"恒久"矛盾，留住绿色乡愁

破解经济发展难题势必要牺牲生态环境？

在严力蛟看来，这一对看似不可调和的矛盾，实际上取决于处理方式。

《科技日报》

2003年，安吉县决定生态立县后不久，乡镇之间，不少村民因为矿山关停收入锐减，纷纷在房前屋后办起了小企业，生产竹凉席、竹筷子等，造成污染。

据了解，在余村，村干部带领村"两委"通过规划设计，建起了工业园区，促成七家规模比较大的企业入园，对排污进行了严格要求。面对村民追求毛竹产量最大化，大量使用农药除草等情况，当地严禁喷洒农药、提倡自然堆肥，保护了野生动物和自然环境，产出的竹笋也更绿色优质。

"处理得不好，才会有矛盾；安吉县不以牺牲环境、破坏生态以及大量消耗资源作为代价，而是强化科技对产业的支撑作用，总结出了一份参考答案，证明生态保护和经济发展可以共生共融。"朱家胜说。

"调和的节点在于基层，安吉县以生态优先一以贯之，村镇基层很重视规划及其落地，而且基于公开透明的考核体系、奖惩制度，村干部才能把老百姓调动起来。"严力蛟说，把生态资源转化成生产力，又留住乡愁，除了安吉县，浙江的德清县、桐庐县、杭州市临安区等多地摸索出多种做法，"相信通过各地的探索，绿色乡愁将出现在中国更多地方。"

作者：洪恒飞、江耘

原刊于《科技日报》，2020年4月1日

《科技日报》

"山哈人"的美丽经济
——杭州市、县两级政协推动莪山畲族乡高质量发展纪事

"全面建成小康社会，一个民族都不能少。"少数民族群众实现脱贫致富奔小康，始终是习近平总书记心头牵挂的事。2002年11月下旬，到浙江工作才一个多月的时任浙江省委书记习近平就到丽水市景宁畲族自治县双后岗等村调研，强调在全面建设小康社会的进程中，欠发达地区，尤其是少数民族地区不能留下盲区和死角，贫困乡村一个也不能掉队。

从杭州出发，经杭新景高速驱车70多公里，就来到了"中国快递之乡"——浙江省桐庐县，再沿着美丽的徐七线行驶20多分钟，便是杭州市唯一的少数民族乡——充满浓郁畲族风情的莪山乡。

畲族自称"山哈"，意为居住在山里的客人。昔日的莪山，"男子多光棍、女子无嫁衣"，算得上是真正的穷乡僻壤。1988年，在杭州市政协的呼吁下，莪山畲族乡经浙江省政府批准正式成立，从此，杭州市政协便与莪山这个畲乡结下了深深的情缘。在帮助莪山脱贫致富奔小康的征程上，杭州市政协一张蓝图绘到底、一任接着一任干。近年来，莪山先后荣获全国民族团结进步模范集体、浙江省美丽乡村示范乡镇等荣誉。2019年10月16日，"中国畲族第一乡"花落莪山。今天的畲乡，全域景区化，村村

是景点，户户有风景，"畲"字招牌越擦越亮，"绿水青山"向"金山银山"转换的通道越走越宽。

回顾杭州政协30年畲乡情，第十一届杭州市政协主席潘家玮说，莪山的发展变化是以习近平同志为核心的党中央高度重视民族工作和全面实施乡村振兴战略的结果，是各级党委、政府和莪山乡广大干部群众不懈奋斗、辛勤努力的结果，也是市、县两级政协结对帮扶、接续助力和社会各界大力支持的结果，谱写出了携手共建幸福和美生活的协奏曲、生动践行"绿水青山就是金山银山"的时代歌。

穷山坳变成了"金窝窝"

海拔600多米的戴家山是莪山乡新丰民族村一个仅有38户人家的自然村，年轻一代为了摆脱贫困，纷纷下山进城。人一走，不仅万亩竹林缺少壮劳力，房屋空置、老人空巢、产业空乏、畲族文化淡化等问题也随之而来。

八届杭州市政协牵头组织协调有关部门，帮助莪山开通了10公里光缆，彻底解决了村民与外界信息交流不畅的问题。时任市政协主席虞荣仁多方联系、积极推动修建了通往戴家山的潘戴线公路。2007年，九届杭州市政协召开专题会议，时任市政协主席孙忠焕协调落实帮扶资金，支持推动创建全国环境优美乡镇等八个重点项目实施……基础设施的改善、发展环境的提升，给戴家山带来美丽蝶变。

2013年开始，戴家山村民把自家老房子出租给民宿经营者，开启了美丽乡村转化为美丽经济的征程。在首批成功引进的"秘境·山乡生活"和"云夕·戴家山"两家优质高端民宿的示范下，走出去的畲族青年回来创业了。他们利用自家老宅，发展自营民宿。"村里条件越来越好，游步道全部贯通，5G实现了全覆盖。山好、水好、空气好，戴家山成了很多年轻人的打卡地。"新丰民族村书记雷国良有些小自豪。

种好梧桐树，引得凤凰来。新丰民族村已连续两届成为"中国（桐庐）国际民宿发展论坛"的现场考察点，"云夕·戴家山"民宿成为桐庐县唯一的浙江省金牌民宿，以前最穷的山坳坳成了"金窝窝"。

产业助力鼓起畲民的"钱袋子"

"对莪山乡帮扶工作既要让畲乡人民的钱袋子鼓起来，又要赋予少数民族群众的文化认同，让经济发展与民族团结进步相得益彰，要把习近平总书记'全面建成小康社会，一个民族不能少'的要求扎扎实实地落地生根，让各民族真正像石榴籽一样紧紧团结在一起，建设好畲汉同胞共有的精神家园，这才是莪山畲族乡高水平发展的重要路径。"十届杭州市政协主席叶明动情地说。

2013年，叶明带着市、县政协机关和有关部门，围绕加快莪山畲族乡发展进行专题调研，提出了创建"中国畲族第一乡"的目标思路建议，得到了市委、市政府的大力支持。市政府专门出台帮扶政策，成立领导小组，明确创建任务，扎实推动创建工作并高标准完成了第一轮的创建任务。2017年以来，市政协牵头的联乡结村帮扶集团持续深化帮扶工作，助力畲乡经济社会事业全面发展，努力打造民族乡村振兴发展的样本。

2017年，中共杭州市委对新一轮联乡结村活动进行部署，并出台了《关于进一步深化"联乡结村"活动、加快推进精准帮扶工作的实施意见》。十一届杭州市政协认真贯彻落实市委部署要求，扎实抓好新一轮联乡结村帮扶工作，从产业发展、农民增收、文化惠民等全方面持续深化帮扶工作。

2019年，莪山乡荣获"中国畲族第一乡"称号后，市政协对莪山乡的帮扶工作不停步、支持力度不松劲，市、县两级政协倾力支持莪山乡加快民族乡村振兴示范建设，打造民族乡村振兴的衽山样本，实现在高起点上更高水平更高质量的发展。

思路决定出路。烈日下，徐七线沿线的衽山乡沈冠村中，"80后"的衽山畲族乡党委书记李春龙与沈冠村书记黄金源带着一帮年轻人认真查看稻鱼共生示范基地中稻鱼的生长情况，忙着准备即将在这里举行的杭州市全域土地综合治理现场会。作为深化全域土地综合整治省级试点，衽山将全域整治作为破解"增地""增收""增效"三大难题的金钥匙。沈冠村充分挖掘畲族"稻渔天养"传统农法，结合现代科学技术，实现"一水两用、一田多收、粮渔双赢"，推动传统农业转变为生态农业、精致农业，带动了农业产业升级；通过闲置用地盘活或空间腾挪，保障了新兴产业项目用地，推动村级集体化债增收，成为畲乡深入打造"一村一品"特色产业的一个缩影。

在中门民族村完成土地流转的农田里，双季茭白秧已经下种、分株，在杭州市农科院的指导和牵线下，农业科技人员通过微信与村干部、种植户即时互动，提供指导。"在他们的指导下，茭白不仅鲜美，套养的甲鱼还能带来更多经济效益。"新农技带给了中门民族村更多的甜头。记者来到塘联村的水果大棚基地，这里的樱桃树经过三年栽种已茁壮成长，在配套完备的大棚中舒展着枝叶。听村书记介绍，来这里的"共享农场"，可体验采摘的乐趣，品味当季最鲜甜的水果。

时逢端午佳节，中门民族村的桐庐鑫诚食品有限公司一派热火朝天的景象。采用当地黄金柴作原料的黄金粽，色泽嫩黄明丽，入口柔软细糯，又较传统粽子多了清热解暑祛湿的功效，受到当地居民和客户的喜爱。立志要把畲乡"黄金粽"带出大山的"90后"返乡创业的小伙子姚鑫城，融合线上线下销售模式，根据销售特点对包装进行设计提升，还增加了口味定制、粽样定制、礼盒定制等个性化业务。每天1.5万个粽子的出货量，让畲乡百姓实现了在家门口就业。

酒香浓郁、红曲清甜，龙峰民族村以红曲酒闻名。记者还未进村，就已闻到空气中弥漫的酒香。"'酒香龙峰'品牌已经打响，我们要利用现有资源，将'非遗'项目产品化、产业化，让游客充分体验既有文化，再通过开发民宿产业，将游客留下来，在增加集体经济的同时，带动周边百姓致富增收。"村干部信心满满。

如今的莪山，致力于做深做透农旅结合文章。畲乡特色农产品搭乘互联网快车走出大山，知名度和美誉度不断提升；畲乡文创中心、竹业小镇、畲乡畲寨、三维智创农场、蓝田精舍、山阴坞乡村生活艺术村等项目，成为莪山经济新的增长点。

"我们每年的第一次政协主席会议都是安排在莪山乡召开，目的是要把莪山的经济发展同政协参政议政内容相结合，真正把帮扶工作落到实处，也成为县政协工作惯例。围绕让莪山民族产业更有特色、民富渠道更加拓展，桐庐县政协要发挥优势，持续建言助力，共同勾画畲乡未来发展美好愿景。"桐庐县政协主席王金才感到重任在肩。

文化赋能擦亮"畲"字金招牌

创新性传承和不断增进民族团结进步的文化认同是莪山乡发展的重要目标。莪山畲族乡虽历经百年迁徙历程，但民族印记依然鲜明，不仅保留着畲乡棍凳、竹竿舞、五步拳、七步拳、大回拐棍等富含畲族特色的武术、民歌、舞蹈项目，沿袭了"三月三""六月六"等传统节日，还常态化举办民间畲歌大赛、畲族武术表演赛和少数民族运动会，拥有"非遗"传承人10名、杭州市级"非遗"传承基地2个。

"既要彰显文化的群众性，又要彰显文化的民族性，更要彰显文化的时代性。这样，我们的发展才有后劲。"乡党委书记李春龙表示。

为了做强"畲乡文化"品牌，莪山畲族乡不仅"扮靓面貌"，还采取多项举措进行文化保护和开发利用。在一系列组合拳的带动下，畲语、畲歌、畲技艺、畲传统等文化民俗在现代生活中"活过来"，融入百姓日常生活的方方面面。

骄阳下，徐七线莪山大院旁的一个项目正在如火如荼施工，已渐露雏形的主体工程让乡民十分高兴，这个未来莪山的"小镇客厅"——莪山畲乡文创中心，集全域旅游接待、畲族文化展示、文创产业孵化等功能于一体，将成为莪山全域乡村振兴、各村产业增收的一个集聚平台。

《畲乡乡村振兴评价规范》发布、"中国（浙江）民族服饰设计展演永久落户"授牌……建设"中国畲族第一乡"的目标让莪山这片土地厚积薄发，即将迎来的桐庐高铁时代等多重机遇，将再一次给莪山加快发展插上翅膀。

宏图绘就小康景。杭州市、桐庐县两级政协将深入学习贯彻习近平总书记在浙江、杭州考察时的重要讲话精神，进一步发挥政协的优势特色，对标高水平全面建成小康社会的目标，在服务助力建设新时代全面展示中国特色社会主义制度优越性重要窗口的征程中接续努力、协"畲"前行，一张蓝图绘到底。

作者：李宏、鲍蔓华
原刊于《人民政协报》，2020年7月10日

《人民政协报》

绿水青山就是金山银山

——在"浙"里洞见美丽中国

回顾浙江近15年发展，生态环境保护是高水平全面建成小康社会之路上不可忽视的重要篇章。

从靠山吃山陷入"成长的烦恼"，到痛定思痛擦亮生态底色，再到深情护绿夯实高水平全面小康的厚实本底，浙江一次次面临选择，又一次次作出抉择。坚定实践"绿水青山就是金山银山"科学论断，"浙"里也成为洞见美丽中国的重要窗口。

灰与绿的抉择："速度与激情"按下"停止键"

在浙江省安吉县天荒坪镇余村，沁人绿意直抵心间。潘春林刚招呼完一桌客人，来不及休息就投入到下一桌订单的准备中。

他是"春林山庄"的老板，也是天荒坪镇农家乐协会会长。作为余村最早开办农家乐的村民，小村庄关停矿山后"逆袭"的故事，潘春林不知已对多少游客说过。

余村山多地少，20世纪七八十年代，当地人靠山吃山，创办水泥厂、石灰窑，一跃成为有名的富裕村，集体经济收入最高时达300余万元。

但粗放式的发展模式也给余村带来了"成长的烦恼"。"我当时在矿区开拖拉机，抬头看不见蓝天，出趟门回来眉毛、头发都是粉尘。"潘春林说。

彼时，用环境换地区生产总值的不仅是余村。浙江省原省长吕祖善回忆，经过改革开放20多年的发展，可以说浙江很少有地方不被污染的。21世纪初期，环境污染严重地影响到了人民的生活。污染最严重时，该省69个县级以上城市中66个被酸雨覆盖，其中33个为重酸雨区。其间也发生了一些重大的因环境污染引发的群体性事件。这些使浙江逐渐认识到，用污染环境换来的发展是死路一条。

后来，惊醒的余村关停了矿山和水泥厂，村集体收入从最高时的300多万元降到20多万元。大受影响的钱袋子让村民感到彷徨。2005年，"绿水青山就是金山银山"科学论断在此诞生，余村人吃下了"定心丸"：将生态兴村的路子走下去。

"绿水青山就是金山银山"理念在余村的实践，也给浙江带来了绿色发展思维的启蒙。痛定思痛的浙江决心将"灰头土脸"重新梳妆，以环境换发展的"速度与激情"按下了"停止键"。

之后数年，久久为功的绿色发展道路逐渐铺开：2006年，浙江省财政安排2亿元资金，对钱塘江源头地区的10个市、县实行省级财政生态补偿试点；2007年，浙江16个省级环保重点监管区和准重点监管区全部达标摘帽；2008年，开始新一轮"811"环保行动；2019年，在全国率先出台排污权有偿使用和交易试点相关规定，率先出台跨行政区域河流交接断面水质保护管理考核办法……

至2010年底，浙江圆满完成"十一五"环保目标任务，环境保护能力和生态环境质量全国领先。

新安江风光（钱晨菲 摄）

破与立的平衡：谋发展与环保双赢

如果说21世纪初对"金山银山"和"绿水青山"的抉择是时代大考，那么突如其来的金融危机则是对浙江绿色发展决心的突击检验。

2008年全球金融危机被喻为百年一遇，作为东部沿海省份的浙江可谓首当其冲。2009年一季度浙江经济触底，增长3.4%。

面对经济保稳的压力，是回到之前的老路快速恢复元气，还是坚持绿色发展凤凰涅槃？浙江选择了后者。

"当时的浙江经济要持续平稳健康发展，还存在着许多深层次的结构性、素质性、体制性矛盾。"吕祖善回忆，结构调整不是一朝一夕、三天五天就能完成的，是个长期的过程，要有恒心、沉得住气。

彼时，浙江省委主要领导表态，不要"唯GDP"，不要追求一时的经济增长，要把眼光放远一些，要谋划一批管长远、管全局的大事要事，一任接着一任干，一张蓝图绘到底。

2010年召开的中共浙江省第十二届委员会第七次全体会议，足见浙江擦亮生态底色的决心——会议审议并通过了《中共浙江省委关于推进生态文明建设的决定》，以深化生态省建设为载体，打造"富饶秀美、和谐安康"的生态浙江，努力把浙江省建设成为全国生态文明示范区。

第三轮"811"环保行动、"四边三化"行动、"三改一拆""五水共治"……一系列组合拳在浙江打出。

2013年，有着2万多家水晶加工户、水晶产量占国内80%以上的金华浦江打响了"治水第一枪"。20世纪80年代后期，水晶加工作为一项富民产业引入浦江，虽富了一方百姓，但彼时浦江每天有1.3万吨水晶废水、600吨水晶废渣未经有效处理而直排，导致该县85%以上水体受污染。

通过"五水共治"，浦江累计关停污染水晶加工户19680家，拆除595万平方米违建，拆除水晶加工设备9.5万台，并投资约20亿元，新建4个水晶集聚园区，以实现集中治污、集聚发展。

岸上的产业理顺了，水污染问题也逐渐治愈。2015年底，浦江22条

治理后的浦江翠湖（钱晨菲 摄）

劣Ⅴ类支流全部消灭，全县51条支流中优于Ⅲ类水质的达到42条。

"曾经我们都把翠湖叫作'茅厕'，水面上漂着雪白的一层浮沫，垃圾都往水里扔，臭得我们都不敢走过去。"在当地曾"臭名昭著"的翠湖边，71岁的陈云鹤说，"如今，可以在湖边散散步，在湖里游游泳，环境变得这么好，我们想都不敢想。"

浙江在"破"与"立"的平衡间积极寻求发展与环保的双赢，一系列举措逐渐显露成效：

"十二五"期间，该省地区生产总值从27748亿元增加到42886亿元，年均增长达8.2%的同时，2015年该省地表水断面Ⅰ类至Ⅲ类水质的占比为72.9%，比2010年提高11.8个百分点；地表水交接断面水质达标率为73.1%，比2010年提高11.4个百分点；化学需氧量、氨氮、二氧化硫和氮氧化物排放量分别比2010年下降18.82%、16.91%、21.35%和28.81%。

于浙江而言，一个事件也颇具标志意义：2015年，该省为26个县集体摘掉"欠发达"的帽子，不再考核地区生产总值，转而着力考核生态保护、居民增收等内容。

从2010年到2015年，经此一役，浙江更加坚定。

面子到里子的转变：夯实高水平全面小康的本底

如今的浙江，处处是新景，处处是新机。在浦江县新光村，当地青年陈青松召集了30多位年轻创业者于群山掩映中碰撞思维的火花，共话乡村振兴。

"之前我一直在苏州做水晶生意，不太愿意回来，印象中的浦江太脏了。"2015年的一次探亲，让陈青松彻底改观，"新光村曾聚集着316家水晶作坊，现在村中机器轰鸣、废水横流的现象不见了。良好环境让我看到了乡村的希望。"

乡村音乐、创意集市、"非遗"体验……如今，新光村每年的游客量达120余万人次，村民们在家门口卖土特产都能赚钱，村集体经济从负债到营收100余万元。

以新光村为代表，多年护绿并因地制宜地打通了"绿水青山"向"金山银山"的转化通道之后，"绿水青山"的反向赋能让浙江各地收获着巨大发展红利。此背景下，浙江选择让绿色发展理念由"面子"向"里子"深化，令其成为之江大地上的共识。

曾经因造纸产业"穷"了环境的杭州富阳，几年前的面貌令人唏嘘：城里少有干净的汽车，没有硬化的地面尘土漫天，农民平时不敢开门……

在"绿水青山就是金山银山"科学论断的指引下，富阳先后投入资金123亿元，关停造纸及关联企业1000多家，总共腾出发展空间1.5万多亩。

"腾笼换鸟"后，当地PM2.5日均浓度由2017年的42.5微克/立方米下降到2019年的35.5微克/立方米，环境空气优良率由2017年的90.9%提高到2019年的93.9%。水环境质量继续保持全优。

"面子"变美，全民参与守护"绿水青山"的理念在当地深入人心："最美庭院"大比武活动成为当地人人参与环境整治的"明星活动"，一村村、一户户各具特色的农家庭院延伸到了富阳乡村的各个角落，形成了一道靓丽的风景线，如今当地"美丽庭院"创建率达到100%，庭院"小美"不断助力乡村"大美"。

2019年，富阳乡村旅游接待游客1500万人次，实现乡村旅游收入8.57亿元，同比增长34.9%和27.9%。

从浙江全省层面看，在这一理念的深入普及支撑下，2019年，浙江通过生态环境部组织的国家生态省建设试点验收，建成中国首个通过生

杭州市富阳区的乡村（李潇鹏 供图）

态省验收的省份。

浙江省委书记车俊表示，浙江要进一步拓展公众参与生态文明建设的渠道，不断培养群众的环保意识、生态道德和绿色生活习惯，大力打造文旅健康幸福产业、高效循环生态农业和节能环保绿色产业等经济增长点，建立健全生态产品价值转化机制，让生态资源更好地成为生态资本、生态红利。

15年，一路走来，初心不改。如今，绿色已成为浙江发展最动人的色彩。细读"浙"里，亦能洞见美丽中国的发展范式。

作者：柴燕菲、钱晨菲

原载中国新闻网，2020年6月30日

浙江：美丽中国的鲜活样本

在浙江，有一项工程很特别，它没有具体的地标、建筑，却遍布万千乡村，成效惠及千家万户，这就是"千村示范、万村整治"工程。

浙江的美丽乡村建设始于2003年，伴随浙江农村经济的快速发展，出现了"室内现代化、室外脏乱差""有新房无新村"和环境"脏、乱、差"等状况。在时任省委书记习近平的倡导和主持下，浙江启动了"千村示范、万村整治"工程，由此拉开了浙江村庄环境整治、美丽乡村建设的序幕。

16年美丽接力，从"千万工程"、美丽乡村建设再到"大花园"建设，浙江农村变成一幅现代版"富春山居图"、美丽中国的鲜活样本。

"城市边的后花园，都市里的新村庄"

今天的浙江农村，水清、路平、灯明、村美，整洁的道路连接起错落有致的农居，彩花、石径、古树、修竹、池塘相互映衬，如诗如画的浙江乡村，成了"城市边的后花园，都市里的新农村"。

浙北长兴县水口乡顾渚村，有"中国民宿第一村"之誉，拥有农家乐、民宿床位上万张。有村民告诉记者，这里的乡村旅游几乎没有淡季。

《中国青年报》

春天挖笋、夏摘葡萄、秋收猕猴桃、冬季打冬枣，30多个农业观光园区，吸引人们来养老、度假，每逢节假日更是一房难求。

浙西开化县金星村，门前一汪清水，远眺青山重重。当地村民种植茶树、银杏和无花果，把这"三棵树"发展成生态绿色的大产业。村里先后建成3000平方米的银杏公园、1500平方米的村口公园、7000平方米的生态停车场、5000米的环村江滨绿色休闲长廊、500米长的香樟大道和300米长的银杏大道。

良好的生态，吸引游客纷至沓来。每到秋天银杏叶黄时，来金星村拍摄、写生、观景的游客总会挤满村子。如今，金星村人均年收入2.5万元左右，是12年前的八倍。

马剑古镇坐落在诸暨市最西边，相传公元前210年秦始皇最后一次东巡，行至马剑古镇，沿途留下诸多文化遗迹和古老传说。马剑镇副镇长应伟龙说，伴随美丽乡村建设，马剑镇以秦皇古道为基础，以乡村娱乐休闲旅游为引擎，引来大批游客在这里游山观景、饮茶戏水、徒步寻秘、种植采摘、体验民俗。

如今，每到假日，山明水秀、配套设施齐全的村庄就会成为周边城里人的赏玩之地。人们来到乡情乡趣、山美水美的"城市后花园"，吃农家饭、住农家屋、享农家乐，尽赏山水之美。

位于杭州市萧山区南端的浦阳镇，水污染一度成为这里的"老大难"问题。近几年，该镇重拳整治，重现绿水清波。借着这阵东风，镇里发展沿江、沿山和沿路资源，重金打造风情小镇，发展美丽经济。景在村中、村融景中，浦阳镇从默默无闻的小山村，变身"网红村"，引来各地游客。

"因山而美、因水而活"的下淤村，村民们依托村边的马金溪，办起农家乐，买来自行车、游船用于出租。四年来，村集体收取的场地租金突破180万元，村集体资产超过5000万元，2018年村民人均年收入达

2.45 万元。

"步步皆景、村村若画"

"千村示范、万村整治"工程成为一场跨越 16 年的美丽接力，依托"三改一拆""五水共治"及环境综合整治等，浙江从人居环境、基础设施、公共服务等方面，不断拓展美丽乡村的建设内容。浙江省累计完成2.7 万余个建制村的村庄整治，农村生活垃圾、生活污水处理实现全覆盖。

曾经的衢江区周家乡上岗头村，违章建筑多、危房旧房多，经过美丽乡村建设，这里建起了广场、游步道、篮球场等，并用马头墙、小青瓦改造农房外立面。过去远近闻名的"破烂村"，成了美丽的浙西民居村。

以"空间重构、山河重整、乡村重生"为理念，衢州把农房体系构建和风貌提升作为乡村振兴大花园建设的"牛鼻子"，累计整治、拆除农村住房、辅房7.73 万间。柯城区九华乡范村通过整治，种上了1万余棵各色树木，"脏乱差"的小村庄，变成了花园村。

在美丽乡村建设中，浙江把科学编制村庄布局和建设规划放在首要位置，以科学规划引领建设实践，至今已形成以县域美丽乡村建设规划为龙头，村庄布局规划、中心村建设规划、农村土地综合整治规划、历史文化村落保护利用规划四项专业规划为基础的"1＋4"县域美丽乡村建设规划体系。

衢州市委书记徐文光说，宜居不宜居，老百姓最有发言权。在美丽乡村建设中，浙江不少地方致力于"产、村、人、文"融合发展，统筹城乡美丽空间、美丽庭院、美丽沿线、美丽田园、美丽文化景观建设，把名山大川、著名景点串珠成链，变盆景为风景，使山水与城乡融为一体，自然与文化相得益彰，在看得见绿水青山、闻得到清新空气、畅游山水的意境中感受更深层次的美。

城与乡融合共生

近三年来，诸暨投入5.67亿元建成农村联网公路，完成县道、乡村道大中修500多公里，投入11.1亿元打造全长近200公里的五条美丽乡村景观带。2018年，全市接待游客2475万人次，实现旅游总收入257亿元。全市有36个村被评为"中国淘宝村"，行政村（居）实现了电商全覆盖。

如今的浙江农村实现了等级公路、邮站、宽带等"村村通"，广播电视"村村响"和农村用电城乡同价"户户通"，还形成了城乡一体化的公共服务体系和30分钟公共服务圈，在拥有优美风光的同时，村里人也像城里人一样，全面享受着公共服务和生活的便利。

2017年，浙江推出"千万工程"升级版"万村景区化"行动，计划用三年时间，打造1万个A级乡村景区。其中1000个要达到AAA级标准。

随着万千乡村的华丽"转身"，浙江农村从"卖山林"转向"卖生态"，变"种种砍砍"为"走走看看"，乡村旅游、养生养老、运动健康、电子商务、文化创意等各类产业在乡村不断涌现，田园变公园，农房变客房，美丽经济风生水起。

九华乡相关负责人介绍，环境综合整治后，突显了以农耕文化为特征的山水田园品质。国家森林运动小镇核心区大荫山飞越丛林探险乐园自2017年4月以来累计接待游客20余万人次，门票收入2000余万元。整治以来小镇民宿发展到60余家。九华乡2018年累计接待游客近70万人次，同比增长35%。

安吉县鲁家村从一个"山不够高、树不够茂"的村庄，短短几年间实现"三级跳"，村集体资产从负债上百万元到如今增长至1.2亿元，村民人均年收入从不到2万元增长至3.5万元。

从美丽生态到美丽经济，再到美好生活，浙江乡村的功能从满足传统生活向支撑现代生产转变。城与乡之间，走向融合共生。

统计数据显示，2018年，浙江省农村居民人均可支配收入27302元，连续34年居全国省区第一，城乡居民收入比缩小到2.04∶1，年收入10万元以下的集体经济薄弱村下降到749个。

作者：董碧水

原刊于《中国青年报》，2019年9月2日

《中国青年报》

丽水品牌化打通
"绿水青山"与"金山银山"

"绿水青山"如何变成"金山银山"？近年来，许多地方为了生态环保，不惜壮士断腕，该关的关了，该停的停了，"绿水青山"也已养成，但"两山"之间究竟如何打通，阿里巴巴的大门何时才能洞开？

最近，浙江丽水的探索引起多方关注：这个偏僻落后的浙南山区通过生态产品价值转换，实现了山区脱贫、乡村振兴、生态保护"三赢"的结果，农民人均收入增幅连续九年名列浙江第一。

日新月异的变化背后，记者发现，丽水在打通"绿水青山"与"金山银山"过程中，品牌化发挥着至关重要的功能，成为生态产品价值实现的一把密钥。市委书记胡海峰近日在接受媒体采访时分析：发展一二三产业融合的"第六产业"，推动农业方面经济增长点的培育、发展和壮大，做精做优新产业、新业态，让丽水的好山好水都能转化为农民增收致富的一个个聚宝盆，首先就要做强"丽水山耕"这个品牌。

犹记丽水来时路

丽水的经济社会发展水平和生态自然条件在全国具有代表性。境内九山半水半分田，客观上给发展带来诸多不利因素：交通不便、信息不灵、思想不活。农业上，因为立地条件的制约，产业高度分散，仅主导产业就有九个之多；主体十分弱小，但各类生产主体总数超过了7000家；市场化程度很低，农业生产自给自足，难以与大市场、大流通匹配。因此，在浙江，丽水的经济社会发展水平一直垫底，几乎可谓是贫穷落后的代名词。

2000年，丽水提出"生态立市"的口号。那时，按照浙江生态省建设的要求，丽水正式开启了绿色发展的探索之路。2006年7月29日，时任浙江省委书记的习近平到丽水调研时指出，"绿水青山就是金山银山，对丽水来说尤为如此"。这句话给了大家莫大鼓舞，当然也提出了一个重大命题，那就是："绿水青山"如何变成"金山银山"？10多年过去，梦想中的"金山银山"正照进现实，也让大众改变了对丽水的固有印象。

在长三角地区，丽水可谓唯一一块"绿谷"。这里海拔千米以上的高山有3573座，森林覆盖率超过80%。在城市化、工业化的包围中，丽水无疑是"世外桃源"。原来大家习以为常，甚至视作包袱的山水资源，在生态文明时代，竟然炙手可热。来自上海、杭州等地的自驾队伍，不断提示着丽水：丽水的未来，就在于依托山水资源，发展休闲、康养、文创等新业态。

围绕这一目标，丽水农业应该走出传统的"提篮小卖"，通过一二三产融合，变生态产品为个性化商品，最大限度地实现其附加值。农业局副局长何敏从事农产品营销多年，亲历了丽水农业的转型发展。他坦率地告诉记者：丽水的立地条件决定了我们无法走规模化、机械化、设施化的农业发展之路，而农旅结合恰恰能将丽水的劣势转换成优势，最大限度地实现增收增效。

"丽水山耕"：平均30%溢价的背后

丽水农业既然要走向市场，就必须突出个性差异，就必须创建品牌。丽水农发公司董事长徐炳东认为，品牌是现代农业发展的核心标志，只有品牌才能最大限度地实现生态产品的价值转化。"消费者为什么愿意买单，因为你是品牌，因为品牌的后面是质量、是文化、是信誉。"

正是因为能够站在消费者角度反观政府的工作，丽水在完成了《生态精品现代农业发展规划（2013—2020年）》后，于2014年迅速启动了品牌建设行动。

丽水农业究竟应该做什么样的品牌？这里有几点需要明确：一是生产主体普遍比较弱小，没有能力自建品牌，因此必须由政府创建区域公用品牌，带动生产主体走向市场；二是丽水产业集聚度较低，创建单品类品牌不足以带动全域农业发展，因此，必须创建全区域、全品类、全产业链的综合性品牌；三是将丽水放置在整个华东地区考量，其生态环境和农耕文化具有符合消费需求的显著特点。

具有创新意义、体现山区农业特征的"丽水山耕"由此问世。由于有政府的大力支持，采取统一标准、统一运营、统一传播的方式，"丽水山耕"很快在市场上声名鹊起，吸引了越来越多的生产主体加盟其中。这种模式，不仅大大降低了生产主体进入市场的成本和风险，而且大大提升了丽水生态产品的溢价空间。

卜伟绍毕业于水产养殖专业，是地道的科班出身，有十来年的温室甲鱼养殖经验。随着市场竞争的加剧，他开始搞起了生态养殖，但他的"云河"牌甲鱼在农贸市场并没有受到欢迎，人们认为他只不过是用生态养殖的概念在欺骗消费者。

此时，"丽水山耕"刚刚启用，卜伟绍成了第一批会员。政府的背

云和梯田春之韵（《农民日报》供图）

书，加上产品追溯系统的使用，让他的生态甲鱼在网上一炮打响，价格从线下农贸市场的每斤20来元，陡然飙升到线上的每斤100多元。

通过政府提供的品牌服务，大量的丽水小农与大市场实行了成功对接。今天，已经打响了自身品牌的卜伟绍又开始扩大规模、转型发展。他将甲鱼苗供给其他渔民养殖，再由他回收后，以"云河"牌卖给线上消费者，一年产值在300万元以上。"做品牌就要打广告，我们小本经营，哪里有钱投入？现在好了，做活动、搞推介、投广告，都由政府承担，我们只要跟在'丽水山耕'后面跑就行了。"

"丽水山耕"的公共服务还在逐步深入。记者看到，即将投入使用的"丽水山耕"梦工厂，占地29亩共2.4万平方米，内由农产品分级加工、包装设计、仓储运输、电子商务等车间构成。许多小微生产主体没有能力投入，但在走向市场过程中又难以或缺的服务，在这里基本都可搞定。未来，这里还将每年组织30万游客前来参观、购物、餐饮，真正形成农旅融合、助推小农腾飞的梦工厂。

"丽水山居"：提供更佳旅游体验

生态产品的价值实现过程，没有品牌万万不行，但仅有品牌也并非万事大吉。作为以发展新业态为重点的山区，除了创建品牌，还必须打开思路，从市场出发，全方位模拟游客的需求，再一个个针对性地予以解决，方能让生态产品充分变现。

在丽水市农办副主任郑建强看来，只有系统解决游客来到丽水，看什么、住哪里、买什么这些具体问题，才能留得住游客，才能提供更细致、更全面的服务，也才能使生态产品的变现路径更为广阔。为此，丽水提出了农业园区变现代景区、传统民房变特色民宿、土货农产品变旅游商品的系统解决方案。

经过景区化改造，以生产为目的的农业园区，不仅配备了公共设施，还设计了游乐项目，摇身一变成了旅游热点；游客要想住下来，可以选择民房改造而成的民宿，这里有的是乡愁可供人慢慢品味；你若要买点丽水土特产带回城里，许多民宿中都有"丽水山耕"专柜，老板娘会为你热情推荐；作为旅游商品，"丽水山耕"的包装精致时尚、创意十足，绝对登得上大雅之堂。

在新业态培育中，民宿不仅有利于导入城市的资金、人才、管理，而且容易形成焦点，将山水资源进行整合，打包销售。因此，近年来，丽水连续出台政策文件推动民宿发展，吸引越来越多的业主抛弃大城市的喧嚣，来到绿水青山之间投资创业。

来自杭州的设计师老白偶遇松阳县四都乡西坑村，一见钟情，与朋友投入1千万元资金，开办了"云端觅境"，每个房间都以"觅"命名，房价每晚达1100—1300元。同村的"过云山居"则由三位苏州青年创办，打出"赏云"主题，房间名都带"云"，每晚卖到880元。这个几乎与世隔绝、常年云雾缭绕的村子，现在成了民宿与农家乐的集聚村，本地村民开办的农家乐有10多家。"为什么能卖出高价，因为客人除了住宿，还能在我们这里享受到无限风光，还有无边乡愁。"老白说。

像西坑村这样民宿农家乐扎堆发展的村子，在丽水数不胜数：古堰画乡、下南山、平田……华侨文化、黄帝文化、廊桥文化、畲族文化，每一种历史文化后面，都有一个个农旅项目；茶文化、竹文化、香菇文化、梯田文化、剑瓷文化、石雕文化，每一种产业文化也都被发掘出来，蝶变成一个个特色小镇。通过农业和旅游的相融、农业和文化的结合，不仅卖出了产品，卖出了风景，更卖出了文化，卖出了附加值。

为了整合力量，共创民宿品牌，丽水还专门创建了"丽水山居"，进行统一的推介传播，与"丽水山耕"形成了良性互动和有效互补。

正是通过从生产到加工到旅游的各个环节的相互融合，丽水生态产品的价值得以不断放大。

据了解，截至目前，加盟"丽水山耕"的生产主体已达到733家，2018年前6个月，"丽水山耕"品牌产品销售额即近37亿元，平均溢价超过30%；"丽水山居"农家乐民宿经营户（点）3992家，从业人员达4.6万人，营业收入每年呈30%左右的速度高速增长，2018年上半年达到近16亿元。

丽水市发改委主任饶鸿来报出一系列数据显示：2017年，丽水人均地区生产总值达8838美元，是10年前的3.60倍；固定资产投资900多亿元，是10年前的3.81倍；地方财政收入112.91亿元，是10年前的3.46倍；城乡居民收入38996元和18072元，分别是10年前的2.45倍和4.13倍；生态产品总价值4672.89亿元，按可比价计算，10年增幅达到86.70%。

《农民日报》

作者：蒋文龙、朱海洋

原刊于《农民日报》，2018年9月18日

解码 GEP[①]
——丽水构建生态产品价值核算评估体系的调查

《浙江日报》

清新的空气、清洁的水源、纯净的土壤，到底值多少钱？1.60亿元，这是丽水一个普通村庄生态系统的生产总值。

5月30日，作为丽水首个GEP核算的试点村，遂昌大柘镇大田村对外公布了村级生态产品价值核算报告。这也是继丽水成为全国第一个生态产品价值实现机制试点市后，所开展的一项重大创新探索。

据试点要求，未来几年，丽水必须尽快形成一套科学合理的生态产品价值核算评估体系、一套行之有效的生态产品价值实现制度体系以及多条示范全国的生态产品价值实现路径。届时，空气、水流、土壤、森林等，不仅会有明晰的价格，还能通过出让交易、转移支付、抵押担保等实现经济价值。

而这，恰恰是打开"绿水青山"与"金山银山"转化通道的必然。

---

① GEP（Gross Ecosystem Product，生态系统生产总值），是评估区域生态产品价值的一个指标，指一定区域，可以是一个县、市、省、国家，其生态系统为人类福祉和经济社会可持续发展提供的最终产品与服务及其价值的总和，包括生产系统产品价值、生态调节服务价值和生态文化服务价值。

探索全新核算方法，让生态价值清晰量化

在专家团队历时一个多月，核算出遂昌大田村GEP之前，2018年8月，丽水就对外发布了一组数据：2017年，全市自然生态系统面积为14765.7平方公里，GEP为4672.89亿元。

无论是一个村的1.60亿元，还是一个地级市的4000多亿元，这些数字都足以令人好奇：GEP是什么？如何计算？又为何要算？

在中科院生态环境研究中心主任欧阳志云看来，GEP并不复杂："我们通常所说的'绿水青山'实际上就是高质量的森林、湖泊、草地、沼泽、河流、海洋等生态系统。它们为人类生活提供三大类生态产品，包括食物、饮用水、木材、医药等物质产品，固定二氧化碳、涵养水源、防风固沙等调节服务产品，以及生态旅游、美学体验等文化服务产品。所有生态产品核算出来的经济价值总和就是GEP。"

人类社会善于用数字衡量成果。在国民经济领域，有国内生产总值（GDP）。针对社会发展质量，联合国提出人类发展指数（HDI）。近年来，浙江与全国多地陆续启用"绿色GDP"作为地方考评标准。但迄今为止，还未有一个宏观指标来衡量人类赖以生存的自然环境。

GEP的出现填补了空白。形象来说，它就是用一个清晰的数字，告诉人们"绿水青山"到底值多少钱。但新的问题随之而来：物质类生态产品的价值容易衡量，调节服务产品和文化服务产品的价格如何确定？

龙泉国镜药业的故事，或许是一个生动的案例。2010年，四川科伦药业来到这里，收购了国镜药业，并迁移了生产线。原来在成都时，企业生产所用的隔离网每两年需更换一次。搬到龙泉后，隔离网六年才需更换一次。当地清新的空气每年为他们省下60%的生产成本。

据欧阳志云介绍，目前，全球科学界正在积极探索生态产品价值核算

方法，他们为丽水设计了3个大类、40个小项的指标体系，运用直接市场法、替代市场法、模拟市场法等，将调节服务产品、文化服务产品都进行了合理的定价。"问题的关键在于，核算出来的数字能否被社会大众认可并接受，这是生态产品使用价值向经济价值转化的基础。"他说。

翻阅新近发布的《浙江（丽水）生态产品价值实现机制试点方案》，五大重点任务里，"建立价值核算评估应用机制"居首。通过组建生态产品价值核算权威评估机构，调整考核指标，村、镇、县（市、区）每年核算出来的GEP，不仅能指导当地保护、改善生态环境的行动，也将成为各级领导干部考核主要内容，从而促进发展观念、政绩观念的改变。

采访中，生态系统的原真性和完整性也被一再提起。在生态产品目录选定、生态旅游等单项产品价值核算时，专家不约而同强调，不能核算人工生态系统提供的产品价值。

过去，为获取旅游等收入效应，一些地方热衷于建设大规模人工生态系统，包括乡村大草坪、人造滩涂等景点。有人预感到它们对自然生态系统、生物多样性的危害。但究竟危害多大，大家还一知半解。

现在，GEP的增减将清晰反映出一面破坏真生态、一面制造假生态等行为带来的巨大损失。在数字指引下，为保持生态系统不断增值，政府和社会大众也将谨慎考量，努力让自己的一举一动符合自然生态系统规律。

而这，也正是人与自然和谐相处的前提。

建立全新游戏规则，让生态产品有序定价

嫩绿的青菜、油亮的辣椒、新鲜的豆角……夏日清晨，来自丽水的高山蔬菜携着露珠，伴着"丽水山耕"的品牌标识，进入冷链保鲜，直抵上海、杭州等地的超市，受到许多城市家庭的青睐。

因为出产于水源清澈、空气清新、土质安全的自然生态系统，原价60

丽水古堰画乡（丽水市莲都区宣传部 供图）

元一只的缙云麻鸭如今卖到118元一只，莲都梅献山的有机茶卖到每斤1880元，景宁惠明茶、庆元香菇、遂昌菊米、处州白莲等供不应求。"丽水山耕"因此成为"绿水青山"向"金山银山"转化的典范之作。

仔细分析GEP三类生态产品的构成，在丽水全域，调节服务产品价值达2579.49亿元，占比55.20%，文化服务产品价值为1933.11亿元，占比41.37%，"丽水山耕"代表的仅是剩余3.43%生态物质产品价值中的一小部分。

同样的情况也在大田村得到印证。近年来，这个位于遂昌县中部的山区村，依托良好生态环境，建起森林温泉，开办了38家农家乐，旅游经营收入超过3500万元。村集体经济收入突破31万元。但相比专家团队核算出来的1.60亿元生态系统生产总值，仍有大量生态产品的价值还未实现转化。

"想象一下，若将这些生态产品的价值全部挖掘出来，会为我们高质量绿色发展带来多大能量？"丽水市发改委副主任周立军说，尽管评估出来的全市生态产品价值总量已达4672.89亿元，但同期国民经济生产总值仅1298.20亿元，GEP向GDP的转化率只有27.78%，"'绿水青山就是金山银山'，难就难在'就是'两个字，难在缺少转化的路径。"

翻阅核算报告，记者注意到，目前，依托市场的力量，生态物质产品、文化服务类生态产品均已一定程度转化，但调节服务类生态产品价值实现几乎可忽略不计。理论上，按等价交换原则，使用多少生态产品，就应付出相同费用。比如，一架飞机从城市上空经过，必定会排放一定量的二氧化碳，航空公司理应按森林碳汇价值核算标准，向当地缴纳一定费用。但实际上，受社会大众观念、市场交易体系等限制，要建立这样的收费体系，难度不小。

"这相当于在全球范围内建立新的'游戏规则'。"周立军认为，当务之急，一方面要创新发展生态农业、生态工业、生态旅游康养产业等，扩展生态价值产业实现路径；另一方面，必须建立生态产品市场交易机制和金融体系，实现调节服务类生态产品价值转化零的突破。

省、市相关专家建议，率先在政府生态补偿工作中应用生态产品交易机制，探索制定生态产品政府采购目录清单。比如，瓯江流域上下游之间，根据生态产品质量和价值确定财政转移支付额度，以促生态产品交易市场形成。

当每类生态产品的价值都能充分实现，丽水或将彻底打开"绿水青山就是金山银山"的发展路径。

创造全新生活方式，让人与自然和谐相处

澳大利亚东部一个不小的村庄，地处墨累–达令流域的上游。在这里，一项保护计划已实施近10年。

120

在相关部门技术指导下，通过农田退耕、植树造林等举措，达到减少土壤侵蚀、保护野生物栖息地、改善河流水质计划的当地村民，就能积累一定额度信用值。而所有进驻的经营者，必须向当地村民购买可能造成损害的同等生态功能的土地信用后，方能获得开发许可。按当地政府估算，参与保护计划的土地，土壤侵蚀量平均减少20%以上，杀虫剂过量使用及养分流失的现象也基本消除。

"建立企业和自然人的生态信用档案、正负面清单和信用评价机制，探索建立生态信用行为与金融信贷、医疗保险等挂钩的联动奖惩机制。"丽水生态产品价值实现机制试点方案中的这一表述，澳大利亚的小村可算作一个现实范本。

在省发展规划研究院能源与环境处首席咨询师工程师郑启伟看来，设计生态信用机制，根本目的是让每个人都形成绿色生产生活方式，促进人与自然和谐相处。他说："生态文明建设最终还是需要依托广阔的市场和广大的百姓，而不是政府一头热。"

丽水生态产品价值实现机制试点，鼓励重新界定水流、森林、湿地等自然资源资产的权属主体及权利，自主探索公益林分类补偿、生态修复产权激励机制。比如，在大田村，人们将对空气质量、水质、古村落保护程度、古树、古道等开展重新评估，还会把这些生态产品的价值变成村集体资产、个人财产，从而激发村民保护生态、修复生态的积极性。

这些资产并非一成不变。每年甚至每个月，镇里和县里都要对大田村开展评估。若是森林被破坏、水质下降，生态产品的经济价值就下降，村集体和个人资产相应核减。

背后的支撑来自一项名为"花园云"的大数据工程。专家强调，随着物联网、人工智能等前沿技术发展，未来两年，丽水将融合山水林田湖草及大气、土壤等各类生态环境数据，建立一个覆盖全市的生态环境监管系统，实现生态状况预警、生态数据应用、生态信用建设。

未来，在丽水的许多个村庄里，这种场景将成标配。清晨，村民打开手机，查看全村生态系统三维图，点击自己的名字，导出生态产品目录，仔细核对每项资产的保护情况、增值情况。页面还能跳转到网上交易市场，若有企业入驻投资，生态产品就能进行实时交易。

"目前，世界各地的生态产品价值实现机制探索都十分零碎，像在丽水如此大的一个区域进行试点是前所未有的，也正是因为在这么大的地方、这么多的村镇实验，也更容易形成系统化、集成化的成果。"在郑启伟看来，一旦包含生态资产产权制度改革、生态产品价值核算体系建设、政府采购机制改革、市场交易模式改革在内的一整套体系能在此建立完善，发展方式必将产生革命性的变化。

专家相信，不久的将来，会有越来越多人到丽水驻足。因为从某种意义上说，它会是中国"绿水青山"的一个典型地标。

作者：沈晶晶、暴妮妮

原刊于《浙江日报》，2019年5月31日

"网红村"的新探索

江南立夏，浙东平原万木葱茏。

作为全国罕有的 AAAAA 级景区乡村，2019 年加长版的"五一"假期，把宁波奉化滕头村党委书记傅平均忙坏了。"美景＋美食"的叠加效应，让 2019 年 2 月投运的滕头生态民俗农创中心美食园一举成为全国知名的"网红"景点。慕名而来打卡的游客、排定档期的研学少年……几股人流把两平方公里的小村挤得水泄不通。精明能干的傅平均一边下令限流，一边对记者感叹道："如果有一个称手的景区管理团队多好啊！"

这种感叹的背后，是滕头美丽经济升级、迈上新台阶后，对专业人才"如大旱之望云霓"的渴盼。作为社会总产值近 100 亿元、村民人均年收入达 6.5 万元的全国"网红村"，滕头村已奔跑在乡村振兴之路的前列，各种"成长的烦恼"也扑面而来。

美丽经济升级之路怎么走？"网红村"如何一直红下去？面对新时代乡村振兴的各种挑战，"一犁耕到头"的滕头人，再次迈开了探索的脚步。

一个村如何带动一片村

探索：从"党建联合体"迈向"命运共同体"

随着"呜——"的汽笛声，一列卡通喜感的观光小火车，满载着城里来的游客，从美食园旁的站台驶出，向着滕头村的花草绿荫地缓缓驶去，浙东平原美景尽收眼底。

每次看到这幕场景，已是中年汉子的傅平均，总会感慨万千。因为小火车承载的，是滕头村的新使命、新探索——一个村带动一片村。

任村党委书记的一年多来，傅平均无时无刻不在思索一个问题：滕头村如何更好地带动周边六个村一起发展？"这既是滕头村腾挪空间再发展的需要，更是'滕头道路'的内涵所在：共同富裕。"他对记者说。

作为浙江省乡村振兴的老典型、排头兵，一种强烈的使命感，驱动着滕头村不断探索改革，勇立潮头。

"常青树不容易，滕头要继续走在前列"，这句话被醒目地镌刻在村口的石碑上。这是2016年7月1日庆祝中国共产党成立95周年大会上，习近平总书记在颁发"全国优秀党务工作者"荣誉证书时，对滕头村老书记傅企平的殷殷嘱托。

浙江省委书记车俊多次强调，要发挥先进村龙头带动作用，把周边村带动起来一块发展，在做强做精"点"的同时，带动周边村这个"面"，实现协同发展、共同发展。

如何以"点"带"面"？此前，老书记傅企平早有探索。2015年5月，经滕头村所在的萧王庙街道党工委牵线搭桥，滕头区域党建联合体正式成立，滕头村与相邻的六个村庄，开启了"抱团"发展之路。

四年来，通过每季度召开一次的区域党建联席会议、60多场不定期召开的书记碰头会，当地顺利推进了高教园区建设征迁、区域经济联合体筹

《浙江日报》

建、田园综合体项目可行性研究等重大事项，解决了农田取水、拆迁协作等70多个具体问题。

随之而来的，还有区域公共资源的共建共享。滕头村依托村办事大厅，建起区域便民服务中心，累计为周边村民提供服务3200余次；在新建的区域调解中心，15位深孚众望的"老娘舅"，跨村调处纠纷，深受各村百姓信任，几年来该片区无一人上访；由各村党员组成的区域联合巡逻队，活跃在防台抗灾、治水剿劣、处置突发等事务的一线。

"面对乡村振兴的新任务、新挑战，区域党建联合体还应发挥更大作用，"萧王庙街道党工委书记陈横翔说，"要让'党建联合体'推动'经济联合体''利益共同体''命运共同体'，把七个村真正聚拢来，拧成一股绳，凝成一条心。"

观光小火车项目，便是这项探索的试水。

作为区域产业合作重点项目之一，小火车一期全程2.3公里，将滕头村内各个景点连接成线，二期项目将延伸至周边的青云、塘湾等村庄，串联起滕头生态景区、青云古村落、林家村万亩桃园等特色旅游资源，带动周边村庄共同打造景区。目前，一期投运将满周年，人气爆棚。

这时，矛盾也接踵而至。原本，滕头村以租赁形式，向邻村"借用"土地，并负责小火车项目的建设和运营。看到项目发展红火，邻村提出要以土地入股，参与经营收益的分配。青云村党总支书记孙勇其告诉记者，根据规划，小火车线路沿溪而来，大约需占用该村30多户村民的十几亩土地，村民希望通过土地入股，获得一份更长远的收益。但在滕头人看来，一车车游客已为邻居引来勃勃商机，一间店面的年租金已从3000元涨到了2万元左右。

此外，迥异的管理模式、经济体量，也拦住了小火车跨村穿行。

孙勇其说，滕头村实行的是企业化管理，几百万元的项目只是"毛毛雨"，经营团队就可拍板，但在青云村就是个天大的项目，未经村民代表大会商议就定不下来。"但统一思想谈何容易？"他苦恼地说。

小火车项目的试水，让抱团振兴的深层次问题，充分暴露了出来。

这时，宁波市奉化区委、区政府审时度势，决定引入工商资本，通过连片开发，打通利益壁垒。

眼下，该区已引进省内的一家地产巨头企业和宁波的一家国企，由它们联手制定和实施《奉化城西乡村振兴先行区初步规划》，滕头区域党建联合体七个村也正在其内。这是奉化深入推进乡村振兴的一个大手笔。

但面对工商资本的到来，奉化区也保持着一份独特的清醒。区委书记高浩孟反复告诫傅平均："我不差你一个城市花园，不要把我的滕头搞没了！"他始终认为，一个"农"字，是乡村最有价值的核心竞争力。工商资本"上山下乡"，能在短时间内改变农村面貌，但产业振兴这一核心，还是要像滕头过去那样，自己奋斗"内生"出来。

"如何实现连片内生性发展？关键要把区域党建联合体，建设成谋划区域发展、干事创业的平台。"奉化区委组织部相关负责人认为，今后要继续进行体制机制创新，通过制度设计、组织引导、思路共谋，让区域党建联合体在抱团振兴中，真正发挥出战斗堡垒作用。

无疑，在小火车的汽笛声中，滕头人将带着"共同富裕"的使命，以深化区域党建联合体建设为载体，勇敢地驶向乡村振兴的"无人区"。

美丽经济专业人才从哪来
探索：求贤于"校"、求贤于"己"、求贤于"镇"

仅2019年5月1日这天，滕头村就涌入了5万名游客。

自2010年与溪口成功共创AAAAA级景区以来，滕头村的美丽经济已

滕头村打造农创中心和观光小火车等农旅项目（滕头村外宣办 供图）

跳出采摘游的初级形态，并凭借雄厚的集体资产，迈上了大项目、整体推的大型农村景区新台阶。

然而，人才瓶颈也随之凸显。

迎着晨曦，宁波滕头文旅有限公司总经理林崇辉走进农创中心，开始忙碌：检查后勤保障、接待旅游团组、研究商铺转型、策划推广方案……整整一天，他没有片刻闲暇。总投资达三亿元的农创中心，是滕头村迄今投资最多、规模最大的乡村旅游项目。可承担运营的文旅公司，目前仅有八名员工，且多数缺乏旅游营销、项目运营的相关经验技能，大小事务都得靠林崇辉来拿主意。"我们一直在招揽既有专业知识背景，又善于同农民打交道的人才和团队，但真的很难找。"他说。

游客纷至，负责村容环境工作的村委委员傅海丰压力骤增。"光是每天进村的私家车、旅游巴士，就超过1000辆次，村道经常拥堵，村民与游客都有怨言。"为专心管理村务，傅海丰已将自家养殖场交给职业经理人

滕头村村民住进了花园式别墅（滕头村外宣办 供图）

打理，自己一门心思扑在村里，但仍应接不暇。他坦言，想让村庄真正变成景区，滕头村还要组建一支专业化景区管理团队，协调好游客与村民，乡村旅游与环境治理、公共服务等关系。

更令傅平均烦恼的是，滕头村已按照田园综合体建设的要求，开启"乡村变景区、田园变公园、民居变民宿、农副产品变旅游产品"的新探索，但这又对原有的旅游营销模式、村庄管理方式，提出了诸多新挑战。"今年村里要上马30个乡村振兴项目，经营管理人才缺口很大。"傅平均说。

美丽经济升级后，专业人才从哪来？

一方面，滕头村求贤于学校。滕头村往南，一路之隔的浙江医药高等专科学校奉化校区已新近启用。根据双方的战略协议，今后，滕头村不仅将与该校共建大学生创新创业实践基地、特色养生产业基地，还将通过设立奖励基金、创业基金等方式，全方位扶持有志于乡村振兴的青年大学生，引导他们进村创新创业。

另一方面，滕头村求贤于己。2018年3月，傅汪洋大学毕业后回村工作，就被委以重任。经过一系列大项目的磨炼，他已迅速成长为景区建设的行家里手，服务在工程一线。"这项工作还刚起步，形成人才梯队，还有待时日。"傅平均说。

城镇是城乡的桥梁和纽带。破解乡村"人才荒"，美丽城镇建设是重要突破口。

眼下，萧王庙街道正以美丽城镇建设为载体，完善城镇功能，提升交通、居住等配套设施，提高教育、医疗等公共服务水平，从而给投身乡村振兴的"金凤"筑好巢。"让青年人才'安居在城镇，工作在乡村'，这正是我们努力的方向。"陈横翔说。

新型职业农民如何炼成
探索：搭建农创中心平台，呼吁创业技能培训

晌午时分，古色古香的美食园内，人流熙熙攘攘，上百种全国各地的风味美食引人垂涎。

自2019年2月美食园营业以来，滕头村已累计接待游客超180万人次，旅游综合收入突破3700万元。

滕头村打造美食园，不仅是为丰富旅游产品，更是为村民搭建创业的平台。为此，村里对园内店铺统一装修，对入驻商户不收租金。可没想到，现有160家店铺中，真正由本村人经营的仅有5家。即便算上周边村的村民，占比仍不足1/10。

原来，为了提高档次、集聚人气，美食园筹建之初，滕头村就面向全国进行招商，吸引了650多位"美食工匠"前来报名，评委团还对这些

"网红美食"逐一品鉴打分、掐尖录取，但村民们大多只会制作茶叶蛋、年糕、牛肉干面等传统小吃，在产品创新方面，难与专业商户比拼。即便成功入园，他们也不擅营销，在竞争中始终处于弱势。

返乡大学生傅丹丹的店铺，主打海鲜馄饨。由于现包现煮，烹制时间过长，加上汤水烫口，不便打包，消费体验大打折扣，顾客寥寥，日均营业额仅400元左右。而相邻的长沙臭豆腐店铺，日均营业额超过5000元，差距明显。

按规定，美食园将定期对店铺营业额排名，实行末位淘汰制。但目前，当地村民店铺的业绩普遍不佳，随时都有关铺的可能。傅丹丹说："看着他们在村里赚钱，自己却没好手艺，既眼馋又无奈。"

追求业态档次，还是"普惠"村民，滕头村面临两难选择。这种两难，折射出农民追逐乡村创业潮时的本领恐慌。

20世纪80年代，当绝大多数中国农村还沉浸在分田到户的喜悦中时，滕头村"两委"却决定继续走集体化经营的路子，村民们纷纷将农地等生产资料交由村集体统一管理经营，村集体经济由此逐步壮大，村民也得以享受如今每月1500元的固定分红以及让城里人都眼红的住房、养老、医疗等福利。可随着"农二代"离村进城，滕头村目前的留守人口普遍年龄偏大、文化程度不高，加上生活相对富足，学习新技术、新技能的意愿并不强烈，已无法满足创业发展的需求。

乡村振兴，农民不能当看客。为此，滕头村积极整合资源，以乡村旅游为载体，激励农民创新创业。村民傅云海有养鸡的经验，村里就创造条件，鼓励他学习生态养殖，将鸡蛋包装成特色旅游商品，大幅提高附加值。而2019年底，村生态农创中心民宿区也将投运，届时又将增加50多个就业岗位。

采访结束时，傅丹丹告诉记者，亲情乡愁的羁绊让她大学毕业后选择回村创业。她希望政府部门能像扶持青年创客那样，加大对农民的创业帮扶："最渴望的，是精准的创业技能'靶向'培训，帮助我们在家门口创造美好生活。"

作者：谢晔、周松华、黄成峰、钟水军

原刊于《浙江日报》，2019年5月10日

《浙江日报》

浙江"千万工程"荣获
"地球卫士奖"

《浙江日报》

北京时间9月27日上午，浙江"千村示范、万村整治"工程，被联合国环境规划署授予最高环保荣誉——2018年"地球卫士奖"。联合国称，这是"极度成功的生态恢复项目"。

在纽约联合国总部举行的颁奖典礼上，安吉县鲁家村村民裘丽琴发表感言说："我来自浙江省的一个村庄。15年前，我每天都要拎着满满的一桶脏水走到很远的地方去倒。当时，我家厨房没有排污水管，村里没有垃圾箱，河道受污染，又黑又臭。今天，习近平总书记亲自倡导和推动的'千村示范、万村整治'工程使我们村庄变成一张靓丽的明信片。"

2003年，浙江省启动"千万工程"，提出五年内建成全面小康建设示范村1000个以上、完成村庄整治1万个左右，以改善农村生态环境、提高农民生活质量。15年来，"千万工程"深刻改变浙江农村，令环境脏乱差、发展滞后的众多村庄，变成生态宜居、富裕文明的绿色家园，惠及数千万农民。

鲁家村曾是贫穷落后的小山村，在"千万工程"中开展河道整治、污水处理、垃圾分类等环境整治项目，村庄变得整洁美丽，不仅吸引外出务工村民回乡创业，还引来10多亿元工商资本，涌现18个家庭农场，整个村庄成了AAAA级景区。六年前原本负债上百万元的鲁家村，如今集体资产上亿元。而在松阳县，百余个传统村落中，大批破败老屋被修复改造成精品民宿、艺术家工作室、乡村博物馆，游客进村、村民返乡，偏僻山乡走上振兴之路。

作者：裘一佼、江帆

原刊于《浙江日报》，2018年9月28日

《浙江日报》

苍南叫停大渔湾围垦工程

《浙江日报》

"美丽的大渔湾，终于能留给子孙后代了！"这些天，随着苍南县叫停大渔湾围垦工程，这一消息在当地不胫而走。

11月22日，苍南县向省海洋与渔业局上报：县委、县政府经审慎研究，作出放弃大渔湾围垦工程的决策，以保留原生态的自然海湾。

"围或不围，其实是两种发展理念之争。"苍南县委书记黄荣定说，生态环境用之不觉、失之难存，再不能走粗放发展的老路。县里对实施这项重大工程一直在犹豫，党的十九大把绿色发展提到新高度，促使县里下决心停了工程。

大渔湾位于苍南东部海岸线中心，全长约39公里。作为温州最大的海湾之一，这里浅海滩涂资源丰富，拥有鱼类、甲壳类等近百种底栖生物。但当地土地资源稀缺，10多万农民的人均耕地不到一分。早在20世纪80年代，就有县人大代表联名要求围垦，解决人多地少的难题，但因资金和技术问题没有进展。

2008年，苍南县经论证正式启动大渔湾围垦规划，并获国家海洋局批复。这一项目总规划面积达2.48万亩，围堤约6543米，总投资超过10亿元。项目建成后，可望新增建设用地上万亩。县里准备在此新建一座农民城，带动周边产业发展。此后，当地修建了两条简易施工公路，为工程做前期准备。

随着项目推进，因担心海洋生态环境遭破坏，反对意见逐渐增多，引起苍南县领导重视，开工时间一再推迟。有专家调查指出，围垦工程将破坏海域生物多样性，仅海洋生物将损失近1900吨；堤坝建成后，还将改变水域内海流，造成泥沙淤积，海水富营养化和出现赤潮的可能性大增。

大渔湾3000多养殖户的生计也让当地干部焦虑。作为全国最大的紫菜产区，这里年产鲜品近七万吨，2016年产值达10亿元，周边有13个集体经济薄弱村因此摘帽。而围垦工程将不可避免地改变水生态，毁掉紫菜养殖业。

"越往后，注重长远发展、要求退围还湾的呼声越高。"原大渔湾围垦指挥部负责人姜祝成说，不少干部和专家呼吁放弃围垦，认为"保护原生态就是最大政绩"。在充分听取专家、渔民等的意见，并经多次讨论研究后，县里决定中止工程。

这场历时30年的人海之争就此终结。如今，大渔湾围垦工程已被"蓝色海湾"项目取代，苍南在此开展海岸线整治修复，发展生态旅游和休闲渔业。县海洋与渔业局局长张贻聪说："这里正打造浙江最美海岸线，最终实现人海共赢。"

作者：沈建波、施力维、胡丹

原刊于《浙江日报》，2017年12月18日

对话库恩：转型的浙江

——一位资深中国问题专家眼中的绿色发展

《浙江日报》

2016年7月16日，周六的午后，在北京川流不息的长安街边上，72岁的美国人罗伯特·劳伦斯·库恩若有所思地说："中国的快速发展显而易见，真实、丰富和复杂的中国故事，应该让更多人听到。"

库恩是谁？在不远处的北京王府井书店，他若干年前写的《他改变了中国：江泽民传》《中国30年：人类社会的一次伟大变迁》和《中国领导人是如何思考的》，依然摆放在书架的醒目位置。

库恩虽然不太懂中文，但一见面还是用中文打招呼。我们的话题聚焦在将在8月开播的一部六集英文电视纪录片：*Five Development Concepts*（《解读五大发展理念》），这是他观察中国的最新视角。浙江的绿色发展引发了他的关注，在纪录片第四集《绿色发展》中，三个主要的故事均来自浙江。

"在中国，绿色发展已经提到了一个新高度，在经济发达的浙江，这一理念已经在带动一些产业和地区发生着质变，不管是在中国国内还是国外，都是一个值得关注的现象。"库恩说，"我对展现中国的真实故事充满热情。"

换个角度认识浙江

《浙江日报》：在纪录片中，您选取了哪三个故事？为什么选中了它们，是什么打动了你？

库恩：《绿色发展》时长约半个小时，我讲了安吉的竹子、淳安的秀水和开化的农村，分别对应了绿色产业、生态补偿和农民增收。这三个地方并不是浙江最发达的地区，但从另一个角度来说，它们有不可估量的后劲。我在浙江听到政府官员、环保专家、普通群众的许多感触，惊讶于浙江丰富的探索，那是不断摸索出路且发人深思的中国故事，每个人都和绿色发展息息相关。

《浙江日报》：在浙江做一个关于绿色发展的电视纪录片，对您来说是驾轻就熟还是充满挑战？

安吉竹海（夏鹏飞 摄）

库恩：对于浙江，我之前有一定的了解，但不全面。在2005年至2006年，时任中国社科院党组副书记冷溶推荐我和我的长期合作伙伴朱亚当去浙江，调研了解当地的经济发展状况和"浙江模式"，我马上就去了，陆续到过杭州、宁波、温州，和一些企业家和政府部门打过交道，主要话题都集中在经济。那时，我见到了时任浙江省委书记习近平，他不只谈经济，还有社会发展的话题，比如林地保护、劳资关系，甚至是广场舞。他建议我，研究中国既要横向地跨越多个地区进行考察，也要纵向地研究它的发展史。所以我想，这次我到浙江去拍摄绿色发展的故事，就是一种另外的视角，可以让我有更多的角度去认识中国经济发展的一个强省，它是怎么处理经济发展和环境保护的问题，怎么看待可持续发展的问题。当然，我不是环境问题专家，但我认为，与其说这是一个挑战倒不如是个优势，因为我可以不带任何成见或偏见地去听、去看。我尽可能地了解更多的情况，在节目里真实地反映出来。

超乎预期的精彩故事

《浙江日报》：您提到事先已经对浙江的绿色发展有了大致了解，那么您在心里对这个节目要表达的内容有预设吗？

库恩：我一开始关注的主要是生态补偿，因为浙江第一个在省级层面建立生态补偿机制，推动绿色浙江的实现，当然，这几年证明这是一个有效的机制。不过，我一直也有怀疑，比如资金保障的问题，又比如它是否是一个通用的模式。所以，我最开始的思路是围绕这个主题，探讨国家层面生态补偿制度怎么完善的问题。

《浙江日报》：在实地采访中，您的这些疑问都得到了解答吗？或者说，有什么是在你的预期之中，又有什么是超出了您的预期？

库恩：没错，到了浙江后，我们发现了一个更丰富的思路，因为绿色发展让县甚至村发生了改变，我们可以把绿色发展说得很具体。比如在安吉的余村，我得知习近平同志首次在这里提出"绿水青山就是金山银山"的理念，而且安吉整个县的竹产业链竟然能把一根竹子从头到根全都利用起来，成为当地财政收入的重头，并且提升了整体的收入水平，我就觉得，这不是对"绿水青山就是金山银山"最好的证明么？还有龙门村，这个钱江源头的小山村，来自省政府的补助主要是用于全县的生态基础设施建设和生态的修复，因为环境好了，那里好多村民家里经营起住宿和餐饮，后来村民告诉我，这叫"农家乐"。我想他们一定是快乐的，因为许多原本外出务工的农民工可以重返家乡，而且收入和城里差不多，甚至更多。这样的故事，绝大部分西方的观众、读者都不知道，绿色发展让农村有了很大的变化、新生了产业，这当然都是创新，我们有必要了解。

为全球治理树立典范

《浙江日报》：在纪录片里，您用各地的例子对五大发展理念做出了解读，如果从整体来看，您如何理解绿色发展在五大发展理念中的地位？

库恩：你提了一个值得讨论的问题。在我的观察中，这是第一次把绿色发展提升到中国未来发展战略的高度。对于五大发展理念本身是否存在逻辑上的联系，专家和学者们有不同的看法。就我来说，我觉得这五大方面的顺序不是一个重要性由大到小的排序，而是存在着经济上的逻辑，因为创新激发生产力，而协调则是优化生产力，这样，共享才有了基础，这个顺序很好理解。接下来就是颇有意思的顺序了，绿色发展是第三个出现，但我认为如果按照之前的逻辑，它可能会出现在第四或第五，这就说明了中央对绿色发展做了特别的强调，是通过经济社会模式变革，从根子上消除资源环境问题的发生，这是全新的发展理念。

《浙江日报》：这是否会成为全球治理，或者说更细化些，全球环境治理的中国贡献？

库恩：当然会是的，你说得很对。一个很小的角度，比如说生态补偿机制，西方的理解和做法是在经济收益中，对生态本身要进行补偿，使它能获得恢复，并不复杂。而在中国，生态补偿已是个区域战略和区域政策，鼓励各地区通过转移支付来保证环保，解决曾经看似无解的环境痼疾，这是一个很好的启发。从更大的角度来说，把绿色发展作为理念写入发展战略、发展规划，在当今世界各国的执政党中也是少见的，这为全球绿色发展和治理树立了典范。

对中国未来深具信心

《浙江日报》：您在《走近中国》栏目中曾说，"我们不回避世界最想知道的、难回答的、敏感的问题"，那么，您在浙江的三个县采访，都提了什么样的问题？

库恩：我准备了很多，比如对安吉县委书记单锦炎、淳安县委书记朱党其和开化县委书记项瑞良的采访，我基本上是问每个人10道题。有一些是关于事实性的提问，当然更多的是关于目前面临的问题、矛盾的改进和解决。比如，"环境、经济、民生究竟谁先谁后""严打违反《环境保护法》的行为是否让经济增速放缓""目前急需解决的最

记者采访库恩（浙江日报社 供图）

大障碍"等等，讲问题并不是件消极的事，没有事情是能做得很完美的，百分百都是好故事，观众不会相信，因为这不符合生活的现实。我从不说我不信的事，只会在最大程度上去接近真实，让人看到事情的复杂性，不做简单的判断。你可以在纪录片里看到，我采访的三位县委书记都直面曾经和现在的问题、他们有清晰的思路，充满了干事的激情，有这样的态度，我提出的问题也都不难回答。

《浙江日报》：从您第一次来中国到现在已有27年，一直在致力于向世界，尤其是向美国的媒体和观众介绍中国，是什么激励着您？在西方的主流观点中，您是否有些"另类"，又如何面对质疑？

库恩：因为我喜欢。中国取得了那么巨大的成就，但国际舆论依然存在各种误解和偏见，这不合理。其实，那些批评得最多的人，可能都没有

夕阳西下，余晖映照开化马金溪（程安生 摄）

来过中国。知道得越多，就能明白中国故事的复杂和多元，公正地看待中国和它取得的发展、面临的问题。我始终相信，大多数人是善良的，我向世界介绍中国，西方很多民众赞成我的做法。但拥有话语权的是一些西方学者、政府官员、国会议员，他们也是批评我最多的。这并不会影响我，我对中国的未来深具信心，因此对介绍真实的中国充满热情。我也期望通过我的努力，让中国人客观地平视、了解西方。

作者：裘一佼

原刊于《浙江日报》，2016年7月19日

《浙江日报》

条条河道设"河长"

《浙江日报》

"河污染，找'河长'。"一个电话，百姓第一时间向"河长"举报，及时解决河道污染问题。"河长制"这一模式，正在我省全面推开。我省跨设区市的六条水系干流河段，已分别由省领导担任"河长"，市、县、乡镇的主要负责人担任辖区内河道的"河长"，各级"河长"负责包干河道水质和污染源现状调查、制订水环境治理实施方案、推动落实重点工程项目、确保完成水环境治理目标任务。

谢洪松是瑞安市双岙村党支部书记，在他担任双岙河"河长"短短半年间，村民口中原来"污水横流、垃圾漂浮的黑臭河"大变样，河水静静流淌清可见底，两岸垂柳依依随风飘拂。他深有感触地说："'河长制'，真正抓住了关键，落实了责任！"

黑臭河如何变清？清渠究竟能保持多久？这些百姓关心的问题，"河长制"给出了一剂良方。双岙河边竖着一块"河长"公示牌，河道名称、长度、"河长"职责、"河长"联系方式等一目了然。"谢洪松"几个字醒目地标注在蓝色公示牌的顶端。这块牌子，给当了几年村党支部书记的谢洪松平添了不少压力。"现在村民看了牌子，都知道我是'河长'。如果我把河水搞得一塌糊涂，是要被老百姓点名道姓地骂的。"

《浙江日报》

记者从省生态办了解到，浙江省将"河长制"层层落实，将所有的河流全部"承包"给各级主要领导，"河长"完成河道整治任务的情况纳入政绩考核。到今年底，省、市、县、镇（乡）河道实现"河长制"全覆盖。

浙江已经明确新一轮治水的目标：到2017年，全省主要水污染物排放总量明显下降，地表水环境治理明显改善，饮用水水源地水质全面达标，全面消除垃圾河、黑臭河。

黑臭河整治不力，"河长"将被问责。"河长制"办公室将对"河长"的工作实施情况予以考核管理，定期公布考核结果。"2013年6月以来，我们就没怎么休息过。"已经当了11年义乌市环保局局长的何占奇觉得压力前所未有。2013年6月，义乌启动了浦阳江支流水环境综合整治，全市所有小流域全部实施市（县）、镇（街）两级"河长制"。前三季度，义乌交接断面水质被核定为良好。

作者：陈文文

原刊于《浙江日报》，2013年11月19日

钱江源头"两还记"

把花草果木还给大山，把"摇钱树"还给农民——在钱江源头开化县马金镇高岭村上演的这出"两还记"，道出了一段人与自然、干部与群众的"双和谐"佳话。

第一还：把花草果木还给大山
故事在误解的骂声中展开……

"种田种到边，种地种到天"——这个人均只有 0.25 亩水田的高岭村，农民过去为了填饱肚子，不得不在陡坡上开垦了 1200 亩山地，种植玉米、大豆、番薯等。

然而，一到雨季，山上的泥沙"哗啦啦"地往下冲，坡地的作物被冲毁，山下的稻田被埋没。1998 年的 7 月 23 日，当地发生大洪灾，许多田地几乎颗粒无收。

痛定思痛，开化县委、县政府下定决心退耕还林。2001 年，高岭村分散到户的 200 亩坡耕地被确定为经济型生态公益林营建示范点，按照规划要求连片种植杨梅，由林业部门无偿提供苗木和承担种植、施肥、抚育等开支，并实行统一抚育、集中管理，连续三年每亩每年补偿 80 元。合同还约定：杨梅林种植四年抚育成林后，无偿返还给农户经营管理，收益归农户所有。

村里制定了村规民约，要求将陡坡地退耕还林。没想到，村民不买账："不种粮食种杨梅，那杨梅能当饭吃么？"这头种苗木的前脚刚走，拔苗木的后脚就紧跟。他们填平苗木的洞穴，又种上玉米、番薯等粮食作物。村干部去做工作，有的被赶下山，有的被指着鼻子骂。"只好来点硬办法，强行拔掉玉米，再补种苗木——就这样来来回回打'游击战'。"村支书徐义涛回忆起当时的情景，苦笑说。

骂归骂，陡坡地上的玉米被一次次拔除，"瘌痢头"山上的杨梅树渐渐长大了。但是，坚持退耕还林的基层干部与不愿意退耕还林的农民之间，关系变得紧张起来。

第二还："摇钱树"还给村民
故事在受惠的欢笑声中传开……

一晃四年过去，经县林业部门和村干部"呵护"成林的杨梅树，按合同无偿还给农民，而且是一株株"摇钱树"。这一下，村民思想真正转了弯。在高岭脚的半山腰，57岁的村民刘能全指着山地喜滋滋地说："光这一株就产了150斤杨梅，卖了200多元呢。"他共有60多株杨梅树，2007年杨梅上市，10天里就赚了2500元。他说了大实话："以前这1.5亩地，全年轮种旱粮作物，连400元都赚不到呢！"

2007年6月15日，杨梅林里到处是人，亲戚朋友们、乡下城里的，都来帮忙摘杨梅。村干部告诉记者，杨梅示范基地实际成林124亩，去年开始挂果，2007年获得丰收，149户农民户均增收926元。种其他果树的村民也发了，有的人家光柑橘一项，一年就净赚1万多元。

早年不肯退耕的一些村民懊悔了。听说村里又要新建一批杨梅基地，部分村民找到村干部,要求栽种杨梅苗。

如今,村里成立了水果合作社,大家鼓足了劲,要把钱江源头的水果种出点名堂来。镇林特站站长姚文良说:"农民尝到甜头后纷纷自觉退耕还林,这样干,钱江源头的绿色可以长久持续下去了!"

作者:吴妙丽、严元俭、齐忠伟

原刊于《浙江日报》,2007年7月30日

《浙江日报》

让高山成为跨越的支点

——景宁探索民族山区县高质量绿色发展纪事

《浙江日报》

浙闽交界深山里的景宁畲族自治县，凡事不易。

九山半水半分田，耕地资源稀缺，发展空间极度狭小；民族山区县，劳动力、人才、资金等要素资源长期净流出，经济总量、地区生产总值一度在"省尾"；曾经位列国家级贫困县，产业底子薄、内生动力缺乏……

七难八难，却没有难倒景宁人。"志不求易，事不避难"，不论是在脱贫攻坚还是在缓解相对贫困阶段，他们着眼内生发展，把"畲乡"与"绿色"两大特色紧密融合，创造性地构建生态产业新体系，积极投身经济大循环，探寻出一条全新的民族山区县成长之路。

最近五年，景宁的地区生产总值年均增长7.5%，城镇居民人均可支配收入年均增长8.8%，高于全省平均水平，县域综合实力更是跃升到全国120个自治县前列。这只"金凤凰"，正在高水平全面小康进程中涅槃，欲作冲天一跃。

要素的魅力：把独特的资源禀赋充分转化为发展要素，打造生态产业新体系

路远，方显潜能。"两山夹一水，众壑闹飞流"，当地人的一句介绍，足见决心：重重大山，不是阻隔，而是支点。

的确，从传统的发展思路看景宁，这里是"穷山恶水"；但转换思路，这里的山水和民族风情，正是"绿水青山"向"金山银山"转化中最珍贵的资源。

从县城出发，全程207公里的绿道网络，串联起景宁最具特色的元素："中国畲乡之窗"和"云中大漈"两个国家AAAA级景区、全省第二大人工湖千峡湖、华东第一峡炉西峡、畲乡古城、畲乡小镇、畲家田园综合体、71个景区村、近800座千米以上的山峰……

"通过对要素的整合、重塑、开放，我们打造生态产业新体系，在高质量发展的赛道上，走出一片生态优先、绿色发展的新天地。"丽水市委常委、景宁县委书记陈重说。

畲族人口超过总人口1/3的大均乡，因"中国畲乡之窗"景区而闻名。多年持续的交通改善和美丽乡村建设，能人陆续回村建民宿、开茶室，杭州、上海的乡村休闲和度假项目纷纷入驻。去年，乡村旅游人数145万人次，旅游收入2000余万元。

大均乡党委书记吴毅说，乡里最近来了次大摸底，畲族婚嫁习俗、畲画、畲绣，农家乐、民宿、农产品，甚至是一池一溪都囊括在资源清单中，为的是让要素资源充分涌流。

眼下，大均乡作为丽水生态产品价值实现机制的试点乡镇，已发布全国首个乡镇生态系统生产总值（GEP）核算报告，获得全国首笔GEP增量采购资金188万元；当地还成立了"两山"生态发展公司，通过引入项

目，持续带动农民增收和村集体经济收入提高。

摸清家底，把独特的资源禀赋充分转化为发展要素，一个乡镇如此，一场更为系统的谋划也在全县启动。

旅游业有基础、有优势，那就作为第一战略支柱产业来打造。当地摸排出217个旅游资源单体，通过系统梳理文化脉络、打造文化IP，单点的旅游资源像磁铁一般，吸引相关产业集聚，逐渐形成一串产业链。

区位优势弱、工业底子薄，那就走出去建"飞地"。位于丽水经济开发区的丽景民族工业园，相当于两个景宁老县城的面积，已引进微电子制造、电光源制造、食品加工等企业30余家，2019年工业产值突破10亿元大关；通过山海协作，景宁与沿海的四个结对县共建"消薄飞地"，每年能为经济薄弱村实现收益885万元以上，让村集体的"钱袋子"鼓起来。

农产品丰富，但本地人口密度低，那就向外"借市"。景宁在温岭、上虞、宁海、海盐设直营店、直销店八家，农产品通过"飞柜经济"走俏四地，2019年实现销售3800万元，农民增收致富有了渠道保障；更令人惊喜的是，景宁没有把眼光局限在省域内，而是放眼长三角，与上海市静安区签订战略合作协议，茶叶、中药材、农产品有了更大的市场……

山水依旧，但要素已经重新铺排，景宁人感到天地是如此宽广。

平台的魔力：为深山里的资源开辟走向市场的通道，把个人发展嵌入当地发展的齿轮中

山高，愈见势能。海拔600米的分界线，向下看是山多地少、捉襟见肘，向上看则是11万亩纯净无污染的耕地、150多万亩山林资源，景宁人在这条分界线上，巧妙挖掘"海拔经济"。

"景宁600"，是当地打响的一块金字招牌。海拔600米以上的高山耕

地，景宁占了全省的 1/10，有得天独厚的优势。副县长毛华庆说，"景宁600"不仅是区域公共品牌，更是一个给市场主体赋能的平台。

沙湾镇叶桥村，海拔 740 米。在种植基地里，村民忙着给辣椒、黄瓜等当地高山蔬菜包装。这些蔬菜，贴着共同的品牌"景宁600"，通过"蔬菜基地＋收购网点＋农产品包装＋连锁销售＋产品配送"这一新型模式，最快在四小时后就能出现在城市居民的餐桌上。

位于县城的"景宁600"展销中心，一幢三层的楼就像关于农产品的综合体，展示、零售、餐饮，一应俱全。负责中心运营的丽水一山实业有限公司负责人苏承波，已与全县 20 余个村的 3000 多户农户签订种植合同，产销实现统一种苗、统一标准、统一管理、统一包装、统一销售，"订单农业"做得风生水起，2020 年预计能为每户农户增收 5000 余元。

小农户、种养大户、家庭农场、农业公司，产销环节中的每个因子，都被"景宁600"这一平台充分激活，与大市场无缝对接。2019 年以来，品牌销售额 6.1 亿元，平均溢价率超过 35%，一度滞销的农产品在城市"逆袭"，点燃了农户发展高山果蔬、高山养殖、高山茶以及畬药种植等产业的热情。

创造更多的平台，为深山里的资源打开一条条走向市场的通道，景宁不仅为每一个市场主体赋能，更培育潜在的市场主体。郑坑乡吴布村村民雷吉丑，是景宁"低收入农户创业联盟"中的一员，最近他家来了一笔稳赚不赔的生意——景宁顺义养兔专业合作社送来 30 只兔苗，三个月后兔子出笼，能带来 3000 元以上的收入。

这个创业联盟，是景宁独创的一项"造血"机制。联盟的一头连着像老雷这样的低收入家庭，目前已纳入 1313 户；另一头连着各类新型农业经营主体、企业及个人，为低收入农户提供种苗、技术指导、就业岗位等，并回购农产品。截至 2020 年 6 月底，已送出土鸡苗 29340 只、兔苗

5360只。

利用平台让低收入农户"自食其力"，景宁还通过"政府贴息、银行贷款、保险投保"的政银保合作模式，专门对低收入农户发展生产进行金融帮扶。目前，政银保共发放贴息贷款1.6万余笔，贷款总额8.31亿元，受益低收入农户1.6万户次，壮大67个村的集体经济，扶贫资金使用效益被放大近15倍。

有了平台的"点化"，个人的发展嵌入当地发展的齿轮中，相互借力、加速运转，美好生活这样被创造出来。

干部的动力："志不求易，事不避难"创新实干大赶考，克服"等、靠、要"和内生动力不足问题

事艰，激发动能。习近平总书记对景宁提出"志不求易，事不避难"的要求。自1984年建县以来，景宁便长期与贫困做艰苦斗争，历任省委、省政府主要领导都把景宁作为工作联系点，省里连续出台三轮帮扶景宁的相关政策。

对于一个地处经济发达省份的民族自治县，人们也许会有这样的误解：上级部门的政策支持、经济援助是其他地区做不到也学不了的事。一些民族地区的干部，也难免有这样的想法：我们是特殊的，可以等一等、靠一靠。

但纵观景宁的发展轨迹，"自我发展能力"始终是最关键的因素。"必须克服'等、靠、要'现象和内生动力不足问题，才能在日趋激烈的区域竞争中脱颖而出，走在全国民族自治县前列。"陈重表示。

三年前，景宁在全县范围启动了"志不求易，事不避难"创新实干大赶考，21个乡镇、85个部门、260个村社作为"考生"，年初晒出年度目标，年末对完成情况进行总结陈述，并在全年接受动态监测和督促点评。

当地干部告诉记者，目标的设定按照"志不求易"的要求，不能拣"软柿子"捏，要在某一方面成为丽水、全省乃至全国的标杆，自己在大赶考中的表现和成绩，直接决定是被褒奖、重用或是批评、惩戒。

在这样的氛围中，干部们"躺着的站起来、站着的跑起来、跑着的争第一"，即使是习以为常的工作，他们也主动增加难度系数，追求全新的作为。

比如在持续多年下山脱贫工作的基础上，当地又通过"大搬快聚富民安居"项目，着重破解山区群众下山后的增收致富难题，三年来已有3613位村民从偏远山区村、地质灾害隐患点来到中心村镇集聚。位于澄照乡规划总面积为349万平方米的集聚点，它的定位就不是简单的人口集聚，而是"众创空间"，农民下山能进厂，能就业还能创业。目前，澄照创业园已入驻企业10多家，未来能吸纳周边万名下山移民就业，周边卫生院、小学、初中等已配备齐全。

"人一之，我十之；人十之，我百之"，这是采访中干部们讲得最多的一句话。他们说，要让曾经欠发达的民族自治县在高水平全面建成小康社会进程中不留下盲区和死角，很多工作是"从无到有"，必须敢想，有赶超的干劲。

偏远山区秋炉乡，多年来是村空、户空、民空的"三空乡"，全乡如今聚焦运动赛事、体育运动，四个村齐齐发力，先后建成20余个富有畲乡风情的户外运动俱乐部，如今单个村的集体经济收入一年就突破20万元；东坑镇桃源村，村干部自掏腰包带领村民到外地学农技，带头开垦荒地打造葡萄基地，在山沟沟里建起300亩"水果沟"，2019年产值达320万元。

"以前是'想都不敢想'，现在是拼命想、拼命干。"叶旭瑛曾是景南乡乡长，2019年在大赶考中脱颖而出，2020年到梧桐乡任党委书记后，立下"打造省级农业绿色发展示范区"的目标，全省最大的石斑鱼繁殖育苗基地、千亩生态绿色精品茶叶基地、漫游小镇等"小目标"，也都在他2020年的计划书里。

"好的机制改变一群人，而一群人的共同努力则会撬动一个县的发展。"干部们深有感触。人这个最大的变量被激活了，没有什么不能被创造。

作者：裘一佼、丁施昊、肖淙文、徐丽雅

原刊于《浙江日报》，2020年7月21日

一句话，让山水美如诗

内容提要：

2005年8月15日，浙江省委书记习近平在安吉余村调研时提出了"绿水青山就是金山银山"的理念。之后，在安吉余村播下的这粒种子，在浙江大地生根发芽，在大江南北开花结果。

12年，青山不老，绿水长流。"绿水青山就是金山银山"理念引领我们珍惜家乡的草草木木、呵护故乡的山山水水，让"绿水青山"真正变成人民的"金山银山"。如今，我们迈步在希望的大道上，谱写一个更加山清水秀的美丽中国。

《一句话，让山水美如诗》中的"一句话"，指的正是习近平同志于2005年8月15日在湖州安吉余村调研时提出的"绿水青山就是金山银山"。该视频创作耗时两个多月，可谓创意十足、亮点纷呈。

首先，整合高端艺术资源，努力打造高大上的效果。著名书法家王冬龄为片名题字，知名画家陆秀竞和青年画家计林涛为片头以及片子涉及的八个地区作画，浙江省作协女诗人张巧慧为片子作诗。

其次，在视频的内容和形式上都进行了创新。片头通过山水画的对焦

浙江新闻客户端

变化，产生裸眼3D的效果。片子的转场部分运用晕染效果，实现了水墨与实景的切换"无缝对接"。为片子中八个地区的实景所配的诗歌，使用了竖式字幕，极具文艺感。

本视频在全网发布后，得到了省领导的肯定和表扬，并且获得了全网超过1000万的点击量。同时，被《人民日报》的微博和APP客户端，及多个微信公众号争相转发，在新浪微博和腾讯视频上也获得了不错的反响。

扫码观看

作者：浙视频、浙新闻记者

原载浙江新闻客户端，2017年8月15日

海上"牧民"共海生　看嵊泗
枸杞岛的"网红"养成记

浙江新闻客户端

内容提要：

2020年是全面建成小康社会之年，也是脱贫攻坚决战之年。浙报集团县级融媒体中心共享联盟发起《大潮起之江　"窗口"看小康》大型移动视频新闻行动，共同见证浙江各地高水平全面建成小康社会的生动故事。

首期视频《海上"牧民"共海生　看嵊泗枸杞岛的"网红"养成记》于2020年7月9日正式上线，和观众一起走进舟山嵊泗枸杞岛。

枸杞岛独特的海水环境，养育着一种享誉各地的海鲜——贻贝。它们组成了一个"海上牧场"。

孔洪海是当地的贻贝养殖户，1985年，他全家一年的贻贝养殖收入约5000元。而现如今，如果收成好，一年大概可以卖60万元左右。

1999年至2019年，枸杞岛的贻贝养殖产量、产值不断上涨。作为嵊泗县第二大岛，枸杞岛的贻贝养殖面积在2019年已经占全县养殖面积的60％以上。成箱的贻贝从这里运出、成团的游客到这里打卡，一个串连着养殖、加工、旅游的贻贝全产业链，创造了海岛人民的美好生活。

我们搭上孔洪海的渔船，用一组航拍镜头，讲述了海上"牧民"的小康故事。

该期视频在"学习强国"首页、《人民日报》客户端、浙江新闻客户端、天目新闻客户端、小时新闻客户端以及有关县级融媒体平台和各大商业端媒体推出，总播放量超过1200万次。

扫码观看

作者：方力、顾周皓、黄昕、王蓉蓉、钱逸、戚建卫、
吕杨、杨卫、吴国栋、赵亚鑫、潘培
原载浙江新闻客户端，2020年7月9日

《钱江晚报》"有风景的思政课"
亮相"学习强国"

让有意义的课有意思起来，《钱江晚报》"有风景的思政课"亮相"学习强国"浙江学习平台，率先上线的是杭州电子科技大学推出的"小火车上的思政课"。

大学生思政课怎么上才会使人印象深刻？近日，杭州电子科技大学的杜加友老师，在浙江安吉鲁家村的小火车上，为学生上了一堂别开生面的思政课。安吉鲁家村有"最美乡村"的美誉，这堂"最美乡村"中的"最美思政课"，不仅在鲁家村最受游客追捧的小火车上进行，还邀请了两位当地村民现身说法，讲述鲁家村这几年的变化。

经过一下午的交流和学习，这些"00后"大学生切身体验到了"绿水青山就是金山银山"。

小火车上的思政课，两位村民当老师

来到鲁家村这个风景秀丽的新农村，杭州电子科技大学的学生们很兴奋，也感到很新鲜。

浙江安吉鲁家村的观光小火车远近闻名，每年接待游客上百万人次。

小火车绕村一圈50分钟，刚好够上一堂课。

这一天，学生们坐上小火车，发现老师带来了两位"客座教师"。他们是当地的村民：小火车饭店老板魏得顺、小火车售票员陈阿姨。

魏得顺和大家分享了自己的经历。作为"最美乡村"的村民，这位小老板已经见惯了大场面，他说："变化就是近几年来，山也青了、水也秀了，而且我们老百姓的日子也过得好了。我开了个小饭店，生意很好。"

"您的饭店一年收入有多少呢？"杜加友问。

"我老婆一年收入至少十七八万元吧。"魏老板的话引来学生们一阵赞叹。

"那这里的村民收入主要靠什么呢？"有学生很好奇。

"合作社，村民是有股份的。"魏老板很自豪地说，"股价刚出来的时候17元一股，现在已经涨到了300多元啦。"

杜加友老师和村民给学生们上课（刘栋 摄）

"大家看左边，这是一个农场。"杜加友指着车窗外说，"这里不仅搞养殖，也非常注意可持续和绿色发展。"

"这些农场能将外面的资本引入到乡村建设中来，同时也吸引了人才。现在，人才不是从乡村流入城市，而是回流到了农村。"

"大家想想这个过程，需要经历怎样的巨变？想象一下，如果你们是这里的村民，生活富裕，原来这里都是你们养着鹅的农场，现在要把地收回去，还要村民拿出钱来搞环境整治，这个思想工作该如何做？最关键的问题是，如何把'绿水青山'变成'金山银山'呢？"

"各位来自全国各地，如果毕业后要你们回家乡建设，你们会怎么做？"杜老师的问题让同学们陷入沉思，"相信中西部的一些农村，在未来10年间，甚至更短的时间里将发生很大的变化，各位的人生轨迹，和我们'两个一百年'的目标是高度吻合的。"

原来"绿水青山就是金山银山"理念离我们很近

鲁家村小火车上的这堂课让学生开了眼界。很多同学表示，"改变了对乡村的固有印象"，"这堂课把读万卷书和行万里路结合到一起去了"。每个学生在回去之后都写了一份千字以上的学习报告。

周纪昀很喜欢村民现身说法。"他们是'两山'建设的最大受益者、亲身参与者，用自己生活的变化作例子、讲感受，让思政课很接地气。"周纪昀说，"魏大伯和陈阿姨的介绍，把我来之前的疑问都解决了。原来，'绿水青山就是金山银山'理念给老百姓的获得感，离我们很近。小康不小康，关键看老乡。这堂思政课，真实、可信、接地气，当然课堂西边的风景也好。"

来自安徽宣城的魏冬冬认为，现在的"00后"大学生，会通过网络获取大量信息，独立思考能力也很强。"思政课就要这样，从广阔大地上学习，结合书本中的知识，让理论联系实际。"他觉得安吉鲁家村的做法很值得家乡借鉴。

有的同学还从经济学的角度，分析鲁家村的发展。来自安徽马鞍山的贺玺，在学习报告里认真总结了他的思考："这次旅途中，我最大的发现就是，村民已经不仅从事传统的农业生产，还更多从事第三产业。小饭店的老板介绍说，大约有一半的村民负责小火车和村庄其他设施的运维，包括商店、卫生、售票、导游服务等，而剩下的人则在农场里从事生产。这能看出，第三产业在这个村子的产业占比中已经达到一半，也说明旅游业、农业这两个支柱产业，带给了村民可观的经济收入。"

他说："这几年间这个村子的资产总量翻了15倍，年平均增长率达到了惊人的300%，这无论是在浙江还是在整个中国都是非常罕见的，从某种程度上来说，这就是一个奇迹。而增长来源就是不断进入的投资者，来这里建造新的农场。与传统的农场不同，这里的农场种植的大多数为经济作物，相比传统的水稻、小麦，经济作物拥有良好的溢价能力。此外，这个村子邻近高速公路，交通便利，生产出来的货物可以及时运出去，不会产生积压，且大幅降低了运输成本，使得越来越多企业家愿意来这里投资。"

贺玺感触很深："但是，若要在全国推广这种模式，其难度是可以想象的。鲁家村的成功是因地制宜的典范，我们应从中学习当地人的发展经验，并在全国根据各地的实际状况开展建设。这是我在这一堂课中的最大收获。"

作者：郑琳、叶璟、程振伟

原刊于《钱江晚报》，2019年4月3日

《钱江晚报》

绿色发展谋跨越 常山传统石产业 "玩"出"高大上"

常山，又称"石城"。地如其名，从20世纪开始，常山人依靠丰富的石头资源，走出了一条富有当地特色的发展致富之路。

但历经几十年的高速发展，常山石头产业的瓶颈也越来越明显：常年开采对生态造成的威胁、粗放式加工对环境的污染、石头不可再生的特性等因素极大制约了产业未来的发展壮大。

要实现可持续发展，就得在生产方式上找出路。为此，常山县以"五水共治"为契机，倒逼石头产业转型，重构了一条"蓝天三衢＋生态富民"的发展新途径。

常山的母亲河——常山港（季建荣 摄）

163

从"卖石头"到"卖风景"　环境、经济双丰收

辉埠镇路里坑村，位于国家AAAA级景区"三衢石林"的山脚下。曾经，这是一个典型的"采矿"村。据辉埠镇党委书记陈东介绍，早几年，这个村里几乎每家每户都从事石灰钙的开采、加工，全村仅石灰钙立窑就有40多座。"从事这个行业的年收入最少也有五六万元，多的甚至达到上百万元。"路里坑村村主任陈志岗告诉记者。

经济利益的驱使，导致了路里坑村石灰钙产业"掠夺式"的发展。几年下来，路里坑村的环境质量也随之一落千丈：房前屋后积满灰尘，天空弥漫着扬尘，村庄道路坑坑洼洼，曾经郁郁葱葱的山体被挖得满目疮痍……

以牺牲环境为代价的产业注定得不到长远的发展，为了彻底改变当地石灰钙产业粗放型的发展模式，在"五水共治"开展之初，常山县就痛下

生态修复的石灰钙矿区（季建荣 摄）

决心，以壮士断腕的决心，将整治的"大刀"砍向石灰钙产业，强力实施"蓝天三衢生态治理"工程。

"在政策的推动下，我们当时一口气对路里坑村的所有立窑实施关停措施，并对矿山进行封停。同时，花了500多万元对矿山进行回填、山体加固、覆土植绿等修复工作。"陈东说道。

石灰钙产业的退出，让久违的蓝天再次呈现在路里坑村人的眼前，村庄环境、交通条件等基础设施也发生了实质性的变化，昔日光秃秃的矿山渐渐恢复了往日的绿意葱茏。

"关闭了矿山，并不意味着发展就离开了石头，我们的出路依然还在石头上。"常山县"五水共治"办公室专职副主任郑兵说道。

确实，在现在的路里坑村，石头依然扮演着重要的角色，但生产方式却有了质的变化。

依托当地独特的喀斯特地貌，从2014年开始，常山县通过招商引资，对"三衢石林"景区进行重新规划、整合，大力发展旅游经济。同年，"三衢石林"景区正式通过国家级AAAA景区评定。

曾经的"老矿工"、路里坑村村民邱师傅亲身经历了当地石灰钙产业的崛起、淘汰和景区的发展。现在在景区上班的他，每每看到络绎不绝的游客，总是感慨万千："这在三年

三衢石林景区（季建荣 摄）

前，是我们想都不敢想的事情。以前我们自己开矿，一心想着多赚点钱，很少考虑环境、健康、安全等方面的隐患。这几年时间，这里完全大变样了。"

现在的"三衢石林"风景秀丽、奇石林立、峡谷险胜，引得全国各地游客慕名而来，一睹石林奇观。

据统计，从景区正式通过国家AAAA级景区评定到2014年底，仅半年时间，"三衢石林"景区接待游客量就超过了20万人次，真正实现了从"卖石头"到"卖风景"的转变。

"在这里上班，收入虽然没有自己开矿时候高，但心里踏实，日子也过得舒心许多。"邱师傅说。

坚守生态底线　跳出老路再谋发展

路里坑村的转型更像是常山县石灰钙产业整治的一个缩影。从"五水共治"行动开展至今，常山县坚守生态底线，致力跳出"炸山卖资源矿石、采石烧石灰水泥"的模式。

截至2016年，常山县共关停170个小矿山、189个小石灰窑、264个石灰钙棚、75个石灰石破碎厂和5个水泥机立窑；整合7家石灰石矿山企业，关停淘汰83孔石灰立窑和201条石灰钙生产线，完成18家轻钙企业环境整治。

在污染物和能耗降低上，共削减排放二氧化硫11062吨、氮氧化物2447吨、烟粉尘11645吨，腾出能耗空间37万吨标准煤，减少污水排放约1.1万吨，腾空利用土地约300亩，开发闲置土地约2000亩。

"一方面，我们支持和鼓励有特色的乡镇、村庄发展乡村旅游、民宿经济等生态项目；另一方面，我们将整合的矿产资源，通过兼并重组，以国有制的形式，引进先进的生产设备和生产方式，在最大限度保护环境和可持续发展的基础上，做大做强传统产业。"郑兵说。

从"低小散"到"高大上"　赏石小镇已现雏形

青石镇是常山另一个石产业重镇，凭借当地丰富的砚瓦石、青石等资源，做大做强石材、石板产业，并成立了华东地区最大的青石、花石专业市场。截至2016年底，当地从事石材开采、加工、交易的人员已达4000余人，石产业年产值突破6亿元，成为全国著名的"观赏石之乡"。虽然发展前景良好，但青石镇石产业也存在附加值低、资源不可再生、造成生态环境压力大等诸多问题，产业转型升级势在必行。

在"五水共治"的推动下，从2014年开始，青石镇以改善环境质量为抓手，一方面，重点对辖区内低、小、散、污染严重的石材开采、加工企业进行整治、关停；另一方面，为推进传统产业转型升级，做强、做精石产业，一个集交易、观光、休闲于一体的赏石小镇规划应运而生。

根据规划，赏石小镇主要由"一园二带三区"构成："一园"，是指占地面积逾千亩的中国观赏石博览园；"二带"，是指320国道、48省道沿线（青石段）观赏石文化景观带；"三区"，是指原石开采区、石产业配套功能区和石文化自然景观区。小镇计划总投资为69亿元，规划占地面积3平方公里，其中占用建设用地约1平方公里。

赏石园区管委会工作人员谢剑利告诉记者："预计到

赏石小镇主体建筑落成（季建荣 摄）

2017年底，赏石小镇将带动当地80%的农民创业增收，争取实现产值20亿元以上，接待旅游人数超100万人次，并将观赏石博览园成功创建为国家AAAA级旅游景区。"

过去，常山人靠着石头致富，如今，石头在常山县的发展中依然是不可或缺的一部分。不同的是，现在的常山将更多生态建设、环境保护的元素融入当地传统产业发展中。

三年治水，换来常山的"绿水青山"：数据显示，2015年，常山港流域地表水质100%符合水功能区要求，出境水质达标率为100%，饮用水水源地水质100%符合要求；2016年1月至6月，当地环境空气优良率为87.2%，同比增加5.4%，PM2.5均值为42微克/立方米，同比下降14.3%。

三年治水，更推动了常山经济发展方式的根本改变，指引传统石产业在可持续发展的道路上走得更远。

作者：季建荣

原载浙江在线，2016年12月26日

浙江在线

寻找可游泳的河

内容提要：

自 2013 年 4 月起，浙江卫视新闻中心推出大型新闻行动《寻找可游泳的河》。节目组在全省范围寻找可游泳的河流，共推出系列报道130 多篇。

从最初的"寻河"到后来的"问水"，大型新闻行动《寻找可游泳的河》敢于直面矛盾说真话，坚持问题意识、建设心态和专业精神，从群众关切的问题出发，主动设置议题，运用群众的语言做客观、平衡、准确、理性的报道，从而切实增强报道的贴近性和实效性，进而有效地引领舆论，推动了省委、省政府的中心工作。

该节目在各类新闻评奖中屡获殊荣，先后获得浙江新闻奖重大主题报道一等奖、浙江省广播电视"改文风"大赛系列报道一等奖、中国新闻奖电视系列报道一等奖。

浙江卫视

扫码观看

作者：赵林、金彪、沈芸、陶兆龙、周新科、夏学民、蒋琛、

王米娜、林轩、张楠、王西、黄立伟、傅筱铭等

原播出于浙江卫视，2013年4月18日至12月22日

浙江卫视

思想的田野

内容提要：

大型理论实践探访节目《思想的田野》由国家新闻出版广电总局策划部署，浙江、江苏、北京、东方、湖南五大卫视领衔，全国33家卫视共同参与，通过大篷车探访、群众互动、理论达人点评等方式，以生动活泼的形式宣传习近平新时代中国特色社会主义思想。

其中，由浙江卫视负责的浙江篇，以"绿水青山就是金山银山"为主题，邀请理论达人、文化名人、演艺明星以及青年学生组成探访团，搭乘"思想号"大篷车，走进山村海岛、田野乡间，感受浙江践行"绿水青山就是金山银山"理念和生态文明建设的丰硕成果。

节目采用"纪录片＋真人秀"的拍摄手法，在与村民的探访互动中，把理论的深刻内涵转化成老百姓看得见、摸得着的身边变化，充分展示了浙江美丽乡村发生的动人故事以及百姓观念的巨大变化，从而对"绿水青山就是金山银山"理念进行宣讲，让这一理念刻印在每一位群众的心中。

浙江卫视

扫码观看

作者：陈巍峰、陶兆龙、周新科、刘曦、潘霄雷、蒋铼、
金伲、徐鼎、胡碧潇、苑皓冉

原播出于浙江卫视，2019年5月13日

浙江卫视

浦阳江之变：背后的故事

内容提要：

浦阳江治水打响了浙江治水的攻坚战，具有里程碑的意义。三年治水，三年砥砺，如今浦阳江流域的绿水青山重回眼前。浦阳江之变成为浙江治水的标杆，成为全国治水的样板。2016年4月18日至20日，在全国水环境综合整治现场会于浦江召开之际，《今日评说》创新推出三篇系列户外评论《浦阳江之变：背后的故事》，评述三年治水给浦江带来的"水之变""业之变""人之变"。

节目中，主持人付琳和评论员舒中胜深入浦江的河道园区、社区乡村，访群众、问企业，现场说、现场评，从浦阳江水环境的变化、水晶产业格局的变化、干部作风能力的变化、群众获得感的变化等角度，讲述了浦阳江之变背后的故事。新颖的节目形态、生动的现场故事、精练的评论观点，使节目推出后受到诸多好评。

时任环保部部长陈吉宁看了节目后，评价很高，认为节目从另外一个视角诠释了浦江治水经验。有人大代表认为浙江卫视的评论是一种创新的采访形式，是新闻版的《舌尖上的中国》。

浙江卫视

扫码观看

作者：赵林、周新科、付琳、邵玉娟、蒋铼、章伟烽、

沈弘宇、王西、王文炳、许勤、龚奇

原播出于浙江卫视，2016年4月18日至20日

浙江卫视

绿水青山就是金山银山

内容提要：

2015年是习近平同志提出"绿水青山就是金山银山"理念10周年。三集电视政论片《绿水青山就是金山银山》从全球视野、历史视角，深刻阐述了"绿水青山就是金山银山"理念提出的时代背景及其折射出的理论光辉，生动展示了10年间浙江打好转型升级组合拳、不断推进生态文明建设的具体实践，真情记录了浙江人民登攀"两山"路、寻梦山水间的不懈追求。

节目紧扣时代主题，分《美丽新时代》《组合拳效应》《寻梦山水间》三集，层次分明、以事说理，从"大"到"小"、从"概括"到"具体"、从"样板"到"人物"，全方位反映了浙江人民紧紧围绕"四个全面"战略布局，以"八八战略"为总纲，护美"绿水青山"、做大"金山银山"的十年探索与生动实践。

该政论片气势恢宏、思想深邃、文稿精练、画面精美，在浙江卫视播出后，《浙江日报》连续三天全文刊登纪录片文稿，浙江省11个设区市电视台、浙江在线、浙江发布、新蓝网等电视、网络媒体纷纷转播，短短三天时间，网络点击量超400万次。

扫码观看

作者：陶兆龙、周新科、邵玉娟、刘艳琼、史鲁杭、朱贤勇、桑海斌

原播出于浙江卫视，2015年8月

浙江卫视

"两山"路上看变迁

内容提要：

    这次新闻行动聚焦自2005年起的10年来浙江护美"绿水青山"、做大"金山银山"的探索和经验，充分反映这10年来特别是党的十八大以来，浙江以"八八战略"为总纲，打好转型升级组合拳，努力全面建成小康社会的生动实践，为"生态与经济和谐共生"的浙江样本点赞。报道采用了"新闻动态事件＋新闻背景"的形式，围绕10年来浙江生态建设的宏大主题，选取生动鲜活的典型案例，较好地展现了综述报道的力度和深度。纵观这组综述报道，内容扎实、画面精美，在为观众解读"绿水青山就是金山银山"的浙江样本的同时，还着重展示了浙江山明水秀的美丽风光。

扫码观看

作者：沈芸、陶兆龙、邵一平、刘艳琼、杨川源、张云洁

原播出于浙江卫视，2015年3月16日至8月29日

浙江卫视

安吉：15年践行"绿水青山就是金山银山"理念，生态美产业兴百姓富

浙江卫视

内容提要：

作为"绿水青山就是金山银山"理念的发源地，15年来，湖州市安吉县积极探索经济生态化发展路径，持续拓宽"绿水青山"向"金山银山"转化的通道，盘活山水资源，做强绿色产业，走出了一条生态美、产业兴、百姓富的小康之路。

本篇报道中，记者走进盛夏的安吉，从一滩沼泽的"死水"变"活水"着手，用镜头记录了潴口溪村的美丽蜕变和乡村经营的活力四射，展现浙江践行"绿水青山就是金山银山"理念和生态文明建设的丰硕成果。

报道采用纪实的拍摄手法，在与村民、村班子的探访互动中，把理论的深刻内涵转化成老百姓看得见、摸得着的实际变化，充分揭示浙江美丽乡村发生的动人故事以及百姓观念的巨大变化，不断强化"绿水青山就是金山银山"的理念。

扫码观看

作者：李婷、傅筱铭

原播出于浙江卫视，2020年7月19日

浙江卫视

"千万工程"开启乡村振兴美丽篇章

内容提要：

2003年，在浙江省委书记习近平同志的倡导和主持下，浙江在全省启动了"千村示范、万村整治"工程。2018年9月，"千万工程"更是获得了联合国最高环境荣誉——地球卫士奖。乡村振兴该怎么干？浙江经验有答案。

广播述评《"千万工程"开启乡村振兴美丽篇章》回溯了"千万工程"的诞生历程与"从地方经验上升到国家战略"的发展脉络，点评了"千万工程"推进过程中各阶段的意义，揭示出实施乡村振兴战略的重点任务——改善农村人居环境，改变农村的粗放式发展，而这正是15年来浙江坚持实施"千万工程"的初衷。记者通过与省内外多位专家的对话交流，围绕"千万工程"给农村生态环境、生活条件、生产方式等带来的改变，叙议结合，以广播述评形式对"千万工程"的成效进行了系统深入的报道和思考。

浙江之声的此篇报道另辟蹊径，注重从纵深上挖掘"千万工程"的来龙去脉。资深"三农"问题专家、原浙江省农办副主任顾益康提到的不少

浙江之声

"千万工程"的背景与细节，更是在此篇述评中首次被披露。

扫码观看

作者：涂希冀、叶澍蔚、夏海云

原播发于浙江之声，2018年12月29日

浙江之声

留住乡愁，走向国际

——乡村振兴的松阳实践

内容提要：

2019年5月27日，首届联合国人居大会在肯尼亚首都内罗毕开幕，来自中国松阳县的代表在会上分享了松阳在乡村建设方面的探索和成就。近年来，松阳以"活态保护、有机发展"理念为指引，通过恢复乡村风貌、修复传统民居、复活乡村优良文化基因和乡村经济等，使乡村重新充满生命力。

系列报道《留住乡愁、走向国际——乡村振兴的松阳实践》从古村落保护、年轻人回归和"国际范"实现三个层面，深度剖析松阳县乡村振兴的经验。报道讲述了老屋保护、回乡创业、民族特色走向世界等多个生动的故事，带领读者认识了许多让古村落"活"起来的乡村振兴带头人。报道一经推出，便获得了较好的社会效果。

系列报道在广播端播发后，好评不断，有听众说：讲述了我身边的故事，为松阳感到骄傲！稿件同步在《人民日报》客户端、网易新闻、今日头条等平台转发，综合阅读量达到"10万＋"。

浙江之声

扫码观看

作者：王水明、夏海云、李振阳、徐鹏飞

原播发于浙江之声，2019年6月10日至12日

浙江之声

谱写新篇章，建设大花园
——打通GEP向GDP转化通道的丽水探索

浙江之声

内容提要：

国民经济可以用GDP来核算，生态价值也可以核算。丽水探索绿色发展体制机制创新，试点生态系统生产总值GEP核算，打通"绿水青山"向"金山银山"转化的通道。

记者通过走访遂昌县大柘镇大田村、景宁县大均乡等地的GEP核算试点地，反映GEP搅动了当地发展的一池春水。全国首个"两山"转化金融服务站，向首批生态信用农户发放了120万元"两山"贷，用于生态建设。这让创业者尝到了生态价值带来的红利，也让村民深刻意识到保护生态的重要意义。

截至2020年7月，丽水市已经有18个乡镇、2个村试点进行GEP核算。接下来，GEP核算将在丽水全域推广，通过GDP和GEP的双核算，推动生态资源向金融资产的转化，进一步打通"绿水青山"与"金山银山"的转化通道。

扫码观看

作者：蔡吉康、涂希冀、夏海云、竹敏

原播发于浙江之声，2020年7月10日

浙江之声

"千万工程"绘新卷
寻访"浙"片"网红村"

内容提要:

　　本系列报道含《仙居上横街村:猪舍飘"香"》《嘉兴董家村:茭白丰收进农博》《德清仙潭村:大山深处话乡愁》《衢州龙门村:携手走出致富路》《丽水月山村:村晚唱响幸福歌》等内容。2003年6月,在时任浙江省委书记习近平的倡导和主持下,浙江在全省启动"千村示范、万村整治"工程,开启了以改善农村生态环境、提高农民生活质量为核心的村庄整治建设大行动。15年来,浙江省久久为功,扎实推进"千万工程",造就了万千美丽乡村,取得了显著成效,使浙江乡村整体人居环境领先全国。

　　进入新时代,浙江高举乡村振兴大旗,全面开启新时代"三农"发展新征程,孕育了越来越多具有"网红"气质的村庄。新蓝网、中国蓝新闻客户端联合浙江省农业农村厅推出系列报道《"千万工程"绘新卷　寻访"浙"片"网红村"》,生动呈现乡村振兴发展的浙江路径。

扫码观看

作者：朱惠子、傅心怡

原载新蓝网，2018年11月22日至28日

新蓝网

"绿水青山就是金山银山"理念指引下的安吉"蝶变"

广播交通之声

内容提要：

本系列报道含广播报道四篇、全媒体访谈一篇 [《余村"蝶变"（上下）》《梧桐树茂栖凤凰》《百花齐放才是春》《全媒体访谈》]，从选题设计到采访、成稿前后历时三个月。这一系列报道也是为改革开放40周年献礼的大型主题报道《四十年四十事》的重要组成部分。

该系列报道通过对历史亲历者的采访、"绿色经济"践行者的采访、基层特色村的采访等，多角度、多维度地探索展现"绿水青山就是金山银山"理念在安吉的具体落地方式及发展模式，详细了解美丽乡村的不同运作方法，探索并总结保护乡村生态与发展经济并举的可持续发展之路。

整个系列报道采用广播线上报道与现场落地的高端访谈直播相结合的方式，邀请亲历者、官员、专家、企业家、村民等多位嘉宾到现场，对生态文明、美丽乡村等问题进行深入探讨，通过还原和解剖"绿水青山就是金山银山"的科学论断以及安吉探索出的生态发展之路，探索发展经济和保护生态之间的辩证关系，最后证明安吉的美丽乡村模式是中国广大乡村可复制、可借鉴、可学习的，为全国的农村发展提供了一条新路径。

扫码观看

作者：鲍平、戴家琪、陈璐媛、姚古月、孙婧

原播发于广播交通之声，2018年9月17日至20日

广播交通之声

裘丽琴：美丽乡村的"地球卫士"

内容提要：

裘丽琴是浙江省湖州市安吉县鲁家村村委会主任。2018年9月27日，她代表浙江省远赴美国纽约领取了联合国环保最高荣誉奖——地球卫士奖。领奖后，裘丽琴兴奋不已，连夜在美国给女儿写了一封家书，分享喜悦。鲁家村位于浙江省湖州市安吉县，山多地少，人均耕地不到一亩。1990年，裘丽琴嫁到鲁家村时，村民主要以务农和外出打工为生，只能维持温饱生活。1998年，裘丽琴开始担任村干部。2003年，浙江推出"千村示范、万村整治"工程，计划利用五年时间，对10000个行政村进行整治，并建成1000个小康示范村。2008年，安吉提出要打造中国最美丽乡村。当时，裘丽琴厚着脸皮、硬着头皮一家一户做村民的思想工作。"困难很多，有时候甚至还要被骂、被赶，但我不去做，谁来做工作？"慢慢地，鲁家村开始发生变化，村庄越来越美，但大家的收入没多起来。2013年，中央经济工作会议发布一号文件要发展家庭农场，裘丽琴听到这个消息后，立即行动起来，通过向乡贤募资对鲁家村进行规划，打造了18个家庭农场。此外，鲁家村还引入了旅游配套设施，用一条4.5公里的观光小火车轨道将18个农场串联起来。2011年至2017年，鲁家村集体资产从30万元增至1.4亿元，村民人均收入增至3.56万元。2018年国庆节期间，鲁家村每天接待游客超过5000名。

扫码观看

作者：党君雅、农书荣

原播发于广播城市之声，2018年12月18日

广播城市之声

安吉余村：从靠矿山谋生到靠青山致富

《青年时报》

安吉余村因竹子而闻名，整洁的村道两边满目苍翠，山溪奔流。而就在十几年前，这里却是矿山连着水泥厂，一进村面对的就是烟尘灰土和机器轰鸣。忍痛关掉了虽能带来巨大经济效益但严重污染环境的矿山和水泥厂，余村开始了绿色生态之旅。如今的余村人因为这里的翠竹、绿水，赚得盆满钵满。

靠水吃水，溪道漂流让他尝到环保甜头

提到胡加兴，在余村可谓无人不知，作为荷花山景区总经理的他是个有名的生意人。他笑言自己"胆子大"：2007年刚刚流行漂流时，各地都是在宽阔的河面上进行，胡加兴包下了一辆大巴，带村民到外地体验了一把在溪流里用橡皮艇漂流的感觉，然后告诉大家，他要干这件事情。

"当时没人看好我的旅游项目，所有人都好奇在窄窄的溪道里怎么漂流。"胡加兴不好解释，就先动手清理河道、加固堤岸，还特别找人设计了溪道的宽度和坡度的落差，以保证游客乘坐橡皮艇时的安全。在施工的

五个月时间里，他每天都带着现金在溪边给人结工钱。"工人们怕漂流项目没有收益，我会拖欠他们的工钱。"

2008年5月，胡加兴的50条橡皮艇终于下了水。之后的几个月，约1万名游客体验了荷花山漂流。当年，这个项目就给胡加兴带来了80万元的营业收入。

2013年，村民俞金宝结束了近10年在外闯荡的日子回到余村，办起了生态种植采摘园，和胡加兴做了邻居。

现在，经过两年开垦的地里种上了白茶，这些天刚刚开始采茶，白茶旁边的大棚里是葡萄苗。记者采访时，俞金宝正指挥着挖掘机把大棚旁边的河塘扩大，打算再开辟出一个垂钓区。"这里夏天可以垂钓，6月第一批葡萄就能成熟，到时候游客可以来采摘无公害水果。"他说。

曾经，靠山吃山，矿山曾养活半村人却毁了居住环境

胡加兴和俞金宝相熟，不仅仅因为大家是同村，两人还曾是工友，在同一个水泥厂工作。

在余村，像胡加兴、俞金宝这样20世纪60年代出生的人有近半称得上是工友。"当时大部分人就业就两个选择，去矿山或水泥厂。"余村村委会主任潘文革介绍，20世纪70年代，自余村第一座石灰岩矿山传出第一声爆破声后，余村人开始了靠山吃山的日子。此后，石灰窑、矿场、水泥厂相继出现，"石头经济"一度成为余村的支柱产业。

潘文革回忆，当年开矿的炮声震撼大地，村民家即便关着窗户每天都会落下厚厚的一层灰，水泥厂的机器更是24小时运转。当时，全村280户村民，一半以上的家庭有人在矿区工作或从事与矿山有关的工作。

"那时候村里是真有钱，20世纪90年代，余村的集体经济一度名列全县之首，别的村还会向我们借钱。"潘文革有些自豪，2003年，余村集体

《青年时报》

经济年收入300多万元，人均年收入已经超过7000元，而当时整个安吉县人均年收入只有3000元。

开矿建厂，连累青山变灰山

山养了余村人，也伤了余村人：矿业快速发展的那几年，每隔两三年就有矿工因被巨石砸中不幸身亡，被砸伤者更是不计其数。村民潘培龙就是因为被石块砸伤了右臂，才离开了矿山。

除了人员伤亡，在水泥厂上班的村民的健康状况也令人担忧，即便每天戴着口罩还是会吸入粉尘。年轻矿工们不明白，只有40多岁的前辈为什么爬几步坡路就喘得厉害。很久以后大家才知道，这种导致壮年失力的病根是"石肺"。

更让人揪心的是，矿山、水泥厂飘出的灰尘，使漫山的翠竹变成一片枯黄，"青山变灰山，整个村庄都是灰蒙蒙的一片"。在潘文革幼时的记忆里，家里房前屋后种有桃树、梨树、李树，可随着矿山的开采、水泥厂的机器轰鸣，这些树再没有结出果实，就连山间竹笋产量都有所减少。

胡加兴现在用作漂流的溪道，在十几年前完全不是这个样子，"晴天河水还算是白色的，而一下雨，溪道里就像是酱油水。"35年间河床抬高了两米，村民叶踪说，那几年他就没有穿过皮鞋，因为"到处是厚厚的灰，根本下不去脚"。

关停矿山，集体经济收入一度锐减

眼看着村里的景致与儿时记忆中的"桃花源"越来越远，余村人也想过换一种发展途径。

1997年至1998年，村里共投资400多万元修复了千年古刹隆庆禅院。"可游客来到余村，一看到这里灰蒙蒙的，就都失望地离开了。"潘文革说。

2003年，安吉提出创建全国第一个"生态县"，余村趁此机会开始着手关停矿山和水泥厂。

"没有了矿山，我们这么多人就业怎么办？""离开了矿山，老百姓的日子怎么过？""不运矿石，不运水泥，我的拖拉机就是一堆废铁！"……百姓们不满了。

"但以环境为代价的经济增长不利于余村的发展，老百姓有想法也得关。"潘文革说。

关停矿区，也让当年余村的集体经济收入锐减，从最高时的300多万元，一下子降到只有20万元。

产业转型，绿色生态带来"金山银山"

矿山关了，山慢慢又泛出翠绿色；水泥厂关了，溪水渐渐恢复了清澈。一条发展绿色生态经济之路，逐渐清晰起来。

2005年，村干部带着280多名村民外出考察农家乐。潘春林就是第一批外出考察农家乐的村民之一，那次考察让他感触颇深："人家也是靠山吃山，但走的是可持续发展之路。"

回来之后，潘春林拿出全部积蓄开了"春林山庄"。如今，春林山庄的日接待游客量最多可达百人、年营业额达100多万元。潘春林说，现在村里还有几户人家想和他一起开发一个农家乐品牌，"到时候，就能再上一个台阶了。"

"卖风景"的还有胡加兴，2014年，荷花山漂流项目的游客超过了5万人次，胡加兴特意为漂流配上了水循环系统，"不然满足不了游客的需求啊。"

叶踪离开了化验室开起了竹制品加工场，每年的"广交会"上，只要打出来自安吉的招牌，订单就络绎不绝……2014年，余村人均可支配收入已达27677元。

　　"这是'绿水青山'给我们带来的'金山银山'。"潘文革介绍，2014年底，余村拥有旅游景区3个，农家乐14家、床位410张，村集体经济总收入达到1.88亿元。他说，如今生态旅游已成为余村绝对的主导产业，村里还借天荒坪风景名胜区编制总体规划的契机，制订了生态旅游、生态居住、生态工业的"三区规划"，"绿色生态经济这条路我们会坚定不移地走下去。"

　　　　　　　　　　　　　　　　作者：丛杨、陆群安、任玲玲

　　　　　　　　　　　　　原刊于《青年时报》，2015年4月20日

《青年时报》

"点绿成金"的浙江样本

2017年6月，国务院常务会议决定在浙江等五省区建设绿色金融改革创新试验区，推动经济转型升级、绿色发展。经国务院同意，2017年6月23日，中国人民银行等国家七部委印发了湖州市、衢州市的试验区总体方案。

2017年6月29日，浙江召开全省绿色金融改革创新试验区建设动员部署电视电话会议。会议决定，举全省之力支持湖州市、衢州市建设绿色金融改革创新试验区，推进绿色金融改革创新试验区建设，探索形成服务实体有力、路径特色鲜明的绿色金融发展可复制、可推广经验。

2017年7月底，湖州召开动员大会，正式启动国家绿色金融改革创新试验区建设。

边申报边试验，绿色金融初见成效

绿色金融，是指为支持环境改善、应对气候变化和资源节约高效利用的经济活动，即对环保、节能、清洁能源、绿色交通、绿色建筑等领域的项目投融资、项目运营、风险管理等所提供的金融服务。

中国是全球首个由政府推动并发布政策明确支持绿色金融体系建设的

国家，而浙江则是在全国较早推动绿色金融创新发展的省份，也是全国第一个向国务院申报绿色金融改革创新试验区的省份。

浙江"七山一水二分田"，绿色是浙江的底色。作为我国市场经济起步较早的地区，浙江在调整经济结构和转变经济发展方式上先行一步，这客观上为浙江发展绿色经济与绿色金融提供了强大的内生动力。

2014年，在全省各地区域金融改革创新积极推进之时，根据习近平总书记在安吉提出的"绿水青山就是金山银山"理念和省委"两美"浙江战略部署，为落实中共中央、国务院《关于加快生态文明建设的意见》和《生态文明体制改革方案》，湖州市和衢州市启动了绿色金融创新相关工作。

2015年8月，省政府在衢州市召开了全省绿色金融发展推进会，对全省绿色金融发展工作作了全面部署。2015年11月，湖州市作为全国首批试点地区着手编制了自然资源资产负债表。2016年初，省政府率先正式向国务院申报了绿色金融创新试验区建设总体方案。申报之后，湖州市和衢州市在中国人民银行的指导下，分别编制了"十三五"绿色金融发展规划。

按照边申报、边试验的原则，浙江大胆探索绿色金融改革创新，积极构建绿色金融体系，绿色金融产品不断丰富，在绿色信贷、证券、债券、期货、保险等方面都有所尝试，有的已发展得较为成熟。

绿色信贷是绿色金融的重要组成部分，浙江在中国农业银行、兴业银行、湖州银行等银行探索设立绿色金融专营机构，安吉农村商业银行成为全国首个建立绿色专营机制的地方小法人银行。创新发展绿色信贷产品，推出支持"五水共治"的"绿色银团贷款"、支持"山林绿化"的林权抵押贷款、建设美丽乡村的"综合授信"、助推"机器换人"的"绿色租赁"等信贷产品。截至2016年底，浙江省绿色信贷余额为7443亿元，同

《科技金融时报》

比增长10.1％，比贷款平均增速高3.1个百分点，且资产质量优良。

浙江率先启动以绿色债券为代表的绿色直接融资模式，积极推动绿色环保企业股改上市，支持绿色企业发行公司债、企业债、银行间市场债等企业债券。杭州萧山环境集团公司成功发行了2.5亿元的全国首单绿色金融理财工具，嘉化能源公司成功发行了3亿元的全国首单绿色公司债。

浙江还积极打造引领转型升级的绿色基金模式，推动银行、证券、私募基金等机构与各级政府积极合作，以多种模式设立绿色发展专项基金。比如，浙商银行、国开行、农发行与财政部门共同设立100亿元的特色小镇基金；衢州市设立了绿色产业引导基金，首期规模为10亿元；湖州市积极对接世界银行、华夏银行等金融机构，拟设立两个规模分别为100亿元的绿色发展产业基金。

绿色保险方面，浙江也先行先试，积极创新环境污染责任险、食品安全责任险、自然灾害险、安全生产责任险等保险业务，不断提升绿色保险对环境保护的服务能力，实现了险种综合、费率优惠、服务创新。2016年，全省环境污染责任保险实现保费收入1577万元，提供风险保障10.5亿元。衢州市首创基于无公害化处理的"生猪保险"，生猪投保率、病死猪无害化处理率、病死猪理赔率均基本实现100％。目前，这种生猪保险与无害化处理的联动模式已推广到浙江46个主要畜牧县。

在探索构建绿色金融生态模式方面，浙江全面推进各类政府信用信息平台和信用户、信用村、信用乡、信用县四级信用体系建设。地方政府和金融管理部门、金融机构形成合作机制，率先在全国建立绿色信贷信息共享平台，目前已拥有1万多家企业的环境行为信用评价、环境违法违规等各类信息。

为绿色金改起好步、探好路

根据中国人民银行、发展改革委、财政部、生态环境部、银保监会、证监会等国家七部委联合印发的《浙江省湖州市、衢州市建设绿色金融改革创新试验区总体方案》（以下简称《总体方案》），湖州市将侧重金融支持绿色产业创新升级，衢州市将侧重金融支持传统产业绿色改造转型。

作为"绿水青山就是金山银山"理念的诞生地，湖州市在2014年5月经国务院同意，成为全国地级市中首个生态文明先行示范区。获批以来，湖州先行先试，在自然资源资产负债表编制、生态环境综合整治等方面取得了积极进展，为发展绿色金融奠定了扎实基础。

国务院办公厅印发的《编制自然资源资产负债表试点方案》，明确将

安吉县余村青山环绕、碧荷连天（陈嘉宜 摄）

湖州列为全国五个试点地区之一。自然资源资产负债表作为金融资本投向自然资本的基础，为湖州率先探索绿色金融改革创新提供重要依据和支撑。

经过几年的发展，湖州市绿色经济效益持续快速增长，在建设绿色金融专营机制、建立多元化绿色金融融资模式、创新绿色金融服务方式、助力企业的绿色化转变等方面取得初步成效。如督促银行机构将"环保一票否决"纳入信贷管理全流程；银行机构试点推出"环保贷"等排污权抵押贷款业务、光伏贷转型贷款业务，着力缓解绿色融资抵押担保难题；加快推动企业清洁生产审核工作，将清洁生产实施效果好、企业绿色发展理念强的企业，加快培育成绿色企业，建立完善绿色项目储备库；推动"绿色支付无障碍区"示范点建设，促进绿色支付应用；全面推进绿色信用体系建设，构建了全国首套绿色监管评价体系等。

衢州市地处钱塘江源头，是浙江的生态屏障，有着良好的生态资源环境。同时，衢州也是浙江传统的重化工业基地，重工业比重达到68%，产业结构与生态文明建设的矛盾不断凸显。当地要保护良好的生态环境，亟须发展绿色金融，促进传统产业转型升级，助推生态文明建设。

2014年，衢州被确定为全省绿色金融综合改革试点，紧紧围绕绿色产业金融化、绿色金融体系化，以服务实体经济转型升级为导向，深入实施绿色金融"两山"转化工程，积极推动绿色信贷、绿色保险、绿色债券、绿色基金等绿色金融产品创新，探索构建绿色金融监测体系，取得初步成效。

衢州市在全国率先试点安全生产和环境污染综合责任保险项目，着力运用商业保险机制，缓解重化产业比重高、涉危化品生产企业多带来的安全环保压力，地方财政提供2000万元的支持，首批试点的71家企业保障超过100亿元。启动"绿色金融资金风险池"项目，构建政府与市场机制良性互动的绿色金融债权风险分担机制，首期资金池规模为1500万元，可覆盖绿色项目贷款3.38亿元。积极推进绿色企业挂牌上市，实现绿色产业融资多元化，2016年实现股权、债权类直接融资65亿元。2016年，衢州市投入运营的绿色PPP项目共8个，总投资27.65亿元，引入社会资本27.47亿元；签约绿色PPP项目4个，总投资7.2亿元，引入社会资本7.1亿元。

湖州和衢州两市对绿色金融实践的探索，充分印证了中国人民银行杭州中心支行副行长徐子福所说的，通过打造绿色金融，培育浙江经济发展绿色新动能，改造提升传统旧动能，确立以绿色、高效、智能、集约为特征的浙江现代产业体系，实现浙江经济绿色、可持续发展。浙江提出，在湖州、衢州按照国务院要求和有关部门的实施意见扎实推进改革的同时，省内其他地方也要积极响应改革要求，不断提升绿色金融发展水平。

10项主要任务大胆探索稳步推进

七部委印发的《总体方案》，提出的主要目标为通过五年左右的努力，试验区绿色融资规模较快增长，"两高一剩"行业融资规模逐年下降，绿色贷款不良贷款率不高于小微企业贷款平均不良贷款率水平；初步构建各具地方特色、服务绿色产业、组织体系完备、产品服务丰富、政策协调顺畅、基础设施完善、稳健安全运行的绿色金融体系，在优化产业结构、改善生态环境、促进地方生态文明建设和经济社会发展方面发挥显著作用，探索形成服务实体有力、路径特色鲜明的绿色金融发展可复制、可推广经验。

《总体方案》遵循"坚持绿色导向，科学发展；坚持统筹协调，突出重点；坚持市场运作，政府引导；坚持先行先试，风险可控"的基本原则，同时提出10项主要任务，即构建绿色金融组织体系、加快绿色金融产品和服务方式创新、拓宽绿色产业融资渠道、稳妥有序探索推进环境权益交易市场建设、发展绿色保险、建立绿色信用体系、加强绿色金融的对外交流与合作、构建绿色产业改造升级的金融服务机制、建立绿色金融支持中小城市和特色小城镇发展的体制机制以及构建绿色金融风险防范化解机制。

在浙江省，一些金融机构已经开始行动。支持金融机构设立绿色金融事业部或绿色支行是国务院常务会议的要求，在2017年6月29日召开的全省绿色金融改革创新试验区建设动员部署电视电话会议上，中国农业银行党委委员张克秋表示，作为一家国有大型金融机构，农行系统将在浙江分行率先设立绿色金融部，专配人员、专设产品，提供"一站式"金融服务；同时，将以节能环保产业基地、绿色农产品基地、绿色能源、特色小镇、水环境综合治理等领域为重点，专项安排2500亿元意向性信用额度，全力支持浙江绿色产业发展壮大。

作者：江英华

原刊于《科技金融时报》，2019年10月1日

生态富农看浙江

——写在浙江践行"绿水青山就是金山银山"理念10周年之际

《农村信息报》

浙江大地,绿意盎然。浙江"三农",活力四射。

10年前,时任浙江省委书记习近平在安吉县天荒坪镇余村考察时,首次提出了"绿水青山就是金山银山"的科学论断。10年来,浙江"三农"坚持走"绿水青山就是金山银山"的发展之路,唱响了农业强、农村美、农民富的协奏曲,将"绿水青山就是金山银山"化为生动的现实。

这10年,山更绿了。最新的森林资源年度公报显示,至2013年,浙江省森林覆盖面积达到604.78万公顷,林木蓄积量2.65亿立方米,森林覆盖率60.89%,位居全国前列。与2004年相比,分别增加20.36万公顷、1.02亿立方米和0.4个百分点,实现了"三增长"。浙江省以占全国1%的土地面积,实现了占全国9%的林木蓄积增量。

这10年,水更净了。我们集中成片治理农村河道,2600多个村累计完成河道综合治理2900多公里;累计建成农村生活污水处理点9000多个;积极推进农药化肥减量,仅2014年,全省化学农药减量就达2350.4吨,比上年减少3.5%。

这10年,天更蓝了。我们大力推进农作物秸秆综合利用,严控露天焚烧农作物秸秆，积极推广沼气、太阳能等清洁能源。截至2014年底，全省农村清洁能源利用率达70%，已形成年产沼气1.8亿立方米的能力，农作物秸秆综合利用率达85.54%。

这10年，农业更强了。《2014年度浙江省农业现代化发展水平综合评价报告》显示，浙江2014年农业现代化发展水平综合得分为77.60分，实现了2015年目标值的97%，农业现代化水平位居全国前列，成为全国唯一的生态循环农业发展试点省。截至2015年上半年，全省已建成现代农业综合区84个、主导产业示范区200个、特色农业精品园500个。

这10年，农村更美了。我们坚持人居环境、基础设施和公共服务多管齐下，走出了一条具有浙江特色的美丽乡村建设路子。全省累计建成美丽乡村精品村312个，创建美丽乡村镇74个；累计建成农村文化礼堂3447座、村综合文化服务中心19329个；农村社区居家养老服务站覆盖率达到

绿水青山环抱中的浙江农村（姚峰 摄）

《农村信息报》

75%；在全国率先免收义务教育阶段学生学杂费、课本费和作业本费，全部免除了农村义务教育阶段寄宿生住宿费；2014年，全省新农合参加人数达到2586万人，参合率97.7%。

这10年，农民更富了。2014年，浙江省农村常住居民人均可支配收入达19373元，是全国平均水平的1.85倍，是浙江2005年的2.9倍，连续30年居全国各省（区）首位。2015年上半年，浙江农村居民人均可支配收入达12005元，是全国平均水平的两倍多，居全国第二位。

2013年12月，习近平总书记在中央城镇化工作会议上提出，要体现尊重自然、顺应自然、天人合一的理念，依托现有山水脉络等独特风光，让城市融入大自然，让居民望得见山、看得见水、记得住乡愁。

10年来，浙江人坚定不移地朝着这一方向迈开大步，"绿水青山"越来越美，"金山银山"越做越大，美丽乡村遍地开花，幸福生活洋溢农家。"浙"山"浙"水，就是一幅生态富农的美丽画卷。

作者：陈小平

原刊于《农村信息报》，2015年8月15日

《农村信息报》

船叫"沧海9"　他叫杨世钗

如果一条船以"沧海"命名，你是不是马上会浮想出乘风破浪、勇往直前那样雄壮的画面？但很遗憾，当"沧海9"出现在你的视野中时，之前关于"沧海"的所有想象都会灰飞烟灭。

"沧海9"是一条与垃圾为伴的小船。自诞生之日起，它的唯一任务就是打捞舟山嵊泗列岛海面的漂浮垃圾，也正因为这个身份，它很难被拾掇得很干净，有时甚至会散发出令人掩鼻的味道。

"沧海9"的主人杨世钗是台州椒江人，于2005年在舟山嵊泗开了一家清舱公司。2015年6月，他决定自费打造"沧海9"这艘舟山唯一的民间海洋垃圾打捞船。陌生人以为他想靠捡海上垃圾发财，但熟识他的人说，"这种事，只有杨世钗这个有点江湖气又有点一根筋的人才干得出来。"

"什么都捞到过，除了钱"

杨世钗有种职业病，一到海边不爱远眺，只喜欢往海水靠岸处的角落张望。按照他的理论，人类有人类的朋友，垃圾也有垃圾的朋友。"它们知道自己上不了台面，总爱成堆聚在角落里。要把它们揪出来着实困难。"

2017年9月19日，天气晴朗。受此前台风"泰利"的影响，嵊泗中心

《浙江法制报》

杨世钗正准备用吸油毯处理海面上的油污
（王索妮 摄）

渔港内的海水变得浑浊。早上8点整，位于中心渔港东侧的小菜园码头，明黄色驾驶台配着大红色的船身，再加上"海洋环保"四个醒目大字，"沧海9"一下子就和别的船舶区别开来了。三名船员准备就绪，迎接杨世钗的到来。对他们来说，老板杨世钗虽不是每天都来，但一旦来了一定亲力亲为、极度负责，大伙儿自然不敢怠慢。

船员中最年长的是嵊泗本地人张阿忠，对于在60多岁这种本该享清福的年纪出来风吹日晒，他看得很是淡然："待在家容易生病，出来干活人反倒精神。"张阿忠捞垃圾的动作相当熟练，用网具在海面上轻轻一划、一兜，垃圾就乖乖钻进网里。"捞了一年多，什么都捞上来过，就是没捞到过钱。"一旁的周军没有张阿忠动作麻利，却很风趣。负责开船的船长王存宽话虽不多，但眼睛亮，开船技术也好，一旦到达垃圾聚集地把船停稳，他便会一起进行打捞。三人性格迥异，但晒得发白的红色作业服和手上捞垃圾时碰破的伤疤却将他们变成了一家人。

"老王，再把船往里开开。""老张，把那个泡沫板捞一下。""小周，你捞的还没到老张的2/3。"……杨世钗一边忙着布设吸油毯处理海面油污，一边不忘吩咐着。

"低调、持久地做好事"

在过去一年多时间里，杨世钗出钱，船员们出力，"沧海9"以嵊泗为中心、方圆50海里为半径，已打捞处理了近1700立方米垃圾。

"有人说这些垃圾捞来能卖钱。你看看，这些东西值钱么？"短短两个多小时，"沧海9"的甲板上装满了各种垃圾，泡沫板、旧木板、矿泉水瓶、塑料袋等应有尽有。杨世钗说，这些不值钱的垃圾随后将统一用黑色垃圾袋装好，运到码头，再由皮卡车运到垃圾焚烧厂。

从最初的造船费到后来的船员工资、柴油、船舶维护保养等，到目前为止，杨世钗已在"沧海9"上砸了近150万元。因此，很多人将他的行为看作"有钱任性"。

杨世钗经营的嵊泗腾达船务清舱有限公司位于一幢商住两用房的一楼，室内装修简单。"最近几年航运业不是太景气，船只少了，我们的客源也就少了，但人工费一年高过一年。他有20多个员工要养，现在又自费养着'沧海9'，压力可想而知。"张群燕进入腾达公司已有七个年头。在她这个土生土长的嵊泗人看来，老板杨世钗除了能吃苦、有魄力、有闯劲，还有一身浓浓的江湖气。

20年前，杨世钗最早到嵊泗做柴油生意时曾雇了一名船长。之后即便老船长退休了，每逢过年，他还是会拿出1万元慰问老船长，直至前几年老人去世。"现在一些员工年龄大了，有人提议劝退换新人。杨世钗也从不考虑。这些事很小，却给人留下深刻印象。"在张群燕眼里，低调、持久地做好事，是非常难能可贵的，"眼下他在干的打捞垃圾的这个活，也是如此。"

"希望守海后继有人"

其实早在五六年前，杨世钗就想打造一艘专业船舶，处理海面漂浮垃圾，但无奈没有经济实力。这两年生意有了起色，条件成熟了。有一次，看到新闻里讲，嵊泗要建设美丽海岛，杨世钗暗下决心：不能再等了。"捞一船是一船，捞总比不捞强！"这番朴实的话语，也道出了他与海洋垃圾作战的坚定决心。

嵊泗岛四周的海礁多，因此船不能太大，不然港湾进不去，但又不能太小，否则不抗风浪，此外，船上要有专门处理垃圾的漏斗，还要有捞大片垃圾的拖网。当杨世钗决定打造"沧海9"时，他便知道这种船型前所未有，需要自己反复修改。亲自设计好船型后，他又请造船公司加班加点地打造。八个月后，船长16.5米、宽3.6米、吃水深1.2米、载重21吨的"沧海9"终于成功下水。

张阿忠欣喜地表示，捞垃圾这一年多来最大的感受，就是通过大家的齐心努力，不仅减少了海面漂浮垃圾，还让一些过往渔民或游客看到海面干净，也不轻易往海里丢垃圾了。

但不得不面对的事实是，由于海洋是一个巨大的连通系统，洋流和潮汐驱动着海水不断流动，此外大气运动也会造成海洋垃

张阿忠和周军将海中的旧木板垃圾抬上船（王索妮 摄）

圾的移动，所以人类不经意间扔向海洋的东西，看似像哀愁一样会被大海带走，其实却并没有消失，有的留在海底、有的浮在海面，如塑料就需要经过数百年才能在自然环境中降解。

"凭我和船员的力量实在力不从心。希望大家能够加强环保意识，共同守护身边的这片海。"杨世钗说，自己今年50岁，打算再为嵊泗这片海奋斗10年，而他更希望，守海后继有人。"善待海洋，就是爱护家园和珍惜未来。"

如今，除了天气恶劣或是船员生病，"沧海9"都会出海。它虽与垃圾为伴，却同样乘风破浪、勇往直前。

作者：王索妮

原刊于《浙江法制报》，2017年9月21日

《浙江法制报》

"两山" 所里故事多

2005年，安吉余村。

习近平同志高瞻远瞩地提出"绿水青山就是金山银山"重要理念，十余年间，余村和安吉大地上发生了前所未有的历史性巨变，市场监管事业也谱写了一页页新篇。

对安吉县市场监督管理局天荒坪市场监管所来说，由于所辖区域余村是"绿水青山就是金山银山"理念的诞生地，它还有着另一个自豪而亲切的名字："两山"所。

所里面临的监管任务，一点儿也不比其他地方少：辖区内11个行政村，因为多丘陵地貌，日常核查常常需要在盘山公路上绕行，来回要花近两个小时；3000多个在册市场主体、7处旅游景点、5所学校、3家农贸市场、413台在用特种设备、500余户农家乐，可所里在编干部却只有4人，工作需要以小时为单位来安排……

任务重、人员少，怎么办？"两山"所给出的答案是：迎难而上。一路走来，所里的干部们纷纷用责任和担当，争做践行"绿水青山就是金山银山"理念的模范生，发生在他们身上的故事，每一个都精彩而鲜活。

"两山"所工作人员合影（《市场导报》供图）

每个干部心中，都有一张景区监管定位图

在安吉，天荒坪镇的旅游资源堪称丰富——余村、江南天池、藏龙百瀑、天下银坑、大竹海、九龙峡、长谷洞天等景区吸引着全国各地的游客。

这些分布于不同区域的景点，有效带动了第三产业的发展。如今，以景点为中心，民宿、农家乐、小餐饮店、小食杂店等均已形成了一定的规模。

工作人员现场检查食品卫生安全（《市场导报》供图）

旅游业的发展、游客的不断涌入，在给当地带来经济收入的同时，也增加了市场监管的难度。

随之而来的证照办理及日常监管、消费投诉、景区特种设备安全使用及管理……每一项都和游客有着紧密联系，也事关"绿水青山就是金山银山"理念诞生地在全国各地游客心中的形象。这样的使命，让"两山"所的每一名干部都倍感责任重大。

以此为动力，长时间以来，所里的干部们总是不辞辛苦，一户一户地上门核查，一家一家地倾力服务，努力将情况了然于胸。

如今，每一个景区内，有哪几家食品经营单位、情况如何，哪几台特种设备快要到检验日期，农家乐具体情况如何，哪家卫生状况需要及时整改……天荒坪所每位干部心中，都有一张精准的定位图。若单论对这里的熟悉程度，他们或许是天荒坪最优秀的导游。

"两山"示范区创建，他们的身影活跃而忙碌

作为"绿水青山就是金山银山"理念发源地，余村也是践行"绿水青山就是金山银山"理念的样板地。

近年来，全省餐饮示范点创建、全省放心消费示范村创建、"品质消费乡村行"现场会、全国首个《放心消费示范村建设与管理规范》地方标

准规范发布等一系列活动都在这里进行。

对所里来说，一项创建活动开始，就要将全部力量投入其中，其他日常工作和年度考核任务只能暂时积压，紧急的专项活动也唯有通过加班加点来完成。

由于平时工作已安排到超负荷状态，创建模式一打开，所里常常会和县局科室"联手作战"。这个阶段中，餐饮科驻点一起战斗，下个阶段，消保科驻点增派人手。一路走来，每一项创建工作，都活跃着天荒坪所干部的身影。

至于所里的干部，也早就习惯了这样的忙碌状态。执行任务时，通常所里四个人或两两分组，或和科室一起兵分多路，很多时候一天下来，彼此连面都见不着。很多人都是在下班后回到办公室才想起来，"今天好像水都没来得及喝一口"。

所里的干部小陈，早前家里造新房，因为工作实在忙得不可开交，整个造房过程不得不全权交给父母，连新房乔迁宴都没有赶回去参加。然而，遗憾之余，看到所里工作硕果累累，他由衷地觉得，付出的努力都是值得的。

护航重大活动，汗水和奉献来浇筑

这两年，"两山"所进行餐饮保障的大大小小会议和活动，差不多有30场。每一次保障，所需耗费的不是几个小时，而是几个工作日乃至更长的时间，即便遇上周末，所里也必须留有人员。

由于活动保障是日常工作之外的突发任务，经常会打乱所里的工作安排，加上很多会议活动都在周末举行，所里的干部们常常主动放弃休息时间，加班加点。

所里的四个年轻人大部分是"奶爸奶妈"，还有家不在当地的异地

"奶爸"。放弃周末亲子相聚的机会着实不容易，但每每提起保障过哪些全省乃至全国的大型会议，大伙心里的成就感，都会油然而生。

用所里干部们的话说，"虽然我们人手紧张、额外任务多，却充实快乐，每个人都因身在'两山'所这个小家庭而倍感荣幸。"

作者：夏燕、徐溢蔚

原刊于《市场导报》，2019年7月19日

《市场导报》

美丽杭州

——美丽中国的实践样本

《杭州日报》

一

　　生态兴则文明兴。2005年，时任浙江省委书记习近平到安吉县天荒坪镇余村考察，首次提出"绿水青山就是金山银山"的科学论断。"绿水青山就是金山银山"理念由此发端，引领中国迈向生态文明建设的新时代。

　　生态文明建设，是保护和发展生产力的客观需要，是社会文明进步的重要标志，是功在当代的民心工程，是利在千秋的德政工程。生态美，则中国美。党的十八大提出：把生态文明建设放在突出地位，融入经济建设、政治建设、文化建设、社会建设各方面和全过程，努力建设美丽中国，实现中华民族永续发展。这是美丽中国首次作为执政理念提出，成为中国建设五位一体格局形成的重要依据。

　　要像保护眼睛一样保护生态环境，像对待生命一样对待生态环境！天蓝、地绿、水净，正是亿万百姓热切向往的美丽中国梦。2013年，习近平总书记指出：杭州山川秀美，生态建设基础不错。要加强保护，尤其是水环境的保护，使绿水青山常在。希望更加扎实地推进生态文明建设，使杭州成为美丽中国建设的样本。

美丽中国、建设样本——多么美好的词汇，是愿景，更是责任。历史由此赋予了杭州建设"美丽中国先行区"这一神圣使命。

淡妆浓抹总相宜的西湖、一曲溪流一曲烟的西溪湿地……山水相融，诗画江南，天堂杭州之美，不仅仅铭刻在马可·波罗心中。如何把这一方山水保护好、传承好？如何让杭州的天更蓝、地更绿、水更清？如何满足人民群众"盼生态、要生态"的迫切愿望？生态所思，责任所负，情怀所系。曾经，杭州实施"环境立市"政策，建设生态型城市，着力抓好全国生态文明试点建设，打下了良好基础；而今，有了"绿水青山就是金山银山"的明确指导，有了"努力成为美丽中国建设的样本"的清晰目标，有了美丽杭州建设的主要抓手，杭州顺理成章地成为生态文明建设的实践者、美丽中国建设的先行者、"两美"浙江建设的领头雁。

源于浙江的"绿水青山就是金山银山"理念，体现了发展阶段论、生态系统论、敬畏自然论，体现了民生福祉论和综合治理论，在深度改变浙江、深刻影响中国的过程中，也让杭州得到了理论与实践紧密结合的契机。"绿水青山就是金山银山"理念，强力引领浙江生态文明建设走在前列，强力引领杭州加快建设"美丽中国先行区"。

生态环境是杭州最具魅力、最富竞争力的独特优势和战略资源。尊重自然、顺应自然、保护自然，争当生态文明建设的实践者，争当美丽中国建设的先行者，成为美丽杭州建设的高度共识。包含生态美、生产美、生活美的美丽杭州，内涵日渐清晰：山清水秀、天蓝地净、绿色低碳、宜居舒适、道法自然、幸福和谐……生态文明建设，由此融入了经济、政治、文化、社会建设的各方面和全过程。

这些年来，杭州全市上下谨记习近平同志的嘱托，坚定不移走"绿水

《杭州日报》

青山就是金山银山"的道路，坚持环境立市，以"功成不必在我"的胸襟，一张蓝图绘到底，一任接着一任干，全面提升经济社会发展质量和生态环境质量。

这些年来，杭州着力优化城乡空间布局，加快经济转型升级，加强自然生态保护和修复，坚持有所为有所不为，构建节约资源和保护环境的空间格局、产业结构、生产方式、生活方式。

这些年来，杭州大力推进"五水共治""三改一拆"和城市"四治"等工作，集中力量解决影响科学发展和群众反映强烈的热点难点问题，增强全市人民建设美丽杭州的信心和自觉。

这些年来，杭州狠抓"三江两岸"综合整治，努力把"三江两岸"打造成最美风景线，建成了一批"升级版"美丽乡村，实现了自然人文资源与新兴产业的融合发展。

这些年来，杭州坚持以人为本、以民为先，营造包容和谐的社会环境，不断完善基本公共服务，促进生态文明行为养成，更加自觉地把建设美丽杭州的目标落到实处，努力让全市人民过上更有品质的生活。

二

春花谢了又开，燕子去了又回。东方欲晓，莫道君行早。美丽杭州建设风雨兼程、接力向前。

美丽杭州建设注重法制保障。2013年12月，杭州市委十一届六次全会出台"杭改十条"，其中第八条专门讲述"围绕推进美丽杭州建设，健全生态文明建设体制机制"；一年后出台的"杭法十条"，又注入了完善地方环境法制体系和建立"四治"长效机制的重要内涵。

美丽杭州建设注重科学规划。按照"山水林田湖是一个生命共同体"的理念，突出市域规划统筹，强化区域规划衔接，强调"三区四线"底线思维，促进生产空间集约高效、生活空间宜居适度、生态空间山清水秀，为在更高起点上推进美丽杭州建设、率先走出一条"绿水青山就是金山银山"的发展之路提供规划保障。

美丽杭州建设注重制度创新。2013年下半年，杭州市委将淳安定为美丽杭州建设实验区，取消了对淳安县的地区生产总值等多项经济指标考核，保护"绿水青山"成为第一政绩。淳安因水而名、因水而秀，"绿水青山"是淳安发展的核心竞争力。淳安喊出了"秀水富民"的口号，走出了一条"秀水"与"富民"共赢、具有鲜明淳安特色的新路。

美丽杭州建设注重组合拳。以"一号工程"为着力点，着眼于实现高起点上的新发展目标，突出产业智慧化、智慧产业化两个重点，坚持网络建设、产业发展、应用服务和党政机关、企事业单位、居民家庭两个"三位一体"，推进"两化融合""四化同步"，进一步打好经济转型升级组合拳，努力实现经济社会发展与环境保护双赢。

美丽杭州建设注重突破口。以打好"四治"攻坚战为突破口，进一步改善城乡生态环境。杭州市各级各部门咬定"四治"目标不放松，始终保持定力、敢于担当、蹄疾步稳，善用系统思维、底线思维，讲究科学的认识论和方法论，把责任扛在肩上，把任务抓在手上，把举措落到实处，一项一项地加以推进，务求实效、取信于民。

美丽杭州建设注重社会治理。主动顺应从"管理"向"治理"转变这一导向，把着眼点放在促进社会参与上，把着力点放在激发社会活力上，把落脚点放在增进人民福祉上，变"要我做"为"我要做"，推动全市上下、各个层面、各界群众广泛参与美丽杭州建设。

美丽杭州建设，是一个宏大乐章。杭州抓住每个乐章的主旋律：在"保"字上做文章，划定并坚守生态红线；在"减"字上做文章，减少环境污染，淘汰落后产能；在"治"字上做文章，突出抓好治水、治气、治废等；在"建"字上做文章，增强环境保护能力；在"管"字上做文章，加强环境执法和管理；在"用"字上做文章，实施综合循环利用；在"倡"字上做文章，倡导绿色生产生活方式；在"考"字上做文章，强化责任考核。

三

时光倏忽而过，杭州优雅转身。这是一次充满美好和温暖的回望。

杭州因水而名，因水而美。"绿水青山"是杭州的符号。"自富阳至桐庐一百许里，奇山异水，天下独绝。"然而曾几何时，在这优美山水诗画中，竟夹杂着千疮百孔的矿山、几百个砂石码头、几百个化工电镀印染和造纸企业。杭州通过实施"三江两岸"生态景观保护和建设工程，累计关停沿岸污染企业476家，关停砂石码头160个，生态化改造完成27个码头，江堤生态修复26公里，建成沿江两岸200米范围内生态景观示范带36公里。从桐庐到富阳，从富阳到杭州，顺江而下，一幅新的"富春山居图"如今已徐徐展开。

西湖是杭州的"根"和"魂"，是杭州这座城市最重要的标识和名片。这些年来，杭州市认真贯彻习近平总书记和省委、省政府对西湖保护的一系列要求，牢固树立西湖不仅是杭州的西湖、浙江的西湖也是中国的西湖、世界的西湖的意识，进一步拉高标杆、改革创新、求真务实，以高度的责任感和使命感，扎实做好西湖保护、管理、利用三篇文章。市民与游客最直观的感受是西湖的天越来越蓝了。"西湖蓝"一词成为红遍神州的网络热词。"西湖蓝"也就是"杭州蓝"，是美丽杭州一张生动而亮丽的名片。

杭州城北的京杭大运河，似一条飞舞的缎带穿过广济桥、拱宸桥，两岸栽满绿植的人行步道、御碑文化主题公园、漕运仓储博物馆让人流连忘返，曾经"脏乱散"的污染企业不见踪影，古老的运河胜景又增添了现代生态文明之美。

山美、水美、人美、生活美、建筑美、街道美、设施美、公共服务美，八方朋友争来杭州体验"美丽生活"。

再来看几个小村庄的故事。从前，桐庐县荻浦村"垃圾基本靠风刮，污水基本靠蒸发；室内现代化，室外脏乱差"。经过养山护水，今天的荻浦村白墙黛瓦、一尘不染。乡村原本破旧不堪的牛栏猪舍，现在摇身一变，成了感受复古情怀的茶室、咖啡厅。"土得掉渣"与"文艺范"结合，既保存了游客对农村乡愁的记忆，又注入了现代生活的时尚元素，成为独特的风景。

如今，荻浦村与邻近几个古村落一起，成为AAAA级的江南古村落风景区，更成为不少游客心灵的栖息地。2015年"五一"假期，荻浦村迎客近6万人次，景区总收入超过300万元。天南海北的游客对荻浦村啧啧赞叹，毫不吝啬地把"中国最美乡村"的桂冠送给了它。

淳安县下姜村原来地处偏僻、经济贫困，通过美丽杭州建设，村里请来专家对房屋、庭院进行改造，对原有的生活污水处理设施进行了升级，在环村的溪流上设置了围堰，新建了古色古香的廊桥，打造出一派山水田园村居。如今，村里的150亩桃花园、220亩葡萄园，每到假日游人如织，是看得见的美丽经济。

从牛栏里养牛的小农经济，到牛栏里喝咖啡的时尚新潮；从传统种植业到四季蔬果，再到骑行胜地，其间所完成的不仅仅是从丑小鸭到白天鹅的蜕变，更是从美丽乡村向美丽经济的华丽转身。

从卖矿石到"卖风景"，从靠山吃山到养山富山；美丽风光变身美丽经济，美丽经济提升美丽生活；美丽山水融入科学发展，激情碰撞激发乘数效应——这就是美丽杭州的经济学。

逐梦美丽中国，杭州砥砺前行。生态红利进一步催生了生态自觉，公众随意破坏山水植被的行为得到了彻底扭转。绿水青山已经成为杭州乡村旅游的优质资源。从桐庐到淳安，从农家乐到民宿业，生态与财富共舞，幸福与山水相伴。

如今，"绿水青山就是金山银山"已经从盆景变为风景，从幼苗成长为参天大树，成为杭州人共同的价值观。

"五水共治"让小溪欢快奔流、河水清澈见底、湖泊碧波荡漾。通过治水，倒逼越来越多的企业走上转型升级之路。小时候游过泳的河又回来了，群众得到了实惠，政府赢得了公信，发展获得了空间。

"三改一拆"拆出了空间、拆出了资源、拆出了美丽。越来越多的人圆了住房梦、创业梦、城市梦，城乡变得更加整洁、更加和谐、更加宜居，美丽家园正让梦想成为现实。

"一号工程"扎实推进，成效明显。数字经济、移动互联网、电子商务等新产业呈现爆发式增长，传统产业积极利用"互联网＋"改造提升推动实体经济再出发，特别是中国（杭州）跨境电子商务试验区和国家自主创新示范区的创建更是为推动高起点上的新发展提供了难得的战略机遇。"一号工程"正以空前的力度和深度改变着杭州的经济结构，重塑杭州的产业未来。

梦想小镇等"三镇三谷"，成为杭州撬动信息经济的支点。它们都有着创业创新的梦想，让信息经济和智慧应用从替补转换为主力，从概念转换为现实，从"小不点"转换为"小巨人"，从星星之火演变为燎原之势。

生态美、生产美、生活美的美丽杭州渐行渐近。

与美丽杭州相得益彰的美丽经济——"绿水青山"，不仅是杭州的金字招牌，更是杭州可持续发展的"摇钱树""聚宝盆"。

《杭州日报》

看财政收入：2014年，全市经济在新常态下实现了稳中有进。2014年生产总值突破9000亿元，达到9201.16亿元，增长8.2%，2015年极有可能成为第10个"万亿城市俱乐部"成员。

看转型升级：2014年，全市产业演进呈现由传统经济转向新兴产业为主导的趋势。信息（智慧）经济正在成为杭州推动经济升级的有力支点，实现增加值1660亿元，增长20.0%左右，占全市生产总值的18%以上。

看百姓收入：2014年，杭州城镇常住居民人均可支配收入为44632元，增长9.1%，居全省各设区市首位，收入增幅居全省各设区市第五位。农村常住居民人均可支配收入为23555元，增长11.1%，其中，来自林业的收入高达6098元。

美丽杭州建设并没有拉低生产总值和居民的收入，相反，美丽杭州不断转变为"美丽红利"，打响了"一基地四中心"的品牌，杭州的发展之路越来越健康、越来越可持续，"绿水青山就是金山银山"这一科学论断展现出巨大的正能量。

四

开弓没有回头箭：美丽杭州建设也是一条光荣、漫长而又艰巨的道路。

美丽杭州建设需要向纵深推进，生态系统持续恢复，环境质量全面改善，产业结构继续转型，全面达到国家生态文明建设示范区的目标要求：山清水秀的自然生态，天蓝地净的健康环境，绿色低碳的产业体系，宜居舒适的人居环境，道法自然的人文风尚，幸福和谐的品质生活。

放眼远望，到2030年，美丽杭州建设将实现城乡自然—经济—社会复合系统良性循环、稳定共生、山水相容、城景交融、水净气清、城乡融合的城市外在形象将进一步彰显，富庶安宁、精致大气、绿色低碳、和谐包容的城市内在品质将进一步形成。

美丽杭州建设，任重而道远。

我们清醒地看到，杭州的经济社会发展正处于重大转型期，增长方式还没得到根本改变，资源环境约束等难题依然存在。

我们清醒地看到，一些干部的发展观念还没有完全转过来，仍然对追求地区生产总值（GDP）"情有独钟"；权力寻租也偶有所现，有法不依、执法不严，破坏生态的违法行为尚未杜绝。

我们清醒地看到，空气质量、水环境等问题依旧不容乐观，交通拥堵、停车难等人民群众关心的问题需要进一步破解。

我们清醒地看到，与生态环境有关的政策、制度、措施，有的还在争论中，有的还在探索中，有的还在推广中。

未来的道路，杭州该怎么走？这取决于我们的魄力和远见，取决于我们的态度和行动。

必须进一步让"绿水青山就是金山银山"成为全社会的最大共识，这个"全社会"包括政府、企事业、公众等。只有成为整个社会的最大共识，保护生态、爱护环境才能进而成为全社会的自觉行动。

必须抛弃一种思维：保护了生态就保不住地区生产总值；建立一种信念："绿水青山就是金山银山"。"绿水青山"与"金山银山"不是对立的，而是统一的，关键在转型、在升级，从以前的破坏环境、浪费资源求发展，转型到保护环境、节省资源上求发展。

必须继续优化政绩考核制度，把环境保护放在与经济发展同等重要的位置；继续完善法律法规，提升社会公众遵守相关法规的意识和自觉性，加大对所有破坏环境行为的限制与执法力度。

"绿水青山就是金山银山"，这既是发展理念和方式的深刻转变，也是执政理念和方式的深刻变革，更是对自然规律、社会发展规律和人类文明

《杭州日报》

发展规律的深刻认识。

　　美丽杭州建设之路不会一马平川，也不可能一帆风顺。我们必须保持坚定，保持淡定，保持笃定，不懈前行。沿着"绿水青山就是金山银山"这条路走下去，作为美丽中国先行区的美丽杭州可期可待。

作者：王俊勇、徐迅雷、翟春阳、万光政、骆剑伟

原刊于《杭州日报》，2015年5月18日

《杭州日报》

梦开始的地方（生态篇）：
"绿水青山"创造美好生活

《杭州日报》

站在下姜村观景台"宁静轩"上放眼望去，一条碧水穿村而过，两旁一幢幢白墙黛瓦的小楼并立，一座廊桥横跨河面，连通两岸人家。

有人说下姜村似游龙，有人说像太极八卦，更有人说是一只昂首欲飞的凤凰。

就是这样一个美丽乡村，在20世纪七八十年代，还是一个穷山沟，村民只能靠伐薪烧炭、养猪喂牛过活。山林被毁、粪便满地，这就是当年下姜村的村貌。

2003年4月24日，时任浙江省委书记习近平到此调研，谆谆指示引领下姜人走上脱贫致富的大路。

15年的自力更生、艰苦奋斗，下姜村人走出了一条绿色生态发展之路，"绿水青山就是金山银山"在这个小山村演变为现实。

乡村振兴，生态是支撑点。没有良好的生态，乡村产业犹如无本之木、无源之水，乡村振兴更无从谈起。而保护生态环境，首先要转变农民生态观念，改变农业生产方式。

村口立着的"下姜村——梦开始的地方"九个大字，娓娓述说着这个小山村的绿色巨变。

要生活不要生态：伐薪烧炭群山中

20世纪七八十年代，下姜村是远近闻名的贫困村。"土墙房、半年粮，有女不嫁下姜郎"是当时下姜村的真实写照。

下姜村四面环山，土地资源有限，一个人只能分到5分良田、2分堤田，粮食经常不够吃。村民姜金田给三个儿子取名姜国饼、姜国糖、姜国富，正是畅想着"有饼吃饱肚子、有甜糖吃的'富裕'日子"。

地少，林多。当时，急于摆脱贫困的村民，发现伐薪烧炭的钱来得快，纷纷扛起斧头上了山。姜金田记得，当时100斤炭能卖到五六块钱，是笔不小的收入，"一斤猪肉才6毛4分钱"。

在巨大利益的驱使下，很快，炭窑越烧越多，最多的时候，附近山头有40座炭窑同时开烧；窑也越挖越大，你一次能烧300斤，我一次要烧500斤。"那时候环保意识差，想不到保护（生态）！"姜金田清楚地记得，每年从下半年开始，整个村子烟雾缭绕。短短几年间，6000多亩山林不见了，群山成了癞痢头，东秃一块、西白一片。

同样被破坏的还有居住环境。养猪是村民们重要的家庭收入来源，家家房前屋后都养着两三头猪。晴天满村臭气熏天，雨天猪粪混着污水横流。村民余秋华印象最深的是："东边（风）吹来西边臭，西边吹来东边臭，一到晚上就不敢出门，不小心就踩一脚。"

1990年，余秋华从13公里外的安阳乡上梧村嫁到下姜，姑嫂们劝她："下姜？那个地方很穷的。"余秋华不信。结果，农历腊月二十嫁过来，到第二年的二月，家里的粮食就吃光了，她只好硬着头皮回娘家借粮。

据统计，直到1998年，村民的年人均收入仍不足2000元。

好生态才有好生活："绿水青山"变成"金山银山"

2003年4月24日，习近平同志第一次到下姜村调研。

调研结束后，他马上召集村干部到简陋的村办公室开会。"我拿出事先准备好的材料准备汇报，习近平同志笑着说，不要用材料。心里有什么就说什么，想到哪里就说到哪里。我们是下来听真话的。放开了讲！"回忆起当时的情况，老村党支部书记姜银祥至今记忆犹新。

乡村要振兴，生态环境必须先改善。很快，省农村能源办的专家到了，资金也落实了，村里建起了沼气池，厕所、猪圈、牛舍里的粪便污水都流进了密封的沼气池。这下子村子干净了，村里的生态好了；村民们有了沼气用，上山砍柴的也少了。

凤林港溪穿村而过，在村尾河岸边一角有一片古色古香的院落，走进去会发现，这里是下姜村的集体养猪场。如今村里谁想养猪，都可以免费申领一个猪圈。姜金田的猪圈是7号，两头小猪正欢快地拱食着野菜。他

山清水秀的下姜村（程海波 摄）

准备养到过年，一头自己家吃，一头卖掉。他告诉我们，现在土猪肉一斤可以卖到22元。集体猪圈旁，一座大型沼气池还在使用，猪圈里的粪便污水全部流进了沼气池。

生态环境的持续改善，直接带动了乡村旅游的发展。村里可供游客选择的有绿道骑行、休闲度假、垂钓、摄影、果园采摘等。凤林港溪流域成为淳安全域景区的热点区域，各种富有乡土气息的乡村旅游节庆活动连续不断。

2015年，下姜村顺利通过国家AAA级景区验收，目前正在努力创建AAAA级景区。2017年，全村共接待游客16.1万人次，经济总收入达到7184万元，人均可支配收入达27045元，超过全省平均水平。

姜金田的大儿子姜国炳（后改名）从城里回来了，收拾干净房间、院子，开起了民宿，取名"归园田居"，把游客往家里请，2017年的年收入达8万多元。

执意要嫁"下姜郎"的余秋华，如今是下姜村的妇女干部，负责村里庭院改造、垃圾分类工作。2017年，她家带头翻新了院墙，特意选了青砖青瓦，砌了拱券窗，配上了水仙、非洲茉莉，因为这样看起来更有古韵，更能吸引游客。

余秋华回娘家，亲戚们开的玩笑也改了："挑得（地方）好嘞，电视上经常放（下姜村）的，我们要去你们村旅游嘞。"

下姜村生态环境的翻天巨变，让余秋华打心眼里自豪。2017年11月9日，她捧着习近平总书记给下姜村寄来的中共十九大首日封，泪珠滚落，激动得说不出话。

生态就是生活的源泉：一条山溪水的前世今生

下姜村"穷山沟"变"绿富美"的生动实践，给周边区域带来了强大信心和真切的好处。五公里外的大墅镇洞坞村，位于千岛湖大峡谷腹地，依托当地生态环境绝佳的优势，出产高端瓶装水，让这个小山村火了起来。

去洞坞村那天下着蒙蒙细雨，车子沿盘山公路上行，路两侧树木翠绿，不时可见山溪潺流而下。陈美清的小分子水厂就在路边的洞溪源边。这是一片旧厂房，之前开在这里的笋罐头厂在村民们的抗议下，关停了。因为做笋罐头要先把笋煮熟，煮完笋的水就直接排进了洞溪源，清溪水变成了黄汤水，一到夏天，恶臭弥漫。

眼看着下姜村"卖生态"的产业发展势头越来越好，洞坞村村民陈美清在心里盘算发展洞坞村当地的特色。他想到了村里山上流下的山溪水。"水源是从山上汇流而成的，到这里有700多米，中间没有瀑布，都是滚流下来的，所以说保留了山泉水本来的水质。"陈美清向我们介绍着生产过程，"你看这旁边有很多苔藓，都是湿的，说明泉水里混有雨水。要等这些苔藓干了的时候，重新蓄水，才能生产，这个时候的水，才是真正的山泉水……"

看得出来，陈美清对自己生产的水很有底气。这股底气，来自对当地生态环境的信任。

陈美清给他的水取名"谦牧山泉"。他解释说，"谦"是"谦享自然"，"牧"是"牧以健康"。借此也时刻提醒自己：只有爱护生态环境，对自然存有敬畏之心，与之和谐相处，才能从中获得取之不尽、用之不竭的资源。眼下，公司正在进行项目二期及第二水源建设，全部建成后将日均灌装水60吨，年销售产值达1.2亿元。

水厂的30多名员工中有25名是当地村民。以往他们农忙时收收庄稼，农闲时打打零工。现在每人每个月工资能拿到4000元，比之前翻了一番。

游客骑行在青山间（程海波 摄）

离开谦牧水厂时，我们回望山腰的水厂水源，一新一旧两根引水管，特别地显眼。旧水管是原来笋罐头厂的，已经破烂不堪；新水管是谦牧水厂的，崭新光亮。同一条山溪水，从当初的消耗品变成现在的高端商品，折射出生态观念和生产方式的转变。

这是好的开始。

作者：殷军领、赵芳洲、程海波

原刊于《杭州日报》，2018年4月10日

富阳"修山复水"展新颜

内容提要：

这组系列报道是2018年采制的。报道共有三篇，分别为《新沙岛的选择》《"石头记"新传》《江南城的重生》。记者深入富阳多地，挖掘出这三个选题。新沙岛为什么不建桥？石头经济如何变"绿"？"拔烟囱"行动怎么推进？记者通过蹲点走访，一点点为大家揭开了谜底——保护生态！

"绿水青山就是金山银山"理念的实践已经花开遍地，唯有下壮士断腕之决心，才能撬动经济可持续发展之动力。新沙岛不建桥的重要原因是：建桥后，企业可能会迁入、岛上居民数量大幅增加，会超过环境承载，不利于生态保护。曾经大小矿山有400多座，石头经济发展红火的富阳，经过多轮矿山整治关停行动，使矿山数量锐减，并修复矿山，从卖建材转为卖药材，使"石头经济"朝着绿色方向发展。淘汰高污染、高能耗的造纸企业，造纸之乡下大决心开展"拔烟囱"行动，重新规划用地时，更是留白10％，让环境留有更多自然元素。

产业变了，生态变了，归根到底是理念变了。600多年前，黄公望绘就旷世名画《富春山居图》。600年后的江南新城，一幅现代版的富春山居新画卷已经破题起势、泼墨挥毫，多年之后，便可相约共赏新江南。

扫码观看

作者：陆栋、沈海强、章翔、李京、余婕

原播出于杭州电视台《杭州新闻联播》，2018年5月20日、22日、24日

杭州电视台

梁弄：红色基因引领绿色发展
——"浙东延安"蹲点调研记

春天的梁弄，山清水秀，松柏苍翠。

这里，曾是全国19块抗日根据地之一——浙东（四明山）抗日根据地的指挥中心，有"浙东延安"之称，无数革命先辈在这片热土上抛头颅、洒热血。那段岁月中，梁弄人民倾其所有，不仅为中共浙东区委、浙东行政公署等党政军机构提供住所，还冒着生命危险为前线战士送粮送水，谱写出一首首红色赞歌。

不忘初心，砥砺前行。从70多年前的硝烟中走来，如今的梁弄，红色文化厚重耀眼，绿色产业蓬勃发展，古色风韵保存完好，金色风情乡愁四溢，蓝色智慧经济风生水起，经济社会各项指标位居全国革命老区前列。

艰苦奋斗　敢闯敢试谋发展

走进梁弄商会负责人王沛钢的办公室，只见桌上堆满了梁弄灯具南非展贸中心的设计图。"灯具是梁弄的优势产业，而近几年非洲市场对稳定安全的照明系统需求大增。"王沛钢说，"2018年底，梁弄和'中非桥'合

《宁波日报》

山水梁弄（施沛堂 摄）

作，准备在南非建设展贸中心和公共海外仓。2019年，梁弄灯具企业将借助平台和政府的力量，抱团进军非洲市场。"

唯有自强不息，才能走向全面小康。

灯具产业是梁弄的骄傲。当改革开放的春风吹进四明山，梁弄人民不等不靠，办起灯具加工厂，建设中国灯具城，将这片山沟打造成"中国灯具之乡"。过硬的质量，加上遍布全国的1500多家灯具门市部，让梁弄制造的灯具"啃下"了全国1/3以上的市场份额。来自老区的一盏盏户外灯，照亮了北京长安街，照亮了三峡工地，照亮了很多人的回家路。

无论时光如何流逝，不变的是老区人艰苦奋斗的精神。30多年前，梁弄人走出大山抢市场；今天，梁弄人走出国门闯天下。王沛钢说："借'一带一路'倡议的东风，我们将竭尽全力，早日让梁弄灯具照亮非洲的夜晚。"

"梁弄工业的发展几经波折，而有着红色基因的梁弄人既勇于奉献，又善于创新。"梁弄镇党委书记何张辉说。1996年，四明湖水库被列为一级饮用水水源保护区，高速发展的工业被迫踩下急刹车，产业转型势在必行。

当艰难的抉择摆在面前，老区人民识大体、顾大局。为保护碧波荡漾的"大水缸"，55家企业陆续关停或外迁。面对企业负责人"关了企业，财政怎么办，人员怎么安置"的担忧，党员一次次上门做工作，同时引进来料加工企业，还引导青壮年种植特色水果。由于工作细致全面，搬迁关停企业的职工全部实现再就业。

被动转型，主动作为！壮士断腕的梁弄利用优质水资源，迅速引进"百岁山"矿泉水这只"金凤凰"，从破土动工到竣工投产仅用时半年。如今，两条国际顶尖水平的生产线运转不停，每秒有20多瓶矿泉水下线。"绿水青山"变成了"金山银山"。2018年，占地3.3亩的"百岁山"矿泉水工厂创造了2.55亿元产值，贡献了5500万元税收。

因地制宜　创业创新奔小康

这些天，走在梁弄，总能看到开始泛红的樱桃。这些长在"红土地"上的红果，给老百姓带来了红红火火的日子。"我们村的大发展，最要感谢的是习近平总书记。"站在樱桃林前，横坎头村党委书记张志灿饱含深情地说。

2003年春节前夕，时任浙江省委书记习近平专程到梁弄镇和横坎头村考察调研，提出了建设"全国革命老区全面奔小康样板镇"的殷切期望。春节后不久，习近平同志给横坎头村党员群众回信，鼓励他们加快老区开发建设，尽快脱贫致富奔小康。

"习近平总书记当时指示我们要从实际出发，因地制宜，充分发挥优势，大力发展效益农业，为我们指明了发展的方向。"张志灿说。正是那一年，被梁弄人亲切地叫作"红果"的樱桃在"红村"扎下了根。

"磨破了嘴皮子，还是没有人愿意种。"回忆起动员村民种樱桃的场景，张志灿记忆犹新，"说得好不如做得好。只能村集体示范，带着群众干。"2003年，村集体投资15万元，种下100多亩樱桃树苗。秋去春来，樱桃树开始挂果，引来不少游客，看到"钱"景的村民纷纷跟进。见采摘游红红火火，汪巷村的党员汪国武流转了数百亩土地，办起"百果园"。"'百果园'就是乡亲们的试验田，试种成功了，其他种植户随即跟进。"汪国武致富不忘乡亲，把优质品种免费引种给村民，无偿传授技术。通过摸索，他还将蓝莓、冬枣做成果酒，实现附加值翻倍。

如今，梁弄的水果种植有樱桃、蓝莓、杨梅等60多个品种，建成了总面积1.5万亩的水果基地。"游客能观光、能采摘，还能带走鲜果和深加工产品，完善了产业链，提高了附加值。"种植户何达峰说。

和樱桃一样"红"的，还有大糕。站在梁弄大糕一条街的起点，绵延一公里的马路上招牌林立，一眼望不到头。"大糕是梁弄的传统小吃，以前作为订婚时的伴手礼，从没想过还能当特产卖。"梅柏桥是梁弄大糕非物质文化遗产传承人。27年前还是一名打铁匠的他眼见生意日渐萧条，便开始学做大糕，转型为糕点师。12年前，他在浒溪线上开出首家大糕店。"梁弄的红色旅游越来越红火，农家乐和民宿越开越多，我的大糕店去年的销售额有近300万元。"梅柏桥说。

从水果到果酒，从大米到大糕，一字之差，却是"惊人一跃"。中国社会科学院学部委员张晓山2018年考察梁弄后感慨：梁弄的发展证明，自强不息何其重要。

要致富，先修路。2003年下半年，宁波市投资3.5亿元建设了余梁公路。盘山公路变成平原公路，两车道扩成四车道，"康庄大道"带来的滚滚人流推动了红色旅游和绿色产业联袂发展，谱写了老区"农旅融合"的新篇章。

勇于转型　五彩梁弄追新梦

时代，日新月异；奋斗，永不停息。为了让老区山更绿、水更清、景更美，让老区人民生活更幸福，梁弄一次次创新、一次次转型。

"发展红色旅游，利用绿色资源，壮大特色产业"，近些年，梁弄着力产业重塑，围绕好山、好水、好空气做文章，把"会议教育培训、特色产业发展、宜居宜游风情小城"作为发展新定位。

2018年春天，习近平总书记给横坎头村全体党员回信，勉励他们传承好红色基因，发挥好党组织战斗堡垒作用和党员先锋模范作用，同乡亲们一道，再接再厉、苦干实干，努力建设富裕、文明、宜居的美丽乡村。梁弄沸腾了，大家争相传递这个振奋人心的消息，喜悦之情洋溢在每一个人的脸上。"梁弄镇全体干部群众将以坚定的意志和务实的举措，把红色基因传承好，把基层堡垒巩固好，把党员队伍建设好，让老区人民过上更加美好的生活。"何张辉说。

牢记嘱托，立即

梁弄樱桃红了（任炎尧 摄）

农户采摘蓝莓（邱锐钧 摄）

《宁波日报》

行动。

转型，推动新发展。在健峰培训城、浙江省委党校四明山分校、四明湖国际会议中心落户的基础上，2018年，浙江四明山干部学院挂牌，四明山新希望绿领学院开课，中国机器人峰会在四明湖畔盛大举行。全镇接待会议培训人员17.5万人次、游客143万人次，绿色产业体系成为梁弄加速发展的新引擎。

转型，带来新希望。优良的生态，成为梁弄的一张"金名片"。2018年，"山水绿活"四明山时光小镇、金影像（余姚）文化产业城和希望的田野·横坎头田园综合体等项目取得实质性进展……梁弄有望成为国内知名的休闲度假胜地和文化产业基地。

转型，激发新活力。新生代开始接过乡村振兴的大旗。新思维、新模式，由年轻人打造的稻田里民宿、横坎头农家、三盏灯茶空间等特色门店一营业，便成为"爆款"。在德国取得硕士学位的黄徐洁是位"90后"党员，2018年8月，她回梁弄创办"横坎头农家"。和前辈不同，黄徐洁将"农家土菜"推上网络，为游客提供外卖服务。"我们一定跑好这一程，带领乡亲实现乡村振兴。"黄徐洁说。

"传承红色老区基因、走好绿色发展之路，是梁弄实现全

鸟瞰四明湖（华立君 摄）

面小康的核心；发扬全民创业、全民创新的'两创'精神，是梁弄快速发展的关键。"知名"三农"专家顾益康曾走村入户研究梁弄崛起的秘密。他说，梁弄不但要当老区全面奔小康的样板镇，还将成为乡村振兴的样板镇。

作者：何峰、沈孙晖、谢敏军

原刊于《宁波日报》，2019年4月22日

村里来了艺术家

宁波电视台

内容提要:

实现小康之后的乡村振兴之路怎么走,是全国各地都在探索的课题。宁海葛家村借助中国人民大学"艺术振兴乡村"课题,激发广大村民的积极性、主动性和创造性,让一位位普通的村民成了不会离开的"乡村建设艺术家"。本节目充分发挥了电视影像的优势,画面细节丰富,故事展现生动,解说文字平实、接地气且逻辑严密,非常清晰地表达出"艺术融合设计"激发村民内生动力的主题,响应了习近平总书记对乡村振兴的要求,即要激发广大农民的积极性、主动性、创造性,激活乡村振兴的内生动力。

从2019年4月开始,节目主创人员坚持用镜头记录葛家村的点滴变化,用八个多月的时间,记录下了宁海葛家村"艺术融合设计"激发村民内生动力的故事,拓宽了广大基层干部的思路,为各地乡村振兴提供了可对比、参考、借鉴的样本。节目播出后,社会反响积极,被多家国家级、省级媒体转发。

扫码观看

作者：蔡志飞、丁扬明、高红明、田丰、何星烨、

吴金城、徐明明、蔡圣洁

原播出于宁波电视新闻综合频道《看看看壹周刊》，2019年12月29日

宁波电视台

楠溪江，30年守护后的"再造"

——永嘉"两山"转化调查

《温州日报》

当我们丈量这片土地时，每一个脚印里都充满厚重的乡土文化，在不同区域，能感受到不同的脉动。

——题记

1988年，楠溪江风景区获批成为国家级风景名胜区。

这是一个标志性的节点，当然，也是一个让永嘉改变外在形象的符号。从此，永嘉进入楠溪江开发与利用阶段，同时也进入理性发展与保护阶段。

一届又一届党委、政府，一批又一批沿江栖居的百姓，不改初心，默默守护着这一江流水。时至今日，总面积达670平方公里，包括八大景区共800多个景点在内的楠溪江，正基于全域景区化的理念实现渐进式开发。当"保护"成为不变的主题，在保护中完善，在完善中提升，就转化为一个全新的方向。

永嘉县委书记娄绍光告诉记者，永嘉山区拥有得天独厚的生态资源，借助2016年创建省级美丽乡村示范县的契机，永嘉将通过"四头"创建，以精细化管理、大手笔运作、高标准打造，提升楠溪江的景观品位，让"绿水青山"转化为"金山银山"的设想，一步步走向现实。

30年间形成保护常态 楠溪全域再现百里画廊

陈飞是楠溪江畔的名人，从2000年开始，他就在楠溪江上捡拾垃圾，并由此扛起了护卫环境的大旗。

陈飞获得过无数荣誉，但在他看来，真正体现自己努力成效的是"楠溪江上再也看不到原先的那种乱象"——滩林被采砂挖出的沟沟壑壑，各种垃圾挂在树梢的斑斑点点，很多景区中无序排档的密密麻麻，各种以侵蚀楠溪江肌体为代价而获益的现象屡禁不绝。"现在的保护，靠的是百姓的自觉。"陈飞说，通过政府长期引导，沿楠溪江村村都在收集垃圾，村村都在截污纳管，村村都有村规民约，村村都组建了保护队伍。这样一来，楠溪江的保护，就有了全民性的特征。

自20世纪80年代启动申报国家级风景名胜区后，对楠溪江的保护从未间断。当时，永嘉县委、县政府就作出决定，禁止在楠溪江中上游（沙头镇以北地区）开办工矿企业，原有企业关闭搬迁，并限制城镇开发和其他建设活动。30多年来，这些保护举措在不断强化。

保护楠溪江就是保住了"根"，就是保全了一方净土，就是保有了"永远的山水诗，最美的桃花源"。在这样的共识基础上，楠溪江保护在近年不断发力，从政府层面的削减污染源，合理布局产业规划和旅游开发，到乡规民约标注禁令，再到民间自发建立各种保护团队。如今的楠溪江，各种力量在集聚，各种规则在落地，常态化保护正在形成。

最终，楠溪江逐渐恢复本来的样貌。而这份保护成果，为楠溪全域再现"百里画廊"，提供了巨大的生态支撑。

"四头"并进提升全域品质　合理布局重拾乡土记忆

水云村离大若岩景区仅有一步之遥，但此前这里的杂乱无章，与大若岩景区形成巨大反差。

2016年，永嘉确立五条精品旅游线路，水云村是一个节点。打造100个特色村头、100个休闲桥头、100个美丽田头和3000个精致门头的计划，水云村也名列其中。为此，大若岩镇将水云村当作一个重点，而村民改善居住环境的意愿也十分强烈，两者结合，水到渠成。如今漫步水云村，随处可以看到村民将闲置的水缸、瓷缸、水泥桶、树桩、猪槽等器具，栽上赏心悦目的花卉。村党支部书记李庆林介绍说，目前水云村已成功营造30个特色门头，下一步将进行外立面改造，形成一批古色古香、别具特色的民房。同时借助村庄产业、人文历史等资源，打造人、物、景交融和谐的美丽乡村。

2016年，永嘉成为温州市唯一一个省级美丽乡村示范县。该县通过对楠溪江的保护，确立了一个最基本的生态基础后，开始将重心转移到景观提升上。而"四头"作为村庄的视觉节点和门面，正是靠细节优化来提升环境档次的。"村头"是一个村外在形象和精神面貌的体现，"桥头"是村民集聚休闲的场所，"门头"的打造是要形成"院院优美、家家和谐"的乡村人居环境，"田头"则融合传统农耕文化，"四头"并进使自然山水、乡村风貌融合，让人们重拾乡土记忆。

"四头"建设除了美化、洁化、亮化的要求外，还在文化长廊上宣传社会主义核心价值观、村规民约、文明公约、优秀家规家训，在文化墙上宣传本村杰出人物、二十四孝故事。

永嘉县美丽乡村示范县创建办公室常务副主任刘建介绍说，永嘉山水景观、田园风光和文脉传承，已经形成了自身优势。只有依托楠溪江把美丽乡村建设作为耕读文化的重要组成部分，永嘉的山水长卷才会是完整的。

依托景观吸引外资落地 盘活资源实现强村富民

潘武杰是云岭乡南陈村党支部书记，他还有个身份——南陈观光农业开发有限公司项目负责人。公司实际投资人是内蒙古金泰集团。集团董事长潘统金作为当地在外创业的成功人士，最初的投资意愿是"让农民变成工人，让村民变成股民"。如今，这个投资1.23亿元的项目初现雏形，在流转了当地农民7460亩土地后，南陈很多村民已经变身产业工人。

"投资这个项目，当然和楠溪江的大环境有关。"潘武杰在描述未来蓝图时，始终将这个项目与楠溪江的环境优势联系在一起。在他看来，只有楠溪江的"根"不断，这里的企业才能获得更多发展机遇和更大的发展空间。

从非洲加纳回归的李启松，相中了楠溪江的山水资源，投资2.7亿元在岩坦镇打造"嘉纳庄园"。在这个总占地面积2360亩的农庄内，一期蔬菜基地建设项目已完成70%，60座大棚中生产的蔬菜开始上市销售。五年后，这里将成为温州规模最大、集农业观光休闲旅游于一体的基地。"农庄将依托楠溪江环境优势，融创意农业、休闲旅游和乡土文化于一体。"李启松说。

对楠溪江流域生态的依附，不单单是企业的立身之本，同时也成为永嘉强村富民的重要资源。珠岸村原先的村集体收入几乎为零，从前两年开始，凭借永嘉书院的分红、停车场收费、盘活村集体资产等，2015年收入达到了130多万元，2016年预计会突破200万元。"我们当年对生态保护所作的努力，开始有了回报。"村干部说。

永嘉县旅游局副局长李埃告诉记者，目前，永嘉生态资源正得到充分开发，本着"绿水青山就是金山银山"理念，该县正在谋求提升和转化，这对于永嘉来说，潜力巨大、前景广阔。

沉寂保全待机重出江湖　先期开发适时再塑形象

午后的一场雷阵雨突如其来，61岁的汪庆石把椅子搬到了老屋的檐廊下。这座老屋已经有上百年历史，但放到屿北，仍算是"年轻"的。

屿北村始建于唐，兴于宋，至今留存有45座类似的老屋，其中被列入省级文物保护单位共11座。老屋是呈回字形结构的四合院，这是屿北和永嘉典型的建筑风格。早先院子里住了十几户人家，现在还剩下四户，住户中老弱者居多，汪庆石独自过日子，也算是一户。

屿北村在岩坦镇，有着"中国历史文化名村""中国景观村落""首批中国传统村落"等殊荣。作为开放式的古村，村里依旧生活着包括汪庆石在内的380多户人家。十几年前，县里采取了限制性保护措施后，屿北村几乎就这样保持着沉寂。

"我们在保护中等待，希望有一个机遇让屿北村'满血复活'。"岩坦镇党委书记徐翔说，古村落不可再生，万一急功近利搞砸了，对不起后人更对不起先祖。所以，看似漫长等待的"无所作为"，对于屿北村来说，未必就是一件坏事。

2014年，屿北村的机会终于来了。当年，古村与上海世贸控股集团达成古村项目整体开发协议，几十次的激烈讨论后，最终形成了兼顾各方利益的古村房屋置换方案。未来，屿北将着力打造"中国古村落文化创意谷"，主要建设集"中国古村落文化影视基地""中国艺术作品创意生产基地""中国古村落休闲生态城""中国民族文化古村落建筑基地""中国佛教文化基地"等于一体的楠溪江最大的文化旅游综合体。如今，项目已完成全村8000亩山地流转，100亩古村整体搬迁的保障房建设用地。徐翔介绍说，遵循前瞻性、持续性的原则，屿北不会在建设中改变其历史延续，这是一个基本前提。

与屿北村的保护不同，位于岩头镇的苍坡古村，在20世纪80年代就成为中国古村落旅游产品中的经典。这种保护性开发和利用，让苍坡村在此后的几十年中免遭破坏。如今，村落格局基本保持着南宋时期的规划原状与建筑风貌，寨墙、路道、水池、古柏亦犹见风韵。苍坡因此成为楠溪江流域耕读文化最为发达的村落之一。2012年，借助美丽乡村建设，在保有完整村落构架的基础上，苍坡开始从环境整治入手，重新移植古村落的其他元素，建成义学祠、中国象棋馆、永嘉昆曲馆等八个开放的文化馆，游客可以在这里感受体验永嘉文化。岩头镇党委书记黄金锡介绍说，与苍坡相似，丽水街、芙蓉村都是在合理开发中得到了较为完整的保护，而所有这些先期的努力，让岩头两条旅游精品线路的打造，变得水到渠成。

民宿崛起带动村落资源　补齐短板打造景观节点

陈宪敏在大若岩打造的"楠溪若舍"民宿，原先是一家废弃的招待所，位于大若岩景区的核心区域，民宿占有明显的地理优势。

从原来的眼镜行业跨界民宿行业，陈宪敏用"机缘巧合"四个字作了概括。他说，起初只是想和市区的几个朋友，找一个周末休闲度假的处所，首选便是永嘉。想不到，起步之后就一发不可收。2013年，通过废旧校舍改造，"枫驿民宿"在鹤盛镇鹤湾村建成，后来又建成"水声书舍"，而"楠溪若舍"是他运作的第三家。三家民宿共50多个床位，在节假日和周末几乎爆满。

这样的火爆出乎他的意料，如今，陈宪敏除了把目光投向狮子岩和石桅岩等景区外，还准备在大若岩镇大元下村签署整村发展协议。几年运作的经验让他感觉到，民宿不能孤立存在，其最好的依托就是自然景观和人文景观，而这些要素，则是楠溪江所特有的。

在永嘉林林总总的民宿中，"墟里"属于另外一种类型，它所依托的不是景区，而是这里静谧的田园风光。"暖暖远人村，依依墟里烟"，它不是单纯的民宿或者酒店项目，而是致力于乡村生活美与价值的再发现，尝试在小范围内逐步梳理及复兴乡村生活的肌理。因此，"墟里一号"选择建在桥下镇昆阳的偏远村落，"墟里二号"则是主人"小熊"的祖辈老宅。墟里的追求，就是再现最为古朴、最为简单的农家生活，放鸭、赶羊、耕种、晒洗，同时欣赏蛙鸣、柴烟、苔痕、落英。

楠溪江成为国家级风景区已近30年，然而在偌大的景区内，始终没有一个上规模、上档次的接待中心。以传统的眼光来看，景区连基本的旅游要素都不具备。"民宿的快速崛起，一方面盘活了村落资源，另一方面也补上了旅游硬件不足的短板。尤为重要的是，精品民宿正成为一个个不同节点，串接起楠溪江散落的景点。"该县旅游局有关人士介绍说，目前，永嘉按照"大生态旅游区"战略部署，以打造长三角地区著名乡村民宿示范点为目标，编制全县"一心四区"民宿规划，出台《永嘉县旅游业发展扶持办法（试行）》《永嘉县民宿管理办法（试行）》等一系列政策，努力使民宿经济成为该县乡村旅游的引擎、农民增收的亮点。

如今，61家精品民宿遍及楠溪江两岸，1700多张床位在短时间里提升了景区的接待能力，而所有民宿的入住率达到70%以上。伴随民宿的兴旺，该县"农家乐"也风生水起。目前，全县有星级农家乐经营户159户，民宿和农家乐年接待游客突破500万人次大关，带动当地群众人均增收近5000元。

作者：陆剑于、黄朝丹、黄伯希

原刊于《温州日报》，2016年7月28日

治水"父子兵"

内容提要:

在"五水共治"行动中，温州市各地涌现出各种民间治水的典型。瑞安塘下的一名酸洗企业老板蔡志兴曾因污染河道被调查，但随后他不仅主动捐款治水，还加入环保协会，并发起成立酸洗分会，自掏腰包组建治水实验室，带着儿子一起治水，上演了治水"父子兵"的佳话。

在"全民治水"的当下，与众多治水典型相比，蔡志兴父子或许不是治水成效最突出的，但却非常独特。蔡志兴用一年时间，完成了从污染"肇事者"到"治水先锋"的转变。了解到这样的故事后，记者实地走访了蔡志兴参与治理的河道和建立的实验室，并采访了蔡志兴本人以及酸洗分会的会员企业负责人、实验室技术人员和当地居民，并通过微信语音联系到蔡志兴远在美国的儿子，忆过去、说现在、谈将来，多角度、全方位展现蔡志兴父子的治水故事。

稿件逻辑清晰、内容翔实，音效运用典型恰当、现场感强，并合理地融入新媒体元素，较好地发挥了广播报道的特色，充分展现了一名企业家在"五水共治"行动当中自愿投身环保事业的觉悟和对于社会责任的担当。节目播出后得到了许多听众和网友的反馈。有专家认为，治水"父子兵"的佳话不仅体现了"科学治水"的理念，更传递出治水工作需要全社会监督和参与的信号，对吸引越来越多的人参与美丽浙南水乡建设起到了很好的舆论引导和宣传示范作用。该作品在2014年度浙江新闻奖的评选中获得一等奖。

扫码观看

作者：董玮琦、吕呈力、熊可为、北方

原播出于温州广播电视台《温州新闻联播》，2014年11月7日

温州市广播电视台

政府回租万亩水面保清洁

绍兴市柯桥区瓜渚湖上，冬日暖阳照在波光粼粼的水面上，三五成群的游人或沿湖漫步，或驻足观赏，还有人在附近拍摄婚纱照，呈现出一派浓浓的水乡风情。正在这里巡查的柯桥区渔政站工作人员徐纪友告诉记者，前几年，瓜渚湖上围网养鱼、养河蚌现象导致水面一片凌乱，如今，近2000亩湖面全面禁养，清流一脉成佳处，其中秘诀就在于政府采用了回租水面的方法清养治乱。

作为江南水乡，绍兴市柯桥区河湖纵横。自20世纪80年代中期起，当地政府向乡镇、村等单位发放了淡水水面使用证，渔业经济自此起步，并迅速发展，成为一大主导

绍兴市柯桥区瓜渚湖东岸公园鲜花盛开（章斌 摄）

《绍兴日报》

清晨，市民在金锁桥上锻炼（高洁 摄）

夏天傍晚，市民在柯桥瓜渚湖边休闲纳凉（高洁 摄）

产业。

　　然而，由于河道水面经营主体分散，导致网箱、围栏等养殖设施乱搭乱建，水环境脏乱差，水质也受到较大影响。对此，绍兴市柯桥区多次对城区河道进行了集中清养整治，但成效并不明显。

2010年下半年起，绍兴市柯桥区开始谋划彻底规范城区水产养殖，按照"流转租赁、属权负责、以奖代补、统一管理"的原则，要求各发包单位提前终止各养殖单位的承包合同，由政府向柯桥街道、华舍街道、村（社区）等多家单位租用养殖。对水面的渔箔、围桩、网箱等养殖设施统一评估拆除，再每年向柯桥街道等多个发包单位支付共计50万余元租金，政府为此掏出了1500万余元，获得了水面的控制权。

回租水面后，区政府对城区水面实行了统一经营管理。据绍兴市柯桥区渔政站站长陈国土介绍，2011年以来，该站已实施了八次渔业资源增殖放流活动，白鲢、鲫鱼、黄尾密鲷等各种水生生物苗种近800万尾（只）在城区河道安家落户、繁衍壮大。而绍兴市柯桥区城管办则在公安、渔政等部门的配合下，担负起了瓜渚湖、大小坂湖等水面的管理任务，确保一泓碧水不再受到垃圾、漂浮物、非法养殖设施等的干扰。

"政府回租水面，是以市场化手段流转水面，实现了长远的生态效益。"绍兴市柯桥区清水办有关负责人认为，目前，城区和柯岩街道已有1万亩水面实现了渔业禁养，水质明显提升，水环境大大改善。最近，区政府下发文件，要求进一步扩大渔业禁养区，设立渔业限养区，对城区华舍、柯桥、湖塘、柯岩四个街道和各镇的集镇建成区、杭甬运河水域实施全面清养，再完成清养水域面积1万亩。

作者：秦德胜

原刊于《绍兴日报》，2013年12月19日

"绿水青山就是金山银山"理念的"竹林解法"

《南湖晚报》

元旦假期2.8万人次，春节长假3.2万人次，清明假期2.5万人次……这是2019年元旦才正式开园的AAA级景区村庄——嘉兴市南湖区新丰镇竹林村交出的一份游客接待成绩单。

"算上平时，2019年游客已破10万人次大关。"给记者看报表的嘉兴新竹景区管理有限公司老总关胜华显得有些兴奋。

竹林村党委书记陈云华也觉得这一成绩来之不易。"放在六年前是不可想象的。我们曾是'华东第一养猪村'，'臭'名远扬，人们避之唯恐不及。"

从"华东第一养猪村"到AAA级景区，这样的跃升是怎么发生的？"这是'绿水青山就是金山银山'理念指引的结果。"陈云华神色坚定，这么多年的坚持，终于让村庄实现蝶变，让这里的天更蓝、水更清、田更绿、空气更清新了。

再见了，"三元猪"

2014年，竹林村处理掉了最后一批猪。从此，这个有着1360户人家的村庄彻底结束了1000多年的养猪史。

"说实话,竹林人对生猪的感情很深,它曾是我们的'致富猪'。"陈云华回忆往昔,高峰时竹林人70%的收入来自于养猪,"我自己家也是。"

当年"竹林三元猪"供港、供沪,一步步做大做强,1998年获"浙江省优质农产品"称号,2001年荣膺浙江国际农博会金奖。2002年,竹林村成立三元猪产业合作社,竹林佳惠养猪场成为华东最大的养猪场。这些成绩有数据为证:高峰期生猪存栏量超15万头,散养户占比90%,人均养猪超30头。

另一组数据则将残酷的现实摆在竹林人面前:一头猪对环境的污染与六个成年人相当,也就是说,竹林村养猪高峰时生猪产生的排泄物与百万人口级城市相近;人均生猪养殖量超过国际标准承载量20多倍;养猪产生的氨氮污染占当地总污染的80%以上,是水污染的元凶。

71岁的朱明亚老人为了形容那时的生活环境,直接把记者带到厨房,指着热水瓶道:"苍蝇黑压压停满热水瓶,伸手去倒水,就会'轰'地飞起一群。"接着又指向邻居家的空调外机:"这上面也全是,像穿了一件黑色外衣。"

从桐乡嫁到竹林村的村妇联主席汤亚娟则有很尴尬的记忆:"当年外出开会,人家不用问就知道我是竹林村的,因为身上有股味道。"

记者当年也多次赴竹林村采访,脑海

嘉兴市南湖区新丰镇竹林村的"酷酷农场"(王蓉 摄)

中至今挥不去这样的场景：猪棚遍布，包围农房；蚊蝇乱飞，蛆虫滋生；粪肥散堆，臭气熏天；河道堆猪粪，鸡鸭河上走……

竹林村的遭遇，与中国很多村庄一样，是经济发展和时代前行中出现的大问题：身在水乡直面无水吃的窘迫，如何做好水环境综合治理，倒逼解决"一口水"问题；直面大气污染的窘迫，如何打赢空气保卫战，迫切需要解决"一口气"问题；直面土壤污染的窘迫，如何加强农业面源污染治理，亟待解决"一口饭"问题。

"我们用行动作了回答。"陈云华提高了嗓音，"全域退养，和'三元猪'说再见，走绿色发展之路！"

一水护田将绿绕

近来，记者又多次赴竹林村采访，每次去都有相同的感受：一水护田将绿绕，两山排闼送青来。

进村的几条主干道两旁，绿油油的禾苗随风摇曳；水清岸绿，水面上鸭鹅畅游；春风送暖，空气清新……

然而，时间拨回六年前，要跟"三元猪"说再见，对于竹林村村民来说无异于壮士断腕。

"未来怎么办？首先要消除顾虑。"陈云华告诉记者，经过激烈讨论和思想斗争，大家终于达成共识——竹林村地理位置优越，应大力发展生态产业。

陈云华说，竹林人能把猪养得这么好，也能把环境整治好、生态治理好。"说干就干，第一步拆猪棚最难，我就第一个回家把猪棚拆了。"

拆猪棚就是一场战役。全村近40万平方米的建筑面积，涉及养猪户1164户。光靠竹林村可搞不定，市、区、镇三级党委和政府都来支援。

71岁的丁金伦回忆："那段时间，早上7点不到，就能看到上面派来

《南湖晚报》

的同志在村里转悠，谁家遇到困难，他们立即帮助解决，我生平第一次见到这么多干部。"

"一开始，我以为像阵风刮过就好了。"村民金取宝感慨，没想到这次动真格的了，一下拆个干净，一间猪棚都不留。

陈云华介绍说，"拆猪棚战役"是市、区、镇三级联动，上级部门到竹林村连片包干，形成"早7点进村、晚9点离村"和"户户见干部、猪猪见干部"的罕见场面。竹林村村委会则以九名成员为联络员，成立九个工作组，和各级干部一起深入农户。从谈心交流做思想工作到帮助销售剩猪、腾空猪棚，从签约到最终拆除，从帮助申请帮扶资金到进行技术培训、解决转产转业……"我们村干部至少要往每个养猪户家里跑20趟，'白＋黑''5＋2'是常态，其中的辛苦一言难尽。"

2013年至2015年，竹林村共拆除违章猪棚面积395515.3平方米，责

竹林绿道引客来（李剑铭 摄）

《南湖晚报》

任目标100％完成。陈云华还争取到了3000多万元资金，挨家挨户清洁庭院，清河道、整村道、修绿道，搞美丽乡村建设。村民认为，村里一碗水端平，村干部以身作则、心里装着大伙，是真心实意为村民办实事。在2017年的村"两委"换届中，所有村干部都高票当选。

我家住在景区里

家住竹林村高家埭的46岁村民陈强，最近正在改建自家宅院。"准备做民宿。"陈强说，现在竹林村是AAA级景区村庄，慕名而来的游客越来越多，"我看好这个发展机会。"

以前陈强一直在嘉兴市秀洲区洪合镇做毛衫生意，甚少回老家，现在他则将很大一部分精力放到村里。关胜华告诉记者，像陈强这样，想做旅游相关生意的村民不少。"说明竹林村真变好了，不然哪个愿意回？"

关胜华还是嘉兴远景旅游开发有限公司的股东。远景旅游正是看好竹林村的绿色发展前景，于2018年4月与竹林村合作成立嘉兴新竹景区管理有限公司。"我们占股49％，对竹林景区核心地块进行规划、设计、施工、运营一体化管理。"

"远景旅游入驻之前，我们一直在修复环境，但还是生态欠账。"陈云华介绍说，竹林村前后投入1.3亿元，进行村庄整治、"五水共治"、"三改一拆"、美丽乡村建设、景区村庄创建……

"既然当年我们下了壮士断腕的决心，就要拿出一战到底的气概，绝不走回头路。"陈云华说，按照习近平总书记揭示的"绿水青山"与"金山银山"的辩证关系，竹林村选择的转化之路，就是经营村庄、经营生态。地处长三角，周围是高速发展的城市群，优势在生态，核心竞争力是乡村，应该抓住优势把乡村作为主战场，打造长三角生态高地。

占地333亩的沃之龙生态园由村民孙金能创建，广种国外生态园林新品彩色树种是其特色。"我们生态园是美丽乡村参观点，被称为农村里的氧吧。"孙金能说，近年来生态园实行多元化经营模式，涵盖科普教育、科技示范、农事体验、采摘游乐、农耕文化展示等领域，实现了农业与旅游业的结合。陈云华补充说，沃之龙在帮助解决剩余劳动力的同时，也带动了周边农户创收。

对于"绿水青山就是金山银山"理念，曾经的养猪大户周根荣感受尤为深刻。他从1990年开始养猪，生猪年出栏量曾高达2500多头，行情好时年收入超60万元。退养后，他先成立嘉兴市绿森园艺有限公司种苗木，又办嘉兴市森荣现代农园农家乐项目，昔日养猪大户已成绿色致富大户。"养猪解决了我的温饱致富问题，但奔小康过幸福日子，还得靠生态经济。"周根荣说。

如今的竹林村已获得市级优美庭院示范村、省美丽乡村特色精品村、首批省AAA级景区村庄等荣誉。全村农民人均纯收入由2014年的23965元提升至2018年的31519元，2018年全村经济总收入达7.5亿元。

"现在我们还只是1.0版。"陈云华说，不管自己还是接任者，都要推动美丽乡村建设升级迭代。"我们的发展之路，给我们的最大的启示就是'生态兴则文明兴，生态衰则文明衰'。"

作者：张超柱、张文术、朱文澜

原刊于《南湖晚报》，2019年4月29日

十年为功，绿色DNA融入金色GDP

——嘉善打造"绿水青山"的平原生态样本

《嘉兴日报》

2015年8月10日，在浙江安吉举办的"绿水青山就是金山银山"理念研讨会上，全省共有10个地方做宣讲，嘉善是嘉兴市唯一参加宣讲的县；而在"绿水青山就是金山银山"理念10周年网络主题宣讲中，嘉善县委书记许晴的《绿水青山风正举——"两山"嘉善故事》，连日来刷爆微博、微信朋友圈。

嘉善故事的"引爆点"在于"逆袭"：平原地区经济发达、人口稠密、生态脆弱，在种种不利条件下，如何既要"金山银山"，又要"绿水青山"？也在于"突围"：面对曾经水乡缺好水的困局，十多年一以贯之"生态立县"，久久为功打造平原生态样本。

舍得之间：绿色DNA融入金色GDP

走进罗星街道归谷产业园，小桥流水、亭台楼阁、鸟语花香，好似一座江南园林。然而几年前，这里还是另一番景象：烟囱林立，污水横流，这片不大的土地上挤满了纺织服装、金属制造等150多家传统企业。

"如何转型、如何发展，我们曾纠结过。"许晴说，在重新规划这个园区的时候，出现两种不同的声音，一种想法是继续打造传统工业园区模式，可以让地区生产总值很快提上去；另一种意见是摆脱传统模式，走"高大上"的发展之路。

"如果思路不转变，不仅会陷入'污染—治理—污染'的怪圈，打造经济升级版更无从谈起。"许晴说，最终他们不仅算了经济账，更算了生态账、长远账，于是，一个以高端、高智、高楼、高效、低碳"四高一低"为特征，以归国留学人员为主体的高科技成果转化和产业发展的"嘉善归谷"应运而生。

把绿色DNA注入GDP中，意味着嘉善要投入重金建设基础设施，还要放弃众多项目，甚至可能在今后几年都要牺牲一些产值。然而，有舍才有得。尽管嘉善设置了"亩均税收35万元以上、亩均产值500万元以上"的准入门槛，归谷园区依然很快成为科技企业和高端人才竞相追捧的香饽饽。

"美国有硅谷，嘉善有归谷。"国家"千人计划"专家潘今一走进嘉善归谷产业园时感慨地说。目前，归谷园区已经引育国家"千人计划"专家25名，省"千人计划"专家10名，注册高科技项目72个，其中22个项目入选"创新嘉兴·精英引领计划"，成功创建省"千人计划"产业园。

不仅是归谷园区，在大云，浙江省首批特色小镇，国内首家、亚洲最大的巧克力特色旅游风景区正在这里发轫；在嘉善新城区，一个集"互联网＋"新兴产业和都市文化旅游业双轮驱动的高铁新城正在快速崛起；在西塘，富通集团光通信全产业链开嘉善"工业4.0"先河……

近年来，嘉善一边做减法，"退低进高""退二进三"；一边做加法，招商选资、招才引智。一手抓传统产业提升，使其"星移斗转"；一手抓新兴产业培育，使其"星火燎原"。2010年至2014年，全县研究与试验发展经费支出从5.7亿元增长到10.7亿元，年均增长17%；新兴产业产值从

《嘉兴日报》

归谷夕照（陈中 摄）

221.2亿元增长到391.3亿元，年均增长15.3%。

"保护生态环境就是保护生产力，改善生态环境就是发展生产力。"新常态下，"绿水青山就是金山银山"理念在嘉善被赋予了新的含义，被安排了新的任务，实现了经济社会发展与生态环境保护的双赢。

破立之间：改革小杠杆撬动生态大红利

在惠民街道枫南村曾经有一个4万多平方米的养猪基地，这里集聚着13户养猪户，畜禽排泄物直排河道，环境恶劣不堪、臭气熏天。

陶勇杰是枫南村13户养殖户之一，他家曾有猪棚3000多平方米，年出栏生猪近2000头。在工作人员多次做工作后，陶勇杰拆除了猪棚，并在政府支持下，搞起了农家乐和采摘游。如今，陶勇杰逢人就说，猪棚拆对了。

在嘉善，像陶勇杰这样的例子数不胜数。最近两年多来，嘉善共拆除违章猪舍208.6万平方米，生猪存栏量削减至7.7万头，转产转业10276户。拆了猪棚，农民收入不降反升，全县城乡居民收入比缩小到1.722：

1，远低于全省和全国平均水平。

随着经济社会的发展，生态环境问题也呈现出愈来愈多的新现象、新变化，传统的修修管子、查查厂子、贴贴条子等处理方式显然跟不上时代的需要。因此，在践行"绿水青山就是金山银山"理念过程中，嘉善找出病因，对症下药，开出了深化改革这一药方，在"破"与"立"之间不断释放改革红利、生态红利，推动科学发展。

推动畜禽养殖业转型升级只是其中一例。作为省级"五水共治"体制机制创新区改革的试点，嘉善在全省范围内率先推出了产业准入"双清单管理"模式，建立了居民生活用水阶梯式水价制度和产业用水分行业定额管理制度。同时，在流域性协调机制、排污权交易制度、工业农业服务业项目准入机制、基层水利服务体系建设等方面都进行了创新突破，在"零审批"改革中树立了生态优先、环境优先准入机制……持之以恒的努力让嘉善赢得了代表全省"五水共治"优秀县的"大禹鼎"。2014年以来，嘉善跨行政区域交接断面水质考核始终保持优秀，Ⅳ类及以上水体占比达92.9%。

《嘉兴日报》

冷热之间："生态牌"转化为"民生牌"

在嘉善干窑，一条"墨汁河"变身清水河的故事被老百姓津津乐道。新泾港长1900米，在河网港汊密布的嘉善毫不起眼，但对沿岸的160多户百姓来说，这条黑臭河却严重影响着日常生活的品质。时任浙江省委书记夏宝龙到现场查看后犀利点评："水的颜色像墨汁一样。"然而，这条河实际上已几经治理，但每次村里疏浚治理后，没过几年又成了黑臭河。"一定要让老百姓都自觉参与到治河护河中来！"镇村干部痛定思痛，总结出一条经验。为了形成护河公约，干窑举行了新泾港户长会议。那天晚上，户代表都到齐了，有的一家还来了好几个人。乡规民约力量不小，家家户户开始主动上阵。为了不影响污水管网铺设和河岸绿化带修建，村民季永山将父母留下的两间老宅拆掉，为工程腾地方。"不能因为我们一户人家拖了大家的后腿。"老季一句朴实的话，道出了嘉善群众的参与热情。如今的新泾港，水清了，鱼回来了，老百姓也笑了。

"当前思想多元，如果缺乏群众的主动参与，很容易形成'上动下不动'和'政府一头热、群众一头冷'的格局，甚至觉得是'被建设、被发展'。一些初衷是好的事情，钱花了、力出了、事办了，群众却不买账。"嘉善县相关负责人说，嘉善县在践行"绿水青山就是金山银山"理念过程中，创新治理体系，推出"全民"字号，提出"既要靠干部更要靠群众"，变"一手包办"为全民参与，变单向管理为双向互动，将"生态牌"转化为"民生牌"，积极倡导生态文化，充分调动群众力量参与到生态环境建设中，让老百姓在实现生态获得感的同时，自觉成为生态环境的保护者。

鸟瞰归谷（江建平 摄）

善文化满城荡漾，建设生态县人人参与。在政府引导、公众参与、协调联动的生态建设长效机制之下，水乡嘉善飞棹扬橹，千帆竞发。经过多年努力，嘉善成功创建为国家级生态示范区、国家园林县城、省级生态县，并成为浙北平原地区第一个通过国家生态县考核验收的县。作为全国唯一的县域科学发展示范点，嘉善正围绕建设产业转型升级引领区、城乡统筹先行区、开放合作先导区、民生幸福新家园"三区一园"的发展定位，在"绿水青山就是金山银山"的航程上，破浪前行。

作者：杨洁、刘文书

原刊于《嘉兴日报》，2015年8月11日

《嘉兴日报》

从余村走向中国

《湖州日报》

一

安吉县天荒坪镇余村位于天目山北麓,三面环山,一条小溪穿村而过,是一个典型的山村。漫步村中,处处都是人与自然和谐共处的景象。远处,群山苍翠、竹海摇曳;近旁,草木掩映、溪流潺潺。依山而建的民居中,不时传出阵阵欢快的笑声。

与其他乡村不同的是,这里每天人来人往,异常热闹。一批又一批的参观者从全国各地纷至沓来,感受这里令人惊叹的美丽巨变。

二

然而,十多年前的余村,却是另一番样子。

20 世纪 80 年代至 21 世纪初期,余村人靠山吃山,先后建起了石灰窑、办起了水泥厂。红红火火的"石头经济"让余村的村集体经济收入一度达到 300 多万元,名列安吉县各村之首。当时,全村一半以上的家庭有人在矿区务工,村民收入同样排在全县前列。

村强了、民富了,但好环境没有了。用"绿水青山"换得"金山银山"，却造成生态的严重破坏。

现年66岁的村民胡领珠家住矿区附近。她清楚地记得，当时矿区烟尘漫天，常年灰蒙蒙一片。一天下来，家里的桌子上都是一层灰。

2003年，浙江省成为全国第五个生态省建设试点省，安吉县随之提出建设全国第一个生态县的规划。在认真分析了客观形势后，余村人痛下决心，关停矿山和水泥厂，还家乡一片"绿水青山"。

关矿关厂，让余村的集体经济收入锐减至20多万元。但这一壮士断腕的举动，让余村转换了发展道路，更让余村迎来了历史性时刻。2005年8月15日下午，浙江省委书记习近平来到余村考察，并召开座谈会。作为当时的村党支部书记，鲍新民参加了座谈会并汇报了余村的发展状况。

十多年过去了，当年的情形，鲍新民仍记忆犹新："我当时在汇报中说，村里关停了矿山这座'金山银山'，正在恢复'绿水青山'。习近平同志听了很高兴地说，你们讲到下决心停掉一些矿山，这个就是高明之举。我们过去讲既要'绿水青山'，又要'金山银山'，其实'绿水青山就是金山银山'。"

《湖州日报》

同样参加了座谈会的现任村党支部书记潘文革说："习近平同志当时还告诫我们说，生态资源是最宝贵的资源，人与自然的和谐，总是有所为、有所不为，不要以环境为代价去推动经济增长，因为这样的增长不是发展。"

"绿水青山就是金山银山"！这一发展新理念为余村指明了方向。十多年来，余村人坚定不移地走绿色发展的路子，致力于守护"绿水青山"，致力于把"绿水青山"转化为"金山银山"。

如今的余村，村强、民富、景美、人和，村民年人均收入从2005年的8732元增长到2016年的35895元，成为践行"绿水青山就是金山银山"理念的生动典型。

2017年4月，浙江省委书记车俊上任后调研的第一站，就选择了余村。在重温了习近平总书记的亲切教诲后，车俊说，余村是"绿水青山就是金山银山"理念的诞生地，也是这一理念最有说服力的明证。

三

2006年8月2日，浙江省委书记习近平在湖州市调研时强调：绿水青山就是金山银山。湖州要充分认识并发挥好生态这一最大优势。这是他继在余村首次提出"绿水青山就是金山银山"理念后，再一次用这一理念对湖州市的发展进行指导。

12年来，在"绿水青山就是金山银山"理念的指引下，湖州市明确了建设现代化生态型滨湖大城市的奋斗目标，逐步走出了一条生态美、产业兴、百姓富的绿色发展新路。

2014年5月，湖州市成为全国首个地市级生态文明先行示范区，承担了为全国生态文明建设积累经验、提供示范的重任。这也充分表明了国家对湖州市生态文明建设的高度认可。

2015年2月11日，湖州市委书记马以赴北京参加全国军民迎新春茶话会，受到习近平总书记等党和国家领导人的亲切接见。在听取了有关湖州市坚定不移践行"绿水青山就是金山银山"理念的简要汇报后，习近平总书记高兴地说，好，就照着这条路走下去！

就照着这条路走下去！习近平总书记的这一重要指示，给了全市干部群众莫大鼓舞和激励。

治水、治气、治矿、治土成效明显，生态环境美丽宜人；战略性新兴产业年均保持两位数以上的增长，生态经济方兴未艾；立法、标准、体制"三位一体"生态文明制度的创新为全国提供了样本，生态制度日趋完善；成为全国首个生态县区全覆盖的国家级生态市，生态成果持

余村风貌（《湖州日报》供图）

续显现……"绿水青山就是金山银山"理念，不仅成为湖州市发展的强大指引，更在湖州大地上描绘了一幅美丽的画卷，湖州也成为全国生态文明建设的先行示范。仅2017年上半年，省内外到湖州市考察的就达到3900余批、8.8万余人次。

2016年12月，全国生态文明建设工作推进会议在湖州市召开，习近平总书记对会议作出重要指示。他强调，生态文明建设是"五位一体"总体布局和"四个全面"战略布局的重要内容。各地区各部门要切实贯彻新发展理念，树立"绿水青山就是金山银山"的强烈意识，努力走向社会主义生态文明新时代。

不忘初心，牢记使命。当下的湖州，正以标杆姿态扛起"绿水青山就是金山银山"理念诞生地的责任担当，奋力当好践行"绿水青山就是金山银山"理念的样板地、模范生。

四

2017年9月，全国生态文明建设现场推进会在安吉县召开。会上，表彰了首批"绿水青山就是金山银山"实践创新基地和国家生态文明建设示范市县。全国共有三个县同时获得两个称号，福建省长汀县是其中之一。

长汀县曾是我国南方红壤区水土流失最严重的县之一。长汀县委常委、宣传部部长卓国志说："经过不懈的努力，长汀把'绿水青山就是金山银山'理念变成了现实，成为百姓宜居乐业的生态家园。"统计数据显示，仅"十二五"期间，长汀县累计综合治理水土流失面积60.8万亩，水土流失率降至8.52%；新植或补植水土保持阔叶林近9万亩，植被覆盖率提高到86%。

长汀的生态治理样本，是"绿水青山就是金山银山"理念在基层践行的一个生动缩影。

"绿水青山就是金山银山"，这团诞生于余村的"星星之火"，已呈燎原之势遍布神州大地。

贵州省贵阳市花溪区久安乡曾是产煤大乡，最多时有400多座大小煤窑，乡财政收入有2/3来自煤炭产业。这一产业模式虽然推动了当地经济的发展，却严重破坏了生态环境。那时，当地流传着这样一句话："水挖断了、路压坏了、地挖陷了、煤挖跑了，富了煤老板、穷了众乡邻。"

从2010年起，该乡在关停全部煤矿的同时，大力发展以茶产业为主的绿色经济，不仅生态环境"由黑转绿"，经济模式同样"由黑转绿"。七年间，全乡茶叶总产值达9800万元，人均增收上千元。乡党委委员王晓友说："我们将绿叶子变为了钱票子，既保住了'绿水青山'，也赚得了'金山银山'。"

正是在"绿水青山就是金山银山"理念的指引下，全国各地有更多像久安这样"由黑转绿"的情景发生。在江苏省泗洪县，秀美水环境变成发展"新引擎"；在安徽省旌德县，"生态立县"成为发展战略；在广东省东源县，好生态迎来四块国家级生态招牌……环境更优美、发展更持续，广大群众享有了前所未有的获得感。

"绿水青山就是金山银山"理念，更成为指导各地绿色发展的行动指南。江西省第十四次党代会，将"走出具有江西特色的绿色发展新路，打造美丽中国'江西样板'"纳入了今后五年该省工作的总体要求；陕西省明确提出强化生态建设基础性战略性地位，让三秦大地山更绿、水更清、天更蓝……

2017 年"6·5"环境日的主题是"绿水青山就是金山银山"。环保部部长李干杰在主场活动的致辞中这样说："绿水青山就是金山银山。我们相信，随着这个理念大力传播，被越来越多的人所接受认同，被越来越多的地方所实践印证，中国的绿色发展和环境保护必将迎来一个更加美好的未来！"

五

2017 年 10 月，举世瞩目的党的十九大在北京胜利召开。在大会报告第三部分"新时代中国特色社会主义思想和基本方略"中，就有"绿水青山就是金山银山"的相关论述。报告中这样提到："必须树立和践行绿水青山就是金山银山的理念，坚持节约资源和保护环境的基本国策，像对待生命一样对待生态环境。""绿水青山就是金山银山"同样被写入在此次大会通过的《中国共产党章程（修正案）》中。"绿水青山就是金山银山"，这个从余村诞生的发展理念，成了全党的行动纲领！

党的十九大代表、湖州市委书记陈伟俊说："我们非常激动、喜悦地看到'绿水青山就是金山银山'理念写入了党的十九大报告，构成了习近

游客在"绿水青山就是金山银山"石碑前合影（《湖州日报》供图）

平新时代中国特色社会主义思想的核心内容之一，成为建设生态文明和美丽中国的行动指南。""12年前，习近平同志首次在安吉余村提出了'绿水青山就是金山银山'理念，为安吉发展拨开了迷雾、指明了方向，解决了如何走绿色发展道路的问题。"谈到此事，党的十九大代表、安吉县委书记沈铭权同样十分激动。

作为"绿水青山就是金山银山"理念诞生地，余村的干部群众自然更为振奋。潘文革说："余村将以十九大精神为指引，继续抓好生态文明建设，继续坚持绿色发展理念，继续壮大村集体经济，让'绿水青山'源源不断地变成'金山银山'。"

"绿水青山就是金山银山"理念成为习近平新时代中国特色社会主义思想的重要组成部分，同样得到了广泛响应。党的十九大代表、青海省玉树藏族自治州委书记吴德军在接受媒体采访时说："'绿水青山就是金山银山'理念在玉树这个三江源头已经深入人心，很多居住在海拔4000多米高原的农牧民都有这样的自觉。"党的十九大代表、重庆市云阳县大可农业开发有限公司总经理杨大可表示自己正是这一理念的受益者。他带领周边农民发展绿色循环经济，年人均增收1.3万元。

"我们要建设的现代化是人与自然和谐共生的现代化，既要创造更多物质财富和精神财富以满足人民日益增长的美好生活需要，也要提供更多优质生态产品以满足人民日益增长的优美生态环境需要。"党的十九大精神，正指引着我们迈上建设美丽中国的新征程。

六

在余村村口，有一块巨大的石碑，石碑正面镌刻着"绿水青山就是金山银山"10个大字。慕名而来的人们，都会在石碑前合影留念，这既是对"绿水青山就是金山银山"理念发自内心的拥护，更表达着村民自觉践行"绿水青山就是金山银山"理念的决心。

在当下的中国，"绿水青山就是金山银山"理念正深刻影响着经济社会发展的方方面面，成为越来越多人的共识。

天蓝、地绿、水净的家园，是我们的梦想；永续发展的美好未来，是我们的追求。相信在"绿水青山就是金山银山"理念的引领下，我们的梦想一定能够成真，我们的追求一定能够实现。

作者：李晓俊

原刊于《湖州日报》，2017年12月6日

《湖州日报》

打卡"两山"路：Day1，快上车！

湖州市新闻传媒中心

内容提要：

2020年是"绿水青山就是金山银山"理念提出15周年。6月9日，由浙江省新闻工作者协会暨新媒体专业委员会组织的"打卡'两山'路——浙江新媒体湖州（衢州、丽水）行"采风活动，在湖州安吉余村正式启动。通过前期策划、精心制作，湖州市新闻传媒中心在湖州在线新闻网站开设《打卡"两山"路》新闻专题，集纳记者的原创报道及来自央媒、省级和各地市级媒体的报道，全面反映了浙江探索"两山"转化的创新路径。

《打卡"两山"路：Day1，快上车！》报道以记者的视角，利用VLOG、航拍和图文的表达形式，深入浅出地将所见所闻所思的故事娓娓道来，生动展现生态美、百姓富的美丽画卷，深度挖掘湖州践行"绿水青山就是金山银山"理念的经验和启示，并以"绿水青山在，小康入梦来"揭示中心思想。报道刊发后，获得网友大量转发。

扫码观看

作者：路平、陈雯、唐琪新、钱龙

原载湖州在线，2020年6月9日

湖州市新闻传媒中心

好一首生态富民"主题歌"

《金华日报》

"窗口"对话

2003年6月12日，磐安县新渥镇"365办事窗口"内的"庄稼医院"，来了几位求医问药的药农，浙江省委书记习近平也"加入"其中。作为随行记者，我们记下了这段"窗口"对话——

"咱这'庄稼医院'今年的服务主题是什么？服务收费吗？"习近平同

磐安药农陈康一家喜迎浙贝母丰收（刘任翼 摄）

志问"庄稼医院"值班医生黄海叁。

"今年的服务主题是绿色、无公害农产品生产。我们的服务是免费的。"

来自外田口村的程春根已经接受了六七次免费服务。这回他带着自家地里发病的白术,到"庄稼医院"急诊,习近平同志和他攀谈起来。

"病因找着了吗?"

"找到了,是立枯病。"

"白术减产了,你今年收成怎么样?"习近平同志关切地问。

站在程春根一旁的祠下药农陈肇高替他答道:"今年贝母价格好,白术损失贝母补,他家年收入有10万元。"

"和你比我算少了,你今年贝母籽就收了3000多斤,贝母总收入少说有30万元。"程春根和陈肇高比较来。

"看你们一个个都红光满面,一定都发了药财。"习近平同志拍拍程春根、陈肇高的肩膀,笑着向他们告别,"祝你们年年有好收成。"

药农捎话

当年在新渥镇"365办事窗口"与习近平同志话家常、说农事的药农,分别是卢爱仙、杨仙英、程春根和陈肇高。

四位药农中,卢爱仙、杨仙英每月领取养老金,种药材已"交棒"。磐安道地药材种苗基地创建后,65岁的卢爱仙将家中8亩土地流转出去,前三年租金收入4.8万元,后续租期30年。72岁的杨仙英将家里中药材种植、销售重任交给了小儿子陈康。自家地加租种地,陈康种的浙贝母、白术有70余亩。他自称"药三代":20世纪六七十年代,爷爷陈化松就开始种贝母了。

药农陈肇高五年前遭遇车祸不幸离世。在浙贝母设施大棚里,忙着翻拣切片浙贝母的，是陈肇高的儿子周子荣。

浙贝母、白术从种植到采收要忙碌大半年，每年5月至6月，是浙贝母的产新旺季，采挖、切片烘干，花高价都很难请足雇工，药农们恨不得一天有48个小时。在旺季，正值青壮年的陈康、周子荣往往6点多起床，开始新一天的忙碌。周子荣买了一台半自动切片机，效率比纯手工要高很多。

截至6月12日，陈康2020年收的前两批鲜贝母达40吨，在烘干房外忙碌的他，每天要磨破两双手套。手机屏摔坏十多天了，他也没空去换屏，只是笑笑："时间就是金钱啊！"这些天，陈康的父亲、丈母娘、妻子都在帮忙，一起筛选、烘干鲜贝母。虽说辛苦，但陈康种植、贩销中药材的年收入挺不错。

17年过去，药农程春根的变化最大。2003年，程春根光卖浙贝母就赚了18万元，家里造了三间新房也不欠一分债……如今，程春根的主业拓展到运输、建材等领域，2019年公司年产值1.5亿元、纳税超700万元，

磐安县新渥街道贝母种植专业村白央现并入庄基社区（陈建权 摄）

还被评为全国绿色生产示范企业:"的确是'发了药财'后滚雪球般的发展。"

每天开心忙碌的程春根、陈康、周子荣,想给习近平总书记捎句话:"欢迎您回药乡磐安来看看,我们的日子一年更比一年好!"

贝母发家

"中药材是磐安的最大优势。"2003年6月13日,习近平同志在宅口村会议室与县、镇、村各级干部座谈时提出:要想方设法形成一个能使农业稳产高产,让农民在丰年、平年都能稳定增收的平稳的发展机制。像你们磐安的贝母,以前是十几元一公斤,现在是一百四五十元一公斤,老百姓高兴。问题是万一价格回落怎么办?必须着眼于建立产、供、销一体化的发展体系。抓好产、供、销一体化,很重要的一条就是重视扶优培强,培植骨干企业,连接千家万户……

初夏时节,婺江源头磐安,田间地头片片金黄,村口乡路上的竹篾席上晒满中药材,"磐五味"中药材中产量最大的浙贝母迎来一年中的采收旺季。在浙贝母价高的丰年,为防止地里的"宝贝疙瘩"被盗,药农们组织巡防队日夜守护。

因为产新供货量大,2020年6月12日,浙八味特产市场浙贝母挂牌交易价为切片38元/公斤,整颗32元/公斤,价格略有回落。

磐安是浙贝母道地药材主产区,产量占全国六成以上。

2020年,就浙贝母价格而言,是个平年,但磐安药农、药商有竞争优势,平稳增收。依托产地市场销路不愁,11家磐安中药材企业和加工点创设"共享车间",为药农提供中药材及饮片无硫代加工服务,药材可从源头追溯品质。磐安县中药产业发展促进中心副主任陈春伟说:"有原产地市场的价格优势,再加上绿色无公害的品质优势,磐安中药材的竞争力

磐安县新渥街道庄基社区药农陈宝银和妻子陈月花正在收鲜浙贝母（刘任翼 摄）

会更强。"

近几年，浙贝母价格走势略显疲软，但元胡等药材的价格交替走高，像陈康这样的药农根据市场预判及时调整种植结构，保持了不错的收益水平。习近平同志当年对磐安"建立产、供、销一体化发展体系"的期许已经成真。

生态富县

2003年，习近平同志在新渥宅口的座谈会上，充分肯定磐安生态发展之路：磐安的"生态富县"战略提得很明确、很响亮。生态是可以富县的，生态好不仅可以富县，而且可以让老百姓很富，是很高境界的富。

磐安县委书记王志强说："磐安在全省乃至全国率先制定生态发展的规划，在生态保护优先的前提下，大力发展生态农业、生态工业、生态旅游业，大力建设生态城市。"

17年来，磐安历届县委、县政府一棒一棒创业接力，唱响了生态富县主题歌。2010年，成功创建国家生态县；2019年创建国家生态文明建设示范县，并被授予全国树立和践行"绿水青山就是金山银山"发展理念突出贡献奖。坚定不移走好生态与经济共赢的绿色发展路子，这是磐安从贫困县、欠发达县到全面小康这一山乡巨变的动力源。

浙贝母，是"磐五味"的重要一味；做强中药材产业，是磐安实施"生态富县"战略的关键一环。

华东宝药业公司总经理曹斌的父亲曹观兴，是改革开放后成长起来的第一代磐安药商。聊起磐安中药材市场的四次升级换代，曹观兴说："在宅口、新渥村形成药材马路市场前，还有一个'背包市场'。我们几人一组，每人背一蛇皮袋中药材，沿着铁道线奔赴全国各地推销……真没想到，当年的'背包市场'、马路市场如今撑起了一座'江南药镇'。"

如今，可容纳2000余商家的浙八味特产市场，是华东地区最大的中药材市场。市场升级，营销业态也在升级。曹斌说："不少药企的大订单交易从线下转到了线上，我们在转型做'云药商'，日本、德国等国客户也从我们这里采购。"因新冠肺炎疫情影响，曹斌的德国客户2020年没来磐安，但订单已经到了。

截至2019年底，磐安共有药农4.8万户，种植中药材7.18万亩，年产量19997吨，产值5.68亿元。中药材产业成为磐安独具优势的富民产业。

多年坚持生态优先、绿色发展，磐安县的生态旅游、生态农业等领域亮点纷呈：2019年，尖山镇乌石村一个村有民宿床位数3777张、餐位8375个，农家乐一年营业额1.6亿元，农民人均年收入突破8万元。盘峰乡蔡文君的品尚道农业发展有限公司免费为农户提供稻种、菜苗、小鸡、猪崽等，与农户签订土法种养合同，农产品由公司统一收购后通过电商卖到大山之外。这一助农项目名为"我的幸福计划"，八年来带动3000多户、1万多名山区农民收入大增……

　　未来三年，磐安县将通过大平台、大项目、大基地、大品牌的建设，打造"'绿水青山就是金山银山'实践样板地、康养旅居大花园"，力争成为"长三角知名康养旅居目的地"。将"生态富县"战略进行到底，磐安县生态优先、绿色发展的幸福计划让人期待。

作者：王春雷、冯俊江、傅军杰

原刊于《金华日报》，2020年6月13日

行走在青山绿水间
——"踏遍青山"系列报道综述

这是一个典型辈出的美好时代，也是一个呼唤典型引路的温暖年代。

2015 年 4 月 20 日至 11 月 26 日，衢报传媒集团策划推出"踏遍青山——行进衢州·精彩故事"系列报道，以"四个全面"战略部署在衢州的实践为主线，以三衢大地书写"绿水青山就是金山银山"这篇大文章为载体，生动记录了 35 个鲜活典型，全媒体推介衢州实践样本。历时七个月，记者分期分批行走在衢州的青山绿水间，深入一线记录现场，走村串户真诚沟通，察实情、听民声、记民情。回望七个月走读衢州的经历，所感所悟所得真切而深刻，意犹未尽。

希望在田野

沿乌溪江逆流而上，到了衢江区湖南镇湖南村，可以看到一大片葡萄园，葡萄园里有一排平房。

"这里以前是猪棚，现在是餐厅。""归真福地"农家乐负责人翁永华指着那排平房说。

养猪的时候，年出栏五六百头生猪。这里的养殖废水直排进入乌溪江，污染了水质。2013年，翁永华关闭了养猪场，把猪棚改成餐厅，2014年又开始做起了农家乐生意。

"生态养殖和生态种植是我们的特色。"翁永华说，果园面积总共有300亩，除了葡萄，还种植猕猴桃、冬桃、白枇杷、板栗、杨梅。搞养殖的有两个鱼塘、两个甲鱼塘，还有几百只吃虫吃草的鸡、鸭、鹅。

可看、可玩、可采摘，这里马上吸引了众多游客。

翁永华还在附近承包了一块场地，准备做一个休闲养老养生方面的项目。"要发展到300个床位。"翁永华说，"这样就可以避免农家乐季节性强的弊端，把环境资源充分利用起来。"

智慧在民间

"电机是自动化机械的大脑，这是电机的大脑。"2015年11月24日，在浙江禾川科技股份有限公司的生产车间，工程部经理王文坤拿起一块名叫"高速高精度磁编码器"的芯片介绍说。

这么小小一块芯片，背后却站着105名研发人员，而禾川科技总共仅有250多名员工。

正是有了强大的研发团队，禾川科技生产的工业自动化控制系统在业内做出了名气，与海尔、徐工等知名企业建立了长期稳定的合作关系。

禾川科技进入龙游县城北工业区后，抓住工业升级换代、机器换人的契机，迅速做大做强，成为一家工业自动化产品研发、制造和销售的高科技企业。

进入办公区，可以看到一块写有"禾川智控驱动省级重点企业研究院"的牌子，里面的年轻人对着电脑在忙碌。"这是公司的核心部门。"

王文坤说，他们通过研究院自主研发，做性价比更高的产品，与西门子等国外知名品牌竞争。

正是通过不断的科技创新，禾川科技的产品在自动化机械领域站稳了脚跟，并已开始涉足电动车和光伏等新兴产业。

道路在脚下

"这是财务公开，上面写着程某领取垃圾处理站工程变压器设计费2700元……"2015年11月26日，开化县池淮镇寺坞村，农家乐业主吴月红很自豪地跟顾客介绍起自己的村子，说现在能从电视上直接看到村级事务、财务、党务。

开化县纪委的一名工作人员介绍，近年来，开化县形成了一套农村集体"三资"监管长效机制，通过数字电视点播村务的"阳光村务"就是其中的一项有效探索。

2015年8月，作为"阳光村务"试点村的寺坞村在全县率先完成了"阳光村务"全村覆盖，全村321户农户家家都能在电视上点播查看村级事务。

"村里要做什么，钱花哪里了，一看就知道。"寺坞村党支部书记赖家余说，好的沟通才能获得更大的理解，现在村里干的每一件事村民们都很支持。

有了新办法，也不抛弃老办法。寺坞村还通过在村委公开栏里张贴每月财务报销表，利用电子大屏幕滚动显示等方式，全面实现了村务公开纸质、电子、网络三位一体，以推进公开工作常态化，并更好地推动农村工作开展。

探索在路上

11月25日中午11点钟，江山市贺村镇通贤村的老年人照料中心厨房里饭菜飘香。

《衢州日报》

"今天有什么好菜？"村党支部书记毛初生走进厨房，询问伙食情况。

"两个菜，一个是青豆炖肉片，另一个是豆腐干炒茭白。"两位负责烧饭的阿姨回答道。

"要多放点肉，不要太咸，豆子要煮得透一点，老人家牙齿不好。"毛初生不忘再嘱咐几句。

通贤村共有2018人，60岁以上的老年人有400多位，其中80岁以上的老人就有80位，而且绝大部分老人的子女都在外打工或创业。2013年，村老年人照料中心成立，目前平均每天有20多位老人在这里就餐。每顿两元钱，保证两个菜，而且至少一个菜中要带肉。

"由于村里财力有限，照料中心刚开始运行时遇到了资金困难，都是老百姓自愿出钱、出物的。"说起照料中心这项得民心、顺民意的公益性工作，毛初生感触很深。

"村级组织的凝聚力和战斗力不是凭空产生的，多办点实事、好事，老百姓都会看在眼里、记在心上，就会信任你、支持你。"毛初生说。

作者：葛志军、陈明明、蓝正伟、俞锐、郑积亮、程磊

原刊于《衢州日报》，2015年11月30日

浙赣共谱"治水曲"系列报道

内容提要：

江山市凤林镇地处浙赣两省交界，境内沟渠、溪流交错纵横。25公里长的卅二都溪横跨浙赣两省，上游所在的江西上饶东阳乡和下游的江山凤林镇打破地域间的界限和束缚建立起治水联动机制，上下游村民心往一处想、劲往一处使，共同打造出了一汪碧波清水。有感于联合治水带来的巨大变化，2018年3月，江西龙溪村党支部书记周季花代表龙溪村村民给时任浙江省委书记车俊写了一封信，汇报了浙赣两地联动治水的成效和变化，还向他发出了参加第二届浙赣边际蓝莓文化交流节的邀请，得到了车俊的批示、点赞。

系列报道围绕"浙赣两地如何联动治水"展开，从联动治水的原因和举措、"造景富民美产业"、长效机制的落实三个层面进行报道。真实生动地展现了两地联动治水、造福于民的决心和信心，也全面展现出治水不仅治出了水清景美的生态线，更成就了两地发展美丽经济、乡村振兴的美好图景。报道推出后，先后被浙江卫视、《浙江日报》、新华网等媒体刊播（发），有效提升了衢州的美誉度和知名度。

衢州广电传媒集团

扫码观看

作者：舒珍、王龙

原播出于衢州广电传媒集团电视新闻综合频道，2018年3月1日、3日、

4日

衢州广电传媒集团

天台塔后村：打造"民宿＋康养"的休闲驿站

窗前远眺，可以看见远处的青山；推开窗，可以听见溪水流淌。或坐在院落中沐浴阳光，或闻着花香漫步乡间小径，在天台赤城街道塔后村的民宿里，游客们可以尽享拥抱大自然的生活。

每到节假日，不少游客会到赤城山周边景区游玩，独特的区位优势让塔后村成为了得天独厚的旅游驿站，于是越来越多村民开起了民宿。

因地制宜　发展民宿

白墙黛瓦的乡间院落，掩映在一片青翠中。院落周边分布着青山、农田、溪流，院内现代时尚元素与乡村原生态特色文化相融合，打开房间的窗户，一眼便能望见外面的美景。这，就是塔后村的民宿。

近年来，塔后村依托优美的田园风光和深厚的文化底蕴，开展美丽乡村建设，村庄面貌日新月异，游客慕名而来，一个民宿特色村应运而生。

回顾塔后民宿发展，前后经历了四个阶段。塔后村村委会主任陈孝形介绍说："2011年，我们全村实施农房改造，制定精品民宿发展规划，全

塔后村举办的摄影作品展（陈赛娇 摄）

面提升村庄环境。2015年，村里上夽里民宿办出了第一张民宿执照，拉开了精品民宿村发展的序幕。2017年，随着民宿越办越多，便以村集体为龙头，成立旅游公司，建立经营管理、服务、安全等标准化体系。2018年，村里搭建民宿共享平台，为民宿经营业主、游客提供更加便捷温馨的服务。"

近年来，塔后村的发展吸引了越来越多的青年回乡参与村庄的建设与民宿经营。

陈孝形介绍，塔后村民宿发展模式共有三种，外来资本注入模式、品牌连锁模式以及村民自主运营模式。这三种模式在价格定位和主打特色上错位发展、相互补充，构成了完整的塔后民宿集聚群。

"花谷闲农"的经营户陈灵娟就是"资金进乡村"的典型代表。"村子离景区近，交通便利，更重要的是环境好。"她告诉记者，她一直想要寻找一个"值得安放一张书桌"的地方，最终兜兜转转来到了塔后村，在这里驻扎下来。她租下村民的闲置农房，开起了民宿，也带来了塔后民宿的外来活水。

塔后村共有民宿61家，其中省级银宿1家，四星级民宿8家，三星级民宿15家，共计有客房380间，床位800余张。全村1180人中有150人经营民宿，60人从事洗衣、打扫等民宿配套产业。2018年，全村接待游客19万人次，营业收入1677万元，民宿户均年纯收入达30万元，村民人均纯收入3万元，村集体收入127万元。

提升品质　特色经营

近年来，天台县对乡村旅游发展之路进行了有益探索，以全域旅游为目标，以美丽乡村建设为契机，鼓励农户对自家的老房子进行改造，一个个原本破旧的老村发生了翻天覆地的变化，农家乐特色村如雨后春笋般涌现，其中的典型代表有后岸村、安科村、张思村……

"如何避免千村一面，找准塔后村的特色，走出一条民宿经济可持续发展的道路，是我们一直在思考的。"陈孝形说，在这样的探索中，塔后村开始发展民宿，也是农家乐的升级版。相比传统农家乐，民宿的硬件设施更好，服务标准更高。

"刚开始，有些村民不理解，怕投入的本钱会打了水漂。"塔后村民宿协会会长陈文斌是村

塔后村文化礼堂展览厅（陈赛娇 摄）

游客在民宿喝茶闲聊（陈赛娇 摄）

里最早一批办民宿的，"刚开始我们也是摸着石头过河，抱着搏一搏的心态。随着客户多起来，生意好起来以后，大家才慢慢接受，也开始跟着办民宿。"

同时，塔后村还成立了民宿协会，引导村民结合本地资源，发展特色民宿。"在发展初始阶段，存在经营业态同质化、主题特色不突出、缺乏行业标准、服务水平低等问题。成立民宿协会是为了加强民宿规范化管理，提高从业人员素质，提高民宿发展品质。"陈文斌说，协会会帮助村民解决碰到的问题，如审批、装修、定价等。在村"两委"、民宿协会的努力下，塔后村的民宿不断发掘文化内涵，经营户通过参加培训班，学习插花、泡茶等传统手艺，让软件服务跟上硬件提升的步伐。

另外，塔后村还对民宿资源进行整合，让各家的民宿特性互补、主题互补，吸引更多游客留下来。陈孝形介绍，在布置民宿时，每家每户各有特色：有传统厨艺的人可以做"早餐文章"，专门手工制作天台特色的饺饼筒、麦饼；善于刺绣的家庭，可以打造有刺绣主题的居住环境。

如今，塔后村的民宿各有风格，"寻山"民宿联合体是由陈文斌打造的品牌连锁民宿，分为道养风、工业风、青年旅舍等不同风格，价格定位各不相同，能满足不同消费群体的个性化需要。"花谷闲农"走的是文艺范儿，游客可在此读书、品茶，还设计有各种休闲艺术活动。"山林小筑"这类民宿，则以干净、淳朴、接地气的农家特色为主……

"乡间院落、青山绿水，随手拍几张照片发在微信群里，没来过的朋友看了都点赞。"跟朋友一起来游玩的林小姐说。

民宿经营户陈灵娟也会带着游客到处拍照，在她看来，许多人喜欢民宿是因为钟情民宿特有的气质，越是结合地方特色的民宿，回头客越多。

大力发展康养产业

夏季的塔后村绿树成荫，景色宜人。行走其间，俯仰之内，处处皆是新景。村庄内绿树鲜花遍布，呼吸都能闻到清新的香气。

道路两旁种的花花草草，只是为了让人留下美丽的印象吗？陈孝形告诉记者，路旁种的花有金银花、五色梅等，除了具有观赏价值，还有药用价值。金银花具有清热解毒、通经活络的功效，五色梅能驱蚊。"中草药全身是宝，我们把开花药材打造成景观，将药园变成了花园，供游客观赏。"

塔后村被誉为"仙草生长的地方"，中药材资源丰富。陈孝形说："近

坐落在赤城山脚的塔后村（陈赛娇 摄）

年来，我们以'天台大农场'建设为引领，以'康养塔后'为品牌核心，打造'中药材种植＋深加工＋销售＋服务＋旅游五位一体'的产业链，推动康养产业集群发展。"村里流转土地126亩建成中草药样本园，种植了乌药、白芨、洛神花等11种中草药，带动整个塔后片区种植中草药1200亩，帮助周边六个村增加集体收入。

说到中草药种植，就不得不提铁皮石斛产业。大鳌山是铁皮产业的发源地，也是野生铁皮石斛的母本所在地。村内乡贤陈立钻对野生石斛进行引种驯化，对塔后村的项目建设、产业发展起到了引领作用。

陈孝形介绍，塔后村将依托"仙草"，打造健康养生产业。目前，村里已经种植的九品香水莲，可做成花茶、面膜、香皂、精油等10余种深加工产品。国医馆、艾灸馆已经建设完成，正在装修中，预计将在2019年9月启用。中医养生馆将请专家来坐诊，让村民和游客不出村就能享受到优质的中医诊疗服务。展示区陈列着中医药康养产品、珍藏的药食同源古方、药膳产品等。艾灸馆占地240平方米，建筑面积380平方米。该项目由一家公司通过与村集体股份合作，推广养生保健产品。

"发展康养旅游业，关键在'景'，核心在'人'。围绕民宿产业发展需求，塔后村每周组织一次实用性培训课程，如中医药膳、易筋经研修、插花、摄影、舞蹈、茶艺、安全教育、家风家训、乡风文明等，不断提高从业人员的业务能力。"陈孝形说，"康养产业还能带动村民就业，带动民宿的发展以及土特产销售等，民宿村正向'康养福地'转变。"

作者：陈赛娇
原刊于《台州日报》，2019年8月8日

"空村"计

内容提要：

乡村振兴最难的在于"空心村"的振兴，乡村振兴的关键在于破解"空心村"难题。近年来，台州各地针对"空心村"振兴的问题，进行了积极的探索，一批"空心村"成功逆袭，变身为创业热潮涌动、充满活力的美丽乡村。2018年7月，台州广播电视总台专门派出一个采访小组用了将近一个月时间，走遍台州九个县（市、区）的近20个偏远山村和海岛，以纪录片形式创作了一部长达22分多钟的专题片《"空村"计》。该作品以部分成功逆袭的"空心村"为拍摄对象，通过深入调查采访，梳理出了破解"空心村"振兴难题的五条计策，为台州各地振兴"空心村"提供了有益的借鉴。这五条计策是：

变荒为宝计——通过社会资本的参与，解决"空心村"里闲置土地和老旧房屋等资源再利用问题，带动村民致富。

"绿水青山"计——昔日被称为荒郊野岭的边远乡村由于交通条件得到改善，保存良好的山水资源成了发展乡村旅游、带动村民增收致富的聚宝盆。

一村一品计——发展特色种植、养殖业，打造品牌农业，让特色农产品成为吸引城里人的特色招牌。

保护传承计——通过挖掘、改造，将"空心村"里的历史文化特色转化为村庄发展优势，助力"空心村"发展。

无中生有计——通过赋予新时代特色的创意设计，让部分资源、产业、生态等要素相对缺乏的"空心村"改头换面，走出一条乡村振兴新路径。

扫码观看

作者：林永平、陈璐婷、蒋荣良、金仁龙、麻建荣、王庆

原播出于台州电视台公共频道《山海经》栏目，2018年8月26日

牢记嘱托　铸造美丽乡村新样板

"来了来了，这次习近平总书记真的来了！""是啊，外面拍手声和欢呼声介响，肯定是总书记到了。快快，阿拉去门口迎候一下！"

2015年5月25日下午，习近平总书记走进定海区干𬒈镇新建社区南洞89号农家乐的庭院，笑盈盈地同农家乐经营户一家人亲切握手，坐下来和大家聊起了家常。

一年多过去，南洞89号农家乐老板娘袁婵娟回想起当时的情景，仍清晰如昨日。

近日，记者循着习近平总书记当时的足迹，踏访新建社区，感受"绿水青山就是金山银山"理念和美丽经济给这座海岛乡村、给村民生活带来的可喜变化。同时也真切体会到，当地干部群众谨记习近平总书记讲话精神，以扎实有效的行动，努力铸造全国美丽乡村的样板。

"我记得最牢的是习近平总书记讲的那句'金杯银杯不如老百姓的口碑'"

7月5日上午，记者来到新建社区南洞89号农家乐。

一听是记者来采访，老板娘袁婵娟放下厨房的活儿，在庭院的茶桌边

《舟山日报》

满目绿色的南洞（沈诗桥 摄）

坐下和记者交谈。"今天中午只有三桌预订，不是特别忙。"这个皮肤黝黑、声音洪亮的中年妇女，说话间透着一股耿直爽朗，"要说去年习近平总书记到新建社区考察，咋会选择来这儿？社区那么多农家乐，我们家的位置挺里面的，也没有比别家高档、豪华。我觉得这是我们家运气太好。"

习近平总书记进门后的情景，袁婵娟历历在目。习近平总书记一走进客厅就说："你们看，这房子多干净啊，下次来了咱们就在这儿住。"参观餐厅包厢时，他问了三个问题：农家乐开了几年？一年接待多少游客？年收入多少？

"后来习近平总书记走出来到院子里坐下，和大家说话。本来我听有关领导说总书记坐15分钟就走。没想到他一坐下来，讲着讲着就半个小时过去了。这半小时里，我激动得心扑通扑通地跳。当时就想，习近平总书记真的来过我们家了，以后讲起来是多幸运、多光荣啊！"袁婵娟难掩兴奋。

临近午饭时间，记者从南洞89号出来后碰见了新建社区党支部书记余金红。

2015年习近平总书记在新建社区考察调研时，全程陪伴习近平总书记的那个身穿花布衫的中年妇女就是余金红——村民口中的"阿红书记"。

"习近平总书记在我们新建社区待了50多分钟。那天，我乐得一整天没合拢嘴。"余金红对记者说，调研中习近平总书记主要提到了"美丽中国要靠美丽乡村打基础"。"在去南洞89号农家乐之前，他看到社区生态环境这么好，问我：'你们是怎么保护绿色森林的？'我向他汇报后，他说这里是一个天然大氧吧，是美丽经济，印证了'绿水青山就是金山银山'的道理。我听了很激动，深受鼓舞，说明我们之前做的事践行了习近平总书记的理念和主张，工作得到了他的肯定。"余金红说，她记得最牢的是习近平总书记讲的"金杯银杯不如老百姓的口碑。干部好不好不是我们说了算，而是老百姓说了算"。

如果大家看过习近平总书记到定海新建社区考察的新闻报道，就或许对那个陪在习近平总书记身边介绍渔民画、漆画的"大光头"有印象。他就是市渔民画产业协会会长、中国美术家协会会员张高俊，一位扎根海岛乡村的艺术家。

"习近平总书记那天来的时候，先看了挂在墙上的渔民画，还询问了我不少关于漆画的知识。"习近平总书记在看张高俊的《中国梦》和《我的梦》书法作品时，张高俊介绍说："我的梦是要把我在艺术上学到的东西，在南洞这个山村里发扬光大。"习近平总书记听了之后说："你这个梦，挺好的。"

"在习近平总书记来过的新建社区，如果有哪家农家乐在宰客，倒霉的是我们新建社区全体党员干部"

"习近平总书记来过以后，我们的生意好了十几倍呢！"袁婵娟告诉记者，这一年多来，她的农家乐饭菜价格没有涨，质量要做得比以前好，卫生更注意，服务也在提高。"我们有压力呀，要按照习近平总书记的吩咐把自家的农家乐办得更好，要做好口碑，擦亮这块金字招牌。"

"习近平总书记说新建社区是美丽经济，我们要努力让环境更美，让群众过上更好的日子，不辜负习近平总书记的期望。"余金红对记者说，习近平总书记考察结束后，村里马上召集"两委"班子成员和部分村民代表传达学习近平总书记的讲话精神。大家表示，要坚定不移地按照"绿水青山就是金山银山"的路子走下去，把社区建设得更好。

"大家达成了共识，一定要不断美化社区环境，规范经营农家乐，打造特色文化品牌，升级乡村旅游业态，把社区打造得更加美丽宜居。"余金红介绍，定海区对新建生态村建设格外重视，成立了由区委书记、区长挂帅的领导小组，每月召开例会协调研究社区发展规划、景区景点开发、基础设施建设、环境综合治理、群众创业致富、文化产业发展等问题；抽调区旅游、文体、住建、水利、农林等部门和干皉镇的人员，成立定海区新建生态村建设管理委员会，全面负责新建生态村建设各项工作；同时，组建定海新建生态村开发建设有限公司，从机制上有力保障新建生态村建设推进。

这一年多来，区、镇、社区的党员干部以"绿水青山就是金山银山"理念和关于美丽经济的科学论断为指引，以学促干、奋发作为、精准发力，使新建社区有了日新月异的变化。"南洞以前没有像样的停车场、公共厕所，你看，现在都建起来了，还做了两个观景平台，开设了游客服务中心，新建了文化大礼堂……"身为"当家人"的余金红对社区的每一个变化都如数家珍。

这一年多来，社区的党员干部发挥先锋模范作用，积极带领群众创业致富，引导农家乐业主诚信经营，组织带领农家乐、农户走出去，去做得好的地方取经，尤其学习人家是如何制定并落实制度，确保在市场拓展中把新建社区的农家乐规范好、管理好。"在习近平总书记来过的新建社

《舟山日报》

南洞民宿（沈诗桥 摄）

区，如果有哪家农家乐宰客，那倒霉的不是那家农家乐，倒霉的是我们新建社区全体党员干部。"余金红说。

这一年多来，新建社区的经济发展和基础设施建设有了长足进步，游客到南洞艺谷休闲游玩"留"下的钱越来越多，更重要的是社区干部群众的精神面貌更好了。"有事做、有钱赚，又有艺术可学。通过大力加强文化建设，老百姓的综合素质明显提高了。"余金红说，"比如张高俊老师在群众艺术创作中心开办的免费培训平台，让村民拿起画笔变成'文化人'，培养了一批渔民画、剪纸、刻纸的民间艺人和草根艺术团队，群众在致富的同时也充实了精神文化生活。"

"这个展示馆建成开放后，很快就成为全市乃至省内各地党组织的活动教育基地"

走在绿水青山环绕的新建社区中，只见古朴雅致的徽派建筑群落伫立在绿意葱茏的山腰，长250多米的"功勋号"绿皮列车横亘在油菜花金黄的田野间，绿皮列车里有咖啡酒吧、特色餐馆、主题青旅，透着一股清新的文艺情调。青砖黛瓦的民宅外墙上描绘着一幅幅艺术壁画，石板小路、弄堂巷子，随时可见一处处装饰小品，花坛是用半只酒缸做的，就连看似随意垒放着的一块青石砖上也雕刻着活灵活现的小鱼小虾……

重访新建社区，记者发现这里更有特色、更有文艺范儿了。这个有着"南洞艺谷"雅号的美丽村庄，连角角落落都散发着令人心旷神怡的文艺气息。

在定海区文化体育新闻出版局副局长、新建生态村管委会副主任徐娜的陪同下，记者走进刚落成开馆不久的新建文化大礼堂。进入一楼门厅，戏台和各种精美的戏服、演出道具等映入眼帘。"这个戏剧展陈馆，是我们要打造的'中国南洞·戏剧谷'的重要组成部分。"徐娜介绍。

《舟山日报》

游客在南洞的绿皮列车上玩耍（沈诗桥 摄）

　　二楼是习近平总书记舟山调研视察活动展示馆，展示了习近平同志先后14次亲临舟山调研的照片以及重要讲话指示摘要。"这个展示馆建成开放后，很快就成为全市乃至省内各地党组织的活动教育基地。'七一'期间，好几家单位在这里举办了党日活动。"徐娜告诉记者，文化大礼堂可以说是新建社区的文化新地标、新名片。

　　"南洞艺谷"如今正在全方位推进"文化＋"发展模式，通过"文化＋体育""文化＋旅游""文化＋互联网"等，让南洞变得更有文化吸引力，让老百姓获得更多创业致富的机会。

　　徐娜介绍，在打造"中国南洞·戏剧谷"的进程中，先是把戏剧院校学生的练唱、排练等课堂搬进来，成为南洞艺谷的一个新景点。又成立了定海戏剧演唱协会新建分会，让群众从自娱自乐到登上舞台，吸引周边地区的大批戏剧爱好者自发前来观看和参加演出，充实了南洞艺谷的艺术内容。全国的一些名票友、表演艺术家也逐渐被吸引过来。前段时间，"梨园海岛·戏剧南洞"全国名票友展演在这里举办。

　　下一步，已经初步确定引进"舟山音乐社"，由市音乐家协会牵头，聚集舟山音乐界的名师，到南洞开办音乐社，面向广大音乐爱好者开展声乐、器乐、语言表演等各门类的免费辅导培训。目前，正在筹办9月的首届夏季农庄音乐会。

　　从新建文化大礼堂出来，记者来到"心宿·南洞"。这是新推出的高档民宿，绿色小庭院和厨房设施给人以家的感觉。

　　"南洞的民宿打造，已经有了具体规划方案。"定海区旅游局副局长、新建生态村管委会副主任柏杨介绍，近期规划主要围绕南洞小院区块建设，打造中端民宿，包括背包客、自驾游的时尚青旅民宿；在徽派建筑群落打造高端民宿，包括养生、养老主题酒店，这三块区域的投资商基本已经谈好。南洞小院已有三幢"心宿·南洞"精装客房和四幢普通客房完成装修并投入试用，近期即可开门迎客。

"我们的设想是先期示范引领，民宿运营和收入情况良好的话，发动当地村民开发自家屋院改造经营民宿，并纳入整个管理体系和营销网络，为他们提供整体设计、包装推介、服务培训、兜揽客源等。"柏杨最后算的还是那笔"村民致富账"。

文艺范十足的新建社区，大步走在"绿水青山就是金山银山"的发展路上……

作者：李维君、幸笑薇

原刊于《舟山日报》，2016年7月20日

海岛乡村的美丽蝶变

内容提要：

舟山市定海区干{石览}镇新建社区是舟山打造"绿水青山就是金山银山"的实践样板。2015年5月25日，习近平总书记走进新建社区，称赞村民家中优美整洁的环境、宽敞漂亮的住房和幸福美满的生活。

四年后，习近平总书记点赞过的乡村发展得怎样了？2019年8月，舟山市广播电视台记者深入新建社区，采访了外地游客、从小在这里长大的回乡创业村民周国兴、曾接待习近平总书记的村民袁其中一家以及新建社区党支部书记余金红等人，通过他们的讲述感受海岛乡村的美丽蝶变。

这次采访，令记者感触最深的就是当地村民的笑脸。曾经，交通闭塞、土地稀少的新建社区不被看好，如同许多中国乡村一样，年轻人离开后，不愿回来。对于乡村而言，"绿水青山"和浓浓的乡愁，就是最宝贵的资源。如今，舟山新建社区认准了"绿水青山就是金山银山"，依托"绿水青山"发展乡村旅游、发展乡村文化产业，走出了一条康庄大道。习近平总书记来过之后，新建社区更是不满足于现状，向打造国内一流乡村旅游强村不断奋进。相信未来的新建社区山会更青，水会更绿，会成为人人向往的理想家园。

扫码观看

作者：徐杰、郭福莱、张辉、李信平

原播出于舟山广播电视总台，2019年9月28日

舟山广播电视总台

庆元取消东部13个乡镇工业考核指标

　　2008年6月4日召开的庆元县委常委会会议，一致通过了《2008全县目标管理责任制考核的实施办法》。这个看似普通的考核办法，却吸引了庆元各方关注，因为它给东部13个乡镇在发展工业经济方面"松了绑"，取消了工业生产、工业税收和招商引资方面的考核指标，并将考核重点转移到生态保护和生态高效农业发展等方面。

　　得知这一信息后，庆元县东部乡镇江根乡决定把工作重心由原来的招商引资转到发展无公害蔬菜上。乡党委书记吴春生说："江根乡在发展无公害蔬菜上有优势，今后乡里的主要精力将放在帮助农民发展花菜产业上，努力打造'花菜之乡'品牌。"以前，江根乡发展工业和招商引资的指标与西部乡镇一样考核，有时候招商任务实在完不成，只得到其他单位、乡镇去"借"。好不容易招进来一家企业，但由于项目不成熟，不仅企业没有获得实际效益，地方财税收入也没有得到收益。

　　按照刚刚通过的考核办法，2008年庆元县委、县政府对东部13个乡镇的考核重点，主要集中在生态乡镇创建、村庄环境整治、节能减排、生态公益林建设等生态建设方面，仅生态林业方面的考核分值，就由原来的50分增加到100分。东部乡镇左溪镇地处两条溪流的源头，境内有省、县

《丽水日报》

级生态公益林5.8万亩。镇党委书记毛先明表示，镇里将把溪流及公路沿线阔叶树保护作为工作重点，通过大力宣传《森林法》，加强林政管理，严格控制砍伐审批手续等，提高群众种树护林热情和保护生态的自觉性。

被称为"中国生态环境第一县"的庆元，面积1898平方公里。地处高海拔山区的13个东部乡镇，生态优良，交通条件落后，工业经济发展滞后。庆元县委书记蔡小华表示，发展工业再也不能遍地开花，2008年下决心对发展工业和招商引资工作考核制度进行调整，就是要按照主体功能区域规划，明确不同区域的发展方向，让适合工业发展的七个西部乡镇集中精力发展工业，让生态良好的东部乡镇着力保护好生态环境。

新的考核制度虽明确了庆元西部乡镇在工业经济发展方面的任务，但也要求强化选商引资，把好环境准入标准，着力发展生态工业。竹口镇党委书记吴建伟说，这次适当降低了西部乡镇农业方面的考核分值，明确了西部乡镇重点突出发展生态工业的要求，干部的干劲更足了，将甩开膀子去干。

作者：阮春生、陈栋

原刊于《丽水日报》，2008年6月6日

《丽水日报》

缙云仙都建26个项目不砍一棵树

　　"不但树不能砍，连树枝也不能动。"昨天下午，缙云县仙都景区管委会几位干部在讨论景区检票口门庭完善方案时，一致否定了建设单位"需修剪一棵树树枝"的方案。近一年多来，仙都将最严格的生态保护理念融入"创AAAAA"工程，在已建成的26个项目中，没有砍过一棵树。

　　项目建设中，"路树矛盾""房树矛盾""线树矛盾"不可避免。仙都景区管委会主任柯国华说："都是以护树为先，绕着树走。"他还表示，仙都"创AAAAA"时间紧任务重，2017年下半年以来，最多时有23支施工队2500余名施工人员日夜奋战，"不砍一棵树"光凭自觉可不行。

　　为此，景区提出以敬畏之心建项目，最大限度减少对自然的破坏，以最低生态代价打造最佳旅游体验。仙都旅游文化产业公司董事长胡小波表示，每个项目的建设合同明文规定，不得砍伐破坏原有苗木、植被，若擅自砍伐苗木、破坏植被要追究责任，处以3000元以上罚款。

　　2017年6月，在仙都绿道前湖段施工中，有四棵树影响运送设备的车辆通行，工人擅自砍折树枝，结果被罚款4000元。在接受处罚时，施工单位负责人说，虽然是设备运送方砍了树枝，但我们负有管理责任，没将

《丽水日报》

"不砍一棵树"的要求落实到位，诚恳受罚。

在项目建设中，施工为树挪位腾地的情况很常见。鼎湖峰景点入口改造，需新建一座服务用房，当大家把图纸拿到现场放样时，发现有两棵大树"占了领地"。怎么办？经过与施工、设计单位商议，果断将建筑向北平移两米多，成功避开了大树。

仙都"创AAAAA"施工，还倡导像割双眼皮手术一样精细施工。东阳古文物建筑修缮公司在修整独峰书院时，先将原本覆盖在建筑表面的藤蔓植物小心翼翼地取下来，完工之后再让藤蔓"回家"复原。

"仙都确实发生了巨变，却几乎看不到施工留痕。""轩之缘客栈"民宿的业主朱旭培感触颇深。他说，很多上海、杭州游客认为仙都绿道"很原生态"，以为至少有10年历史，但其实是在2018年春节前才建成的。

仙都景区"创AAAAA"不砍一棵树，而且增加了大量林木，生态涵养功能明显。近五年来，景区已累计种植胸径超10厘米的大树4万余棵。最近三年的乡镇断面水质监测表明，好溪流出景区的水质达到Ⅱ类，均优于流入时的水质。

作者：阮春生、刘斌

原刊于《丽水日报》，2018年8月30日

五星美丽庭院 十年改变一座城

　　杭州市萧山区的靖江街道是一座美丽的空港小城，因为坐拥萧山机场，成为了浙江省的门面、杭州市的名片、萧山区的样板。

　　在这片方圆24平方公里的土地上，透着江南雅致、冒着农家烟火的庭院星罗棋布，它们是杭州的一景、是萧山的骄傲，有个响当当的大名——五星美丽庭院。

　　当地人娶媳妇、嫁女儿，大多先要看看院门前有没有挂这"五星

《萧山日报》

靖江街道美丽庭院（金强 摄）

牌"，如果有，就满意了。陈方素，甘露村曹秋军家的儿媳妇，五年前，她第一次到男方家相亲，第一眼就看到曹家门口的"五星牌"，再看看院子这么干净漂亮，心自然放下了。陈方素说："家美、人美，终身大事就这么定了。"

五星美丽庭院创建始于2009年，由靖江街道妇联主推发起，到如今已走过整整十个年头。靖江街道党工委书记王靖江称："十年的创建改变了一座城。"萧山区妇联主席赵青竖着大拇指直夸："靖江的五星美丽庭院评比，已复制到了萧山全区，成为萧山美丽乡村建设的一个缩影。"2019年，杭州市将现场会开到了靖江。

十年间，从第一代庭院到第三代庭院

何为五星美丽庭院？靖江人给出的答案是：推门见绿、抬头赏景、起步闻香；让乡村庭院展现乡容、留住乡愁、传递乡情；让乡村庭院展现东片沙地淳朴、自然、秀美的风情风貌；让"小家美"带动"全域美"。

五星美丽庭院创建是靖江人参与面最广、热情度最高的一项创建活动。2019年，街道有8673户参评，最终3200余户胜出，喜气洋洋地在院门前挂上五星美丽庭院牌匾。这一年，有31户上年度的"五星户"由于种种原因被淘汰出局——这在当地是一件丢人的事。

这十年间，年年评上五星美丽庭院的有873家。甘露村杨国兴家，就是其中一户，家里的庭院虽小，但错落有致，一年四季绿意盎然。杨国兴很骄傲地说："这可是我们杨家最高的荣誉。"

五星美丽庭院从第一代到第三代，岁月的变迁留下了深深的时代烙印。第一代庭院的特点是整洁，要求农户们时不时对房前屋后的堆积物进行大扫除，保证庭院整洁有序。第二代庭院的特点是美丽，要求在整洁的基础上搞些绿化，种花种草植绿，增添庭院给人的赏心悦目感。第三代庭院的特点是重内涵、重生活品位，需将一些乡村记忆和传统文化习俗结合其中，使庭院更有文化味。

十年间，从入户评第三方评到智慧互评

五星美丽庭院开评，在靖江算得上是件大事。年初，每户庭院的外墙会挂出一块小牌匾，以一颗清洁星为基础，每季度进行一次评比贴星，达到美丽庭院标准的加一颗星，累积到年底，得五星者获年度五星美丽庭院荣誉称号。

五星美丽庭院评比，以每季度一张表的形式在村务公示栏中进行公示，接受村民的监督。年底，在全街道大会上对"五星户"进行隆重表彰，侧重精神层面的激励。

这几年，社会变化很快，评比模式也跟着改变。最初实行入户评，即由评委们定期对农户庭院的内外环境卫生进行检查并评议打分。后来慢慢演化为第三方评议，由街道邀请人大代表、乡贤、村里有威望的老同志等进行打分。到了现在，评比改为使用智慧互动化的方式。2019年，萧山区妇联推出智美万家App，农户上传庭院照片及视频，街、村妇联在网上进行实时动态评选，双方互动成为常态。通过网络晒图、朋友圈发送庭院照等，农户们得到相应的积分，积分不仅可以作为庭院五星评比的条件，还可以用来兑换生活必需用品，大大激发了群众的参与热情。

王美雅是甘露村村民监督委员会成员，这几年受邀当评委。对此，她丝毫不敢马虎，严格按评比标准打分。王美雅说："千家万户的眼睛都盯着你，只有公平公正，否则早被人家赶下台了。"村民们说："一年一评，不搞终身制，评比条件设有硬杠杠，评比结果我们服气。"

十年间，从"十大标准"到"五美"

说起五星美丽庭院评比的硬杠杠，在这十年间有过两次大的提质提量。

当年，第一个想出美丽庭院贴星上墙点子的是甘露村的老妇联主席沈志红。那年，她花了半年时间来制定评比标准并实施，随后在全靖江推广。

2009年，五星美丽庭院评比贴星，侧重点在卫生、清洁方面，推出十大评选标准：家庭生活方式科学、文明、健康，自觉遵守社会公德；庭院四周内外干净整洁；家庭成员不乱丢乱倒垃圾，做到桶装入箱；保持道路畅通，房前屋后无乱堆乱放、无卫生死角；无乱搭乱建、乱停乱放、乱挂乱晾、乱涂乱画；庭院内外有绿化，爱护路边及公共设施；庭院内外无粪坑棚厕；庭院内外绿化面积占建筑面积的20%以上，有绿化角；积极主动对不卫生、不文明行为进行劝导监督；积极主动参与美丽庭院创建活动。

2011年，浙江美丽乡村建设全面推开，靖江的五星美丽庭院也随之升级，按"五美"标准来评比贴星。一是布置美。家具器物摆放整齐美观，家庭布置干净舒适，无乱搭、无乱建、无乱堆、无乱挂之物。二是整洁美。家庭垃圾分类存放按要求处理，不随意丢弃垃圾。三是绿化美。人居环境与周边景致、环境协调一致，有一定文化品位。家庭成员积极参与各类绿色行动。四是家风美。树立夫妻和睦、尊老爱幼、勤俭持家、科学教子的良好家风，实现文明立家、廉洁治家、和谐安家。五是公益美。积极参与各类公益行动和志愿者活动。

2009年评比初期，只要庭院整洁干净就可以得到一颗星。到2015年，则要求庭院须美丽，绿化面积要达到35%才能得到一颗星。2018年后，标准和要求更加严苛，除了继续保持原有的评比要求，更突出家庭的内涵美，诸如"五美"标准中的家风美、公益美等。

虽然，创建标准提高了，五星美丽庭院户数却在逐年增加。2009年，五星美丽庭院只有678家，2019年已经达到了3200余家。

十年间，一代人接棒一代人

五星美丽庭院的创建红红火火，其中靖江街道妇联组织发挥了主力军的作用。

金利萍，现任靖江街道妇联主席，从前任手中"接棒"，牵头实施五星美丽庭院创建，已是第三任主席了。金利萍说，第一任妇联主席主抓整洁庭院，清洁干净。第二任妇联主席重抓美丽庭院，栽树种花。现在的关注点主要放在追求内涵上，比如评选最美夫妻、好婆媳、好男人庭院，一个好的庭院，得有好的家庭内涵。五星美丽庭院要拥有更多主题特色，如清廉庭院、农耕庭院等，丰富时代意义。

2013年，甘露村的滕炜钰从母亲沈志红手上接任村妇联主席。在两代人的精心打理下，甘露村已成为萧山区美丽庭院的样板，滕炜钰还评上了杭州市优秀妇女干部。

一任接着一任干，没有最好，只有更好。十年间，五星美丽庭院创建不断走向完善，创建的队

五星美丽庭院评比（金强 摄）

伍不断壮大。

靖江街道16个村社区的妇联主席，既是参与者，更是组织者。靖港村妇联主席陈慧丽，家在靖安社区，家里的庭院年年挂上五星。受她的言传身教，社区里的妇女同胞们都被发动起来，成为创建中的一支生力军。

到如今，越来越多的老少爷们儿也自发加入五星美丽庭院的创建中，形成了全民参与、人人创建的氛围。2019年，靖江街道妇联举办"梦寻诗画靖江，心泊美丽庭院"的美丽庭院创意大赛，16个村社个个成立创客团，设计方案、组织施工，对自家村里的庭院进行美化改造。

五星美丽庭院创建，成为靖江居民生活的日常组成部分。美在家园，美在人间。

十年间，改变从人到城

五星美丽庭院的十年创建，在潜移默化中改变了很多东西，改变了一座城，也改变了一代人。这个说法在靖江处处可以找到佐证。

甘露村村主任周海根的感受是最深的。周海根说，霉干菜、萝卜干萧山人家家都制作，这几年，我们将做霉干菜、萝卜干的缸、盆改造成庭院的花盆、绿植器具，使甘露村的庭院更有萧山味。早年间，村民散养的鸡鸭很多，现在都改为圈养了。庭院赏心悦目了，生活惬意了，村里的纠纷也随之越来越少了，社会基层治理得到了改善。

甘露村变了，靖江街道也变了。靖江街道党委书记王靖江用"三个改变"概括了五星美丽庭院创建十年，如何改变一座城。

人的观念改变了。村民的生活习惯变了，变得更爱清洁、爱卫生。村民的生活理念变了，养花种草、护绿植绿，对美的追求和时代同步了。

村庄面貌改变了。庭院焕然一新，成为美丽乡村的亮点；村庄美化了，又搭上了时代发展的快车。

《萧山日报》

村民们聚在庭院里做衣服（金强 摄）

精神风尚改变了。五星评比，户户想争先，村村比着干，比出了文明新风，赛出了精神风貌。家美、心美、人更美。

这十年间，五星美丽庭院的美丽成果推动着靖江特色的美丽经济发展，这也是靖江人最津津乐道的。靖港村徐梅芬每年制作的雨伞，产值达100多万元。远销世界各地的天杭雨伞，大多是徐梅芬组织姐妹们在自家院子里一针一线缝制出来的。

以庭院为基地的巾帼产业不断丰富拓展，花边、雨伞等来料加工有效帮助妇女增收。目前辖区内从事来料加工的妇女有近3000人，每年可创造4000万元的加工产值。借助于街道电商业的优势，越来越多的妇女以庭院为基地"触电创业"，2019年"双11"，辖区内电商销售额达1.6亿元。

五星美丽庭院创建，以评促比，以比促美，以美促建，穿点成线，串珠成链，成效显现。如今，靖江街道移步皆是景，风光这边独好。

一个支点，撬动一个镇街。让家园更美丽，从响应倡导到主动参与，从参与者到见证者，靖江人凝心聚力建设美丽乡村，庭院"小美"聚合乡村"大美"，影响着一代又一代人，影响着千千万万的农家，由此改变了靖江这座城。

"下一个十年，五星美丽庭院创建将向纵深推进，结合小城镇环境综合整治、垃圾分类等工作，融入家庭文明、乡风乡俗，成为留住乡土记忆和乡愁的文化载体。"王靖江如是说。

作者：金烽、李晨曦

原刊于《萧山日报》，2020年5月18日

《萧山日报》

践行"绿水青山就是金山银山"理念 建设美丽乡村

内容提要：

华家垫村位于杭州市萧山区进化镇，因其犹如一块璞玉镶嵌在这一方山水之中，素有萧山"小九寨"之称。

"上山访古刹，下山汲新泉，春来倚梅花，秋至采田园"，华家垫村不仅山水风景绝美，还有萧绍古道从村中穿过。逶迤蜿蜒的古道串起古老村落与绿水青山，竹林夹道，水色秀丽，山风"沙沙"，是远近闻名的"网红"避暑胜地。沿途有1000多年历史的曹山寺，该寺源于佛教禅宗五叶之一的曹洞宗脉，在其全盛时期，仅香客客房就有99间，香火鼎盛。山下有映雪庐艺术馆，时有艺术家在此创作。

"古道山寺下，缘来华家垫。"在突出萧绍古道和曹山寺两大载体的同时，该村积极推进美丽乡村建设和环境治理，村里的环境也美得犹如一幅画卷：鹅卵石铺筑的叠式堰坝风格雅致，倾泻而下的水流形成层层叠叠的白色水花，从村中蜿蜒而过，山水、田园、村落、古韵悠扬的华氏宗祠、西洋老宅和三祝桥等文物保护单位、历史建筑和谐相融。

在产业生态化转型提升过程中，华家垫村利用自然生态的天然优势，吸引了一批对生态环境要求高的企业如阳田农科、春风十里美丽乡村田园综合体等落户发展。同时，充分发掘书画、禅宗两大资源，设计了一系列参与性强、有文化深度的活动和项目，把村子打造成远近闻名的"网红打卡点"，把良好的生态环境转变为经济效益，实现良性循环和互哺。

扫码观看

作者：王晖、蔡敏杰、周越、管丽莎

原载《萧山日报》微信公众号，2020年4月1日

《萧山日报》

亿元投向黄金溪 治得一湾碧水还

采访当天的下午，临溪而居的章千会婆婆坐在流经芙蓉镇的黄金溪边，摸着鼻子说："老婆子鼻头没那么灵光了，以前还天天闻到垃圾的臭味，太康找人把垃圾清理干净了，清爽喽。"

周太康，乐清市花村清寓置业有限公司董事长，芙蓉镇海口村人。他从小在黄金溪边长大，见过溪水最美时候的样子，也目睹了溪流一点点被污染的过程。

对于黄金溪，周太康有种别样的情愫。自投资开发海口村城中村改造项目以来，企业不断出资整治水环境，进而开发溪流旅游资源。两年来，企业共出资亿元用于黄金溪整治，这是他对家乡、对黄金溪的一种回馈，企业也因此获得了项目商业附加值增加的回报。

企业投资治水

2011年1月，海口村与花村清寓置业有限公司达成协议，双方合作进行城中村改造项目。

该村党支部书记蔡正勇对协议内容记忆犹新：由村里解决项目相关土地使用问题，建设改造房、周边道路设施以及处理"三基"（茅坑基、猪栏基、园基）的资金全由企业负责。本着谁投资谁受益的原则，项目建成后，部分住房使用权交由企业出售。

"整治周边环境，挖掘、利用文化旅游资源，与雁荡山旅游开发连成一体，打造山清水秀的优美环境，吸引更多人前来游玩，从而增加商业附加值。"那时，这个念头浮现在周太康的脑海中。

"黄金溪是我们的母亲河，我们有责任治理好它。"于是，2012年4月起，周太康开始出资治理黄金溪。

村民跟着享福

"原来的溪水中、溪岸旁，漂浮、堆积着许多垃圾。"海口村村干部蔡方平回忆，一些靠岸的地方，垃圾甚至堆得跟岸堤差不多高。对此，周太康组织三四十人清理垃圾，每天用20多辆垃圾车清运，用了半年多时间才把这些"疮疤"基本清除。

2013年12月13日，黄金溪拦水坝开始施工；26日，文化长廊盖上了瓦片……随着治水资金一再追加，周太康的格局越来越大，慢慢开始对溪流旅游资源进行整体开发。清澈的潺潺溪流使海口村成为夏日游泳避暑的胜地，夜晚两岸亮化工程的灯光下，涌动着观景的人潮。

当地村民李女士说，以前溪边搭建的是猪圈、鸭棚、烧烤的棚架等，晚上一片漆黑，一过7点就没什么人走动。"现在不同啦，有文化长廊，有公园、广场，还有游步石碇，晚上各种灯光亮闪闪的，四处可以散步，直到10点多人气还很旺呢。"最近，晚饭后拉着孩子到溪边散步、看夜景，已成为李女士主要的娱乐活动。

沿堤打造文化长廊、滨水公园、亲水平台，建造横跨溪流的游步石碇，以及改造提升1250米的防洪溪堤等，共花了2400多万元，溪滨多了一条可以供游客散步、赏景、休憩的亲水走廊。

治理后的黄金溪吸引了众多游人（钱依苹 摄）

雇工人清运溪中垃圾、水草，清理淤泥，得花500多万元，换来的是一湾潺潺清流，能在夏日为游客带来畅游其中的快乐。值！周太康一咬牙，把这钱也出了。

走市场化新路

水环境整治好了，周太康也慢慢得到了商业上的回报。根据市场反馈，可出售的城中村改造住房价格已有明显增幅。"这些还不是大头。"周太康预估，当黄金溪滨水景观带全部建成后，将拉动他布局在周边的餐饮服务配套设施，每年的收入将有几百万元，其他由水景带来的收益也会不菲。这些，将给企业带来长远的回报。

"政府资金并不宽裕，企业家愿意无偿整治黄金溪，我们很欢迎。"芙蓉镇有关负责人介绍，镇政府在周太康治水过程中也积极给予了政策上的帮助与支持，从而推动黄金溪治理工程。他们有信心，通过政企合力，将黄金溪打造成芙蓉镇的"外滩"。

"黄金溪的治理已成为治水的一个典范。"乐清市委书记林晓峰说，治水不能单纯依靠政府，要走出一条市场化治水的路子，发动市场的、企业家的、社会的力量来共同治理水环境。黄金溪整治中，充分挖掘、开发了当地的资源禀赋，与旅游、文化相结合，很有特色，也很有灵气。

作者：金龙江、郑瀚、何乐敏

原刊于《乐清日报》，2014年8月23日

《乐清日报》

曙光照耀，东海渔镇越来越美

当了一辈子讨海人、看了一辈子日出，只有2000年1月1日那天的日出，深深地印刻在陈意康的脑海里。那一天，51岁的陈意康三四点就起了床。出了家门往后山高处走去时，山路上早已人潮涌动，"都是人推着人在走，一眼望去，山头黑压压一片全是人"。

陈意康是石塘镇海港村（原前红村）村民，20年前的那一幕盛况，他仍记忆犹新。20年过去了，村里早已发生了翻天覆地的改变，唯一不变的是，元龙呑山头那伫立着的千年曙光碑，静候着每一次东方日出。

曙光照耀，"空投"旅游"金名片"

1999年11月16日，中国2000年委员会宣布：新千年中国大陆第一缕阳光首照温岭石塘。这一重大消息很快传遍石塘的大街小巷。"千年等一回啊！2000年之前，石塘只是温岭石塘；2000年1月1日之后，石塘就是中国石塘了！"说这话时，林应庆的语气中，透着满满的自豪。

林应庆和陈意康是村老年协会搭档的伙计。前往石塘中心渔港大坝的跨海大桥旁，有一座小型停车场。位于停车场一角的一间移动管理房便是他们的办公室。这几年，两人几乎每天都在这里上班，有时候轮到

石塘民宿群（《温岭日报》供图）

清理大坝卫生，有时候管理停车收费。一到周末，游客一多，他们就有得忙了。

停车场旁的白围墙上，一行红字"曙光首照地，东海好望角"异常显眼。不远处，石塘曙光园内，游客来了一拨又一拨。"2000年之前，谁知道有石塘这样一个地方啊！2000年之后，石塘才有了'千年曙光'这样一张迎客的金名片。"潘定来是原前红村党支部书记，举办"中国千年曙光节"之前，他和村"两委"干部忙得不着家。1999年12月31日晚，他们早早地开始安排安保工作。家里，上海来的亲戚带着十几位朋友提前几天就已到达，为的就是在石塘看到新千年的第一缕曙光。

2000年1月1日凌晨6时46分，我国大陆的新千年第一缕阳光如约抵达石塘。那一刻，潘定来正巡逻至后山。他周围所有人都面朝东方，目不转睛地注视着东海上逐渐亮起的那一个点。陈意康更是记得清楚："海平面上有一道雾墙，挡住了日出的那一刻。没多久，太阳才在雾墙上露了头。"在这一辈子看过的日出中，唯有那一次，他记得其中的每一个细节。

游客在民宿欣赏日出（《温岭日报》供图）

《温岭日报》

据当时的报道记载，当天，近10万人聚集石塘共迎千禧年大陆第一缕曙光。自1999年11月17日至2000年1月2日，短短的46天内，石塘接待了国内游客16.96万人次，旅游总收入达1.2亿元。那一道曙光，从此拉开了石塘旅游发展的序幕。

串点成线，滨海绿道带来新客流

2001年1月1日，在新千年曙光的热度之下，温岭市又举办了一次更为隆重的曙光节，活动现场同样被游客围得水泄不通。此后几年，迎曙光活动因曙光园建设等原因暂停，但仍有外地游客在每年的1月1日凌晨，早早地到达石塘，迎接新一年第一缕曙光的到来。

2005年6月14日，浙江省委书记习近平来到前红村走访调研，称石塘是"东海好望角"。自此"曙光首照地，东海好望角"成了石塘最响亮的名片。阳光、石屋、大海，吸引着外地游客前来体验这独一无二的海山风光。践行"绿水青山就是金山银山"的发展理念，2012年，石塘镇将目光投向了这条绝美的海岸线。

王丽芬是土生土长的石塘人，2012年，她任石塘镇政协副主席，分管旅游工作。"石塘的海岸线这么美，有不少人迹罕至的沙滩、洞穴，正需要一条线将它们串起来。"王丽芬回忆，当时的旅游办主任陈其胜（现已病故）提出了打造一条滨海绿道的建议。这一想法，不仅得到了旅游部门的支持，也得到了市里的肯定。为了尽快确定可行的绿道路线规划，石塘镇旅游办和沿途几个村的村"两委"干部一起，扒开山间比人还高的杂草堆，沿着过去村民们劈柴的小路，走出了一条大致的线路。这期间，王丽芬一路随行，走破了四双鞋子。

2013年，滨海绿道一期工程正式开工建设。2016年5月1日，全长约8公里的滨海绿道一期试通行，令各地游客眼前一亮。山在脚下，海在眼前，低头可见海浪拍打着崖壁、浪花飞溅，远眺海天相接处，偶有渔船经过，似飞鹰划过长空。看日出，更是多了一个好地方。一条绿道，将阳光、海港、石屋、沙滩等石塘最具特色的旅游标签全串联在了一起，游客们纷至沓来，对绿道给予一致好评。2017年春节，正月初二那一天，滨海绿道的游客量达到9万人次。这一数据，已可比肩2000年1月1日的盛况了。

也因为绿道，石塘的石屋开始大放异彩。一个个"空心村"开始被改造，由石屋改建成的民宿受到了外地游客的热捧。这时，固守在渔村的石塘人幡然醒悟：原来这些老房子也是宝啊！"金山银山"可不就在眼前嘛！很快，旧渔村有了新面貌，开渔家乐、办民宿、投餐饮，年轻一代石塘人的出路越走越宽。

《温岭日报》

沿海绿道（《温岭日报》供图）

曙光照耀，石塘将更美丽

2020年1月1日，"中国千年曙光节"20周年。温岭市旅游部门早早发出了征集令，邀20对情侣共同见证曙光节20周年盛典。曙光园内，再次涌入了来自全国各地的游客，共迎新一年曙光的到来。

迎来曙光、漫步绿道、探访七彩小岛、奔跑在松软的金沙滩上、登上九曲城头赏日落，石塘以越来越多的山海美景，迎接八方来客。20周年，更是另一个起点。

2020年下半年，滨海绿道二期工程有望开工建设，从金沙滩延伸至石塘老街，而三期工程还将和81省道支线石塘段对接……届时，只要走一遍绿道，石塘的山海风光、人文风情就将毫无保留地展现在游客面前。绿豆面、山粉圆、肉羹……留住游客的胃与打造风景同样重要，金沙湾和车关市场旧址正在规划小吃城项目，未来，一龟一粽、两汤两面、三圆四粉、四羹五酒，石塘最正宗的山海美食可以在这里"一网打尽"。

更吸引人的是，丰富的文体项目和传统文化体验项目正在酝酿中。2019年7月，来自浙江省帆船队的运动员们在石塘训练了20多天，深邃纯净的"石塘蓝"吸引的不仅是游客，也给这些运动员们带来了惊喜。几年后，游客们或许就能在石塘体验到扬帆出海的乐趣。补网、敲鱼面、海洋剪纸……这些极具渔区特色的手艺项目，将搬进石塘的研学基地，让越来越多的游客体验到石塘渔区独特的民风民俗。

可以预见，今后的石塘，必将给游客带来更多的惊喜。

作者：王萍

原刊于《温岭日报》，2020年1月1日

"开心农场"赏花正当时

春暖花开，眼下正是赏花的好时节，温州市瓯海区泽雅镇黄山村油菜花、樱花次第开放，吸引了不少游客前来观赏。与此同时，黄山村开拓农业发展新模式，带动农民创收致富，让乡村振兴战略真正落地生根。

黄山村位于泽雅的西南部，自然风光得天独厚，四面群山环抱，从高处俯瞰，村庄修竹依依，黑瓦白墙，古韵悠悠。造纸时代，纸农造纸种树，留下大量丰富的精神、物质资源。近几年，黄山村村民把一年一季收成的低效番薯园开发成智能休闲体验农业，种植不同时节的蔬果、花木，同时开拓农业发展新模式，让乡村振兴之路越走越宽。

花开三月，游客漫步在油菜花田中，一朵朵、一簇簇的油菜花，随风摇曳，游客置身其中不禁陶醉。樱花园内，樱花竞相开放，鲜艳夺目，生机盎然。市民全梁说，自家附近没有大片的花田，周末闲暇时光会约上亲朋好友一起来这里赏花。

值得一提的是，该村以土地流转的方式集中了1082亩土地，创办大源溪休闲农业有限公司，以产业、文化为主体，发展"互联网＋农业＋文旅＋地产"，创造新业绩，树立新的风向标。市民还可以认种、认养黄山村的农田，通过手机智能监控设备，随时随地对自己的"一亩三分地"进

瓯海区泽雅镇黄山村油菜花盛开，吸引游客前来观赏（张闻哲 摄）

行监控，全程了解农产品种植情况，开启现实版的"开心农场"，实现自己的"私家田园梦"。

黄山村村委会主任潘泽琛认为，"智能农业，认种认养"是农村产业结构、经营方式的调整，同时基于全新的市场运营理念，引入物联网、云计算、移动互联网等先进信息技术，使信息成为农业运营新的资源，从而使传统农业走向智能化时代。"村里重整旗鼓、整合资源，借助'传统农业＋智能化农业'新模式，走出发展困境，不仅能增加村民收入，还能振兴黄山村的旅游业，集聚人气。"潘泽琛欣喜地说。

作者：张闻哲、李程、李佳佳

原刊于《今日瓯海》，2019年3月13日

温州市瓯海区融媒体中心

图书在版编目（CIP）数据

绿色,成为浙江发展最动人的色彩 : 践行"绿水
青山就是金山银山"理念优秀报道汇编 / 中共浙江省
委宣传部,浙江省新闻工作者协会编. —杭州 : 浙
江人民出版社,2021.3

ISBN 978-7-213-09957-1

Ⅰ. ①绿… Ⅱ. ①中… ②浙… Ⅲ. ①新闻报道—
作品集—中国—当代 Ⅳ. ①I253

中国版本图书馆CIP数据核字(2020)第268879号

绿色,成为浙江发展最动人的色彩

—— 践行"绿水青山就是金山银山"理念优秀报道汇编

中共浙江省委宣传部　浙江省新闻工作者协会　编

出版发行	浙江人民出版社（杭州市体育场路347号　邮编　310006）
	市场部电话:(0571)85061682　85176516
责任编辑	丁谨之　沈敏一
责任校对	杨　帆　陈　春
责任印务	陈　峰
封面设计	北极光设计工作室
电脑制版	杭州兴邦电子印务有限公司
印　　刷	浙江印刷集团有限公司
开　　本	710毫米×1000毫米　　1/16
印　　张	21.75
字　　数	270千字
插　　页	5
版　　次	2021年3月第1版
印　　次	2021年3月第1次印刷
书　　号	ISBN 978-7-213-09957-1
定　　价	100.00元